中國當代民族文學的現代性構建

涂 鴻 著

序言　靈魂的自由與藝術的超越

沿著我們不曾走過的那一條通道
通向我們不曾打開的那扇門
進入玫瑰園中

——艾略特[1]，《四個四重奏》

西方異域現代主義文學潮流，包括作為它哲學和美學基礎的尼采哲學、佛洛伊德精神分析學、柏格森的直覺主義和生命哲學，以及象徵派、神秘派、表現派、未來派、意識流等不同流派，上溯到19世紀初被介紹到中國來，在東方古老的詩國引起了強烈的迴響，對中國現代新文學的發展變化起到了積極的促進作用。西方現代主義文學，「五四」前期在中國陌生的土地上播下第一批種子的是象徵派、神秘派、意象派、表現派、未來派、意識流。起源於法國的象徵派是現代派文學中介紹得最早、最多的一個流派。最先把象徵主義介紹到中國的是茅盾，他於1919年翻譯了比利時作家

1 艾略特（Thomas Stearns Eliot，1888-1965），美裔英國詩人，劇作家、文學評論家，英美新批評的先驅，創作有長詩《荒原》。

梅特林克的《丁泰琪之死》，這是一部象徵主義的神秘劇。1920年他又在《小說月報》上發表了《我們現在可以提倡表象主義的文學麼？》，扼要介紹了象徵主義文藝，闡述了對象徵主義文藝的態度。他認為「表象主義是承接寫實之後，到新浪漫的一個過程，所以我們不得不先提倡」，這是中國提倡象徵主義最早的理論文獻。此外，魯迅周氏三兄弟合譯於1922年出版的《現代小說譯叢》也介紹了一些象徵派作家的作品。

神秘派和意象派，可以說是從象徵派派生出來的派別。1919年《東方雜誌》發表的《晚近之神秘主義》，這是一篇較早介紹神秘主義的文章。作品方面有胡適翻譯的斯特林堡的《愛情與麵包》。意象派正式介紹到中國時間稍晚些，對於俄國意象派詩人葉賽寧，魯迅在《革命文學》、《文藝與政治的歧途》等文中曾有多次論述。

中國介紹表現派最早的刊物是《東方雜誌》。郭沫若1923年發表了《自然與藝術——對表現派的共感》，這是一篇很有影響的文章。文中認為：「德意志的新興藝術表現派喲！我對於你們的將來寄予無窮的希望。」隨後又在《時事新報》副刊發表的《印象與表現》中，表彰表現派「主張積極的，主動的藝術。他們奔的便是表現的一條路」，這才是「真正的達到藝術的路」。此外，《小說月報》對表現主義藝術也作了集中的介紹。未來主義形成較晚，其作品最早被介紹到中國來的是劇作，即1921年宋春舫在《東方雜誌》上發表的《未來派戲劇四種》（即《換一個丈夫吧》）、《月色》、《朝秦暮楚》、《只有一條狗》，其中《月色》為未來派創始人馬利奈蒂所作。茅盾1922年作《未來派文學之現勢》，論述了未來派的興起與俄國未來派文學的現狀，並著重介紹了馬雅可夫斯基及長詩《150,000,000》，郭沫若也於1923年作《未來派的詩作及其批評》，較為全面地論述了他對未來派的看法。

意識流於本世紀初在西方興起後便立即傳到了中國。1921年柯一岑著《柏格森的精神能力說》，指出柏格森「以為意識不是固定的，乃是一種流動的東西……這是川流不息的是呈現於我們經驗中的東西，所以哲姆斯（詹姆斯）把它叫做意識流」。第二年郭沫若便運用意識流手法創作了小說《殘春》，這是中國新文學初期的意識流作品。

由此可見，從上個世紀20年代起西方現代主義文學思潮便「放開度量，大膽地，無畏地，將新文化儘量地吸收」[2]了，使中國文化在不太長的時間內縮短了與西方國家文化之間的歷史距離，從此，中國的新文學便在沉寂的東方開始放出引人注目的異彩。

20世紀50、60年代，中國大陸文學處於一種與世隔絕的狀態，而在臺灣（也包括香港）掀起了一股現代主義文學思潮。他們的理論和創作都植根於唯心主義、虛無主義和反理性主義思想。這股潮流是臺港在特定歷史條件下政治、社會、文化諸因素所促成，是臺港現實生活和受到西方文化強烈衝擊的產物。在詩歌方面，紀弦於上個世紀50年代主編《現代詩》雜誌，並開創臺灣的現代詩派。後又成立了「現代詩社」，對臺灣現代主義詩歌運動有很大影響。紀弦開其先路，繼而又出現了兩個著名社團，即1954年成立的「藍星詩社」和「創世紀詩社」。臺灣現代派詩人醉心於自我表現，突出個人主義、虛無主義等消極思想，藝術上存在著晦澀和「惡性西化」

---

[2] 魯迅（1881-1936），《墳・看鏡有感》，《魯迅全集》第1卷，人民文學出版社，1981年，197頁。

的色彩。在小說方面，1960年夏濟安創辦《現代文學》雜誌，主要成員都是臺灣大學外文系夏濟安教授的學生。他們對文藝的「西方化」懷有強烈的願望和雄心壯志，熱衷於現代主義小說形式和技巧的運用，企圖使臺灣讀者承認西方現代主義小說這個「主流」。

臺灣現代派文學乃是中國現代主義文學歷史發展中在局部區域的又一次崛起。進入20世紀80年代以來，隨著中國與世界的對話，在中國大陸的文藝界又掀起了一股現代主義文藝思潮。比較引人注目的是1982年至1984年的國內「現代派」論爭。論爭中兩種觀點針鋒相對：一種見解是把現代主義作為中國社會主義文藝的發展方向、道路來提倡，認為社會要現代化，文學上就需要現代主義，這是社會和時代的需要；另一種見解是認為現代主義文學是西方壟斷資本主義時代的產物。論爭的焦點是如何評價西方現代派文藝，中國文藝向什麼方向發展的問題。在評價與提倡現代派文學的過程中，朦朧詩的出現是向傳統詩歌的挑戰。它模仿、借鑒西方現代派手法，詩中突出特殊的意境和氣氛，大量使用象徵，暗示等手法，造成似隱似顯、似透非透的詩境，以表現詩人對時代、對人生的思考，在新詩領域中開闢了新天地。小說方面，他們也引進西方現代主義藝術手法，以意識流為線索，寫人物印象、感覺、聯想、內心獨白，運用時間、空間的交錯和大跨度的跳躍，再現人物複雜的、變化的精神狀態。作者把現代主義的藝術技巧和審美途徑融化於革命現實主義之中，深入探索和向人物內心世界開掘，表現出強大的生命力。這一切都說明現代派文學在新時期的再次崛起。

正當中國文學中的現代主義處於發展中的時候，受歐洲文化廢墟上誕生的後現代主義的影響，一種以反朦朧詩派為起點的「後現代主義」文化思潮又悄然在文壇興起。它的興起，意味著傳統美學（古典的和現代派）的終結，意味著美學領域面臨的一場大危機。儘管中國的後現代主義詩歌尚處於「實驗」階段，但畢竟預示了中國詩歌的某種趨勢。

馬克思主義曾提出「世界的文學」的概念，並不是抽象的懸空的東西，它是由「許多民族的和地方的文學」[3]所形成。中國現代派文學是民族的，同時也是世界的，它的形成與發展顯示中國文學已躋身於「世界文學」之林。而更為重要的是在很長的時間裏，中國是一個民族眾多，相對封閉和神秘的大陸區域，對這一區域的少數民族文學，有史以來第一次在西方外來文化和思潮的影響下，所產生的現代意識進行分析與研究，並由此說明他們所具有的文學藝術的獨特個性立場以及他們所特有的藝術傳達，將是一項十分有意義的工作。

西方異域的現代主義文藝思潮，不僅深刻影響了中國當代漢文學的變革，而且也對相對較為封閉並有著自己獨立的文化形態和存在狀態的少數民族文學創作產生了劇烈而深刻的影響。尤其是一些年輕的少數民族作家（詩人），他們在具有本民族濃厚的民族文化心理的觀照下，吸收了許多具有現代藝術特徵的表現手法，並與他們那種相對於多數漢族作家（詩人）而言，更加貼近自然，更加貼近生命本真的創作心理相交融，形成了民族文學創作一個獨特的藝術視閾。

中國當代少數民族文學創作對西方現代主義的接納，是一次比20世紀80年代中國漢族文學創作在西方文藝思潮影響下的現代化，意義更為深遠的交融。因為這是中國少數民族文學，第一次較為系統地接受外來文藝思潮的影響，而改變自己傳統詩學觀的濫觴。

3 《馬克思恩格斯選集》第1卷，人民出版社，1975年，225頁。

對於中國當代少數民族文學這個特殊的創作群體，他們以一種特殊的心理、特殊的情感歷程和特殊的藝術視野，以一種原生的文化形態和一種尚未被現代文明異化的藝術直覺，在覺醒了的現代意識的觀照下，重新審視民族的精神、文化，從而尋找民族生命本體裏那些神秘而博大的存在，並透視了一種神奇的嚮往。他們在文學創作的主題、題材、手法、語言等方面都延展和更新了傳統，以一種嶄新的審美意識，開啟了民族文學一種更高、更新的藝術世界對於中國少數民族而言，由於他們所處的特殊的社會形態和自然環境，無疑這將是他們的人類意識、生存狀態和文化心理最本質、最直觀的反映。他們雖然與我們站在同一時代面前，但他們缺少由灰色的鋼筋水泥群體以及紛繁的現代符號系統在他們心靈深處投下的陰影和荒誕。一種充滿神秘、充滿激情的「原汁」狀態的生命形態，對於文學創作是十分珍貴的，而以覺醒的現代意識注入這種「原汁」的生命形態，就將會使文學創作呈現一種嶄新的狀態。

對於深受外來文化與思想的影響帶上了現代色彩的少數民族的文學創作，在他們作品裏灌注了強烈的自我意識，他們常常把外部世界的固有形狀和正常的時空秩序打碎或變形，隨心所欲地根據自我情緒的流動方式和瞬間的邏輯情感，去開拓主題、設置意象以及創造語言。他們不僅根植於民族傳統文化的土壤，而且站在了更高的藝術觀照層次上，來審視民族的文化與精神，從而使得言說個體與民族精神信仰整體地、渾然地融入了人類群體意識（human collective consciousness）和宇宙宏觀意識（macro-universe-consciousness）之中。

中國當代少數民族作家或詩人在文本裏，沒有停留在以往少數民族文學創作（尤其是民間歌謠）那種獨立於創作者主體意識之外，多以「旁觀者」的態度，對生活的表層意象空間所作的簡單營造和拓展上，他們而是將情緒傳達的角度完全轉向了話語言說的主體——作家或詩人的心靈世界，並由此來觀照客觀世界。

他們在對作品藝術形式的刻意追求過程中越來越體會到，其文本的語言不僅要能夠描繪事物的外象，重現景觀，還應該有自己純粹的藝術特徵；他們認為藝術創作應該超越他所依賴的物的表象而進入非具象所能涵蓋的世界。所以他們之中的不少人都以極大的努力放在尋找一種既適合自己的創作個性，又能以一種充滿表現力的文本感染讀者的表述語言上，這在某種程度上改變了中國少數民族文學傳統的表現方式。

他們在對民族的精神和文化進行清醒而痛苦的返溯裏，認識到了文學的意義絕不僅在其本身，而在於由它所觀照的民族精神文化心理素質，以及它所折射的人類意識。於是他們在審視民族文化的過程中，甦醒了的現代審美意識中找到了一個更高的藝術視點。在他們的創作中，作為外部形態的民族、地域的文化環境和風情，被作家或詩人們與相應的現代文學藝術聯繫起來，從而通過文本的現代話語體系復原出了有生命的文化形態，將中國當代民族文學的審美特質昇華到了一個新的水平。

他們在那些種種具有隱喻、具有象徵意味和寓意色彩的民俗風情以及古老文化的歷史積澱中，以靈魂與生命的自由舒展著個性生命，從整體上體現了民族作家或詩人對自然、人生、歷史、倫理、情欲等基本主題的表現。他們那種強烈的現代意識，更多地表現在對古老民族的生存狀態以及神秘的原始物象作深入的審視。他們往往以一種充滿了強烈寓意色彩的方式，構織了一種神奇、幽遠和充滿夢幻般的藝術世界。同時在這裏我們還不難發現，中國當代少數民族作家或詩人以一種更深切的情感體驗，鮮明的現代意識，在現實與歷史的撞擊中，在人與民族文化的疊印裏，完成了一種對人生和民族精神的個性言說。在他們的不少作品裏，與其說是一種對充滿民族地域風情的生動展示，對蘊籍深摯的民族情感的盡情抒發，還不如說是他們透過民族精神的文化和物象，在現代意識的觀照下，對人的本質，對民族文化心理所進行的藝術把握。他們以作品深刻的意旨，以覺醒了的主體意識完成了一個個極富民族秉性與現代氣質的藝術世界的構建。

文學，作為人類歷史上最久遠、最崇高、最本真的一種藝術形式，是與人的生命流程、精神意識同一的語言生存，是人對自己生存的歷史一種象徵化的超越，是人對自我的透視與逼近，是一種對存在的歌唱。文學作為最古老的藝術樣式，一個即使再小的民族，時至今日，只要該民族內部仍在釋放著能量，便能夠毫不遜色地向外部世界展示出它生命的光輝。而當一種相對陌生的異質文化，以其最為鮮活的形態撲面而來的時候，習慣了自身母體文化的人們，將會受到一種文化「陌生感」的強有力的衝擊，並促使人們從另一種角度重新審視文學。

從上述這些意義來看，我們對中國當代少數民族文學進行研究、考察，將是一項十分有意義的工作。本著作選擇了一些具有代表性或有特色的少數民族作家與詩人，在整體上對他們的創作進行審視、研究與把握，試圖在另一種世界裏尋找一種情感歷程與藝術形態。

目次

導論 獨語與對話

導論　獨語與對話

過去那種地方和民族的閉關自守和自給自足狀態已經消逝，現在代之而起的已經是各個民族各方面互相往來和各方面互相依賴了，物質的生產如此，精神的生產也是如此。

——馬克思、恩格斯[1]，《馬克思恩格斯選集·第二卷》

20世紀80年代以後，隨著中國社會的全面開放，西方異域的現代主義文藝思潮，不僅深刻影響了中國當代文學的變革，而且也對相對較為封閉並有著自己獨立的文化形態和存在狀態的中國當代少數民族文學的創作，產生了劇烈而深刻的影響。尤其是一些年輕的少數民族作家與詩人，他們在具有本民族濃厚的民族文化心理的觀

[1] 馬克思、恩格斯：馬克思（Karl Marx，1818-1883），馬克思主義創始人，猶太裔德國人，政治家、哲學家、經濟學家、革命理論家。主要著作有《資本論》、《共產黨宣言》等。馬克思最廣為人知的哲學理論是他對於人類歷史進程中階級鬥爭的分析。他認為這幾千年來，人類發展史上最大矛盾與問題就在於不同階級的利益掠奪與鬥爭。依據歷史唯物論，馬克思大膽的假設，資本主義終將被共產主義取代。恩格斯（Friedrich Engels，1820-1895）德國社會主義理論家及作家，馬克思主義的創始人之一，馬克思的親密戰友，國際無產階級運動的領袖。主要著作有《德意志意識形態》、《自然辯證法》、《家庭、私有制和國家的起源》等。

照下，吸收了許多具有現代藝術特徵的表現手法，並與他們那種相對於多數漢族作家與詩人而言，更加貼近自然，更加貼近生命本真的創作心理相交融，形成了他們文學創作一個獨特的藝術視閾。

中國的民族地區是相對封閉和神秘的區域。對這一區域的少數民族文學創作，在外來文化和思潮的影響下，所產生的現代意識進行分析、追尋與研究，這不僅具有文學價值，而且具有人類學的意義。因此我們應從世界文學的格局中來考察中國當代民族文學所作出的選擇。中國當代民族文學在世界語境的生存背景之下，既有「獨語」形態，又有「對話」形態，而且對峙中的這兩種形態都是不可省略的必然存在事實。

第一節　「獨語」是自在自為的民族文學言說方式的存在形態

這裏的「獨語」，並非局限於個體的言說方式，而是指內傾語境的民族言說行為，它包括語言本體的孤獨、話題的孤獨與話語氛圍的孤獨。就語言本體的獨語特性而言，一些人總認為特定的母語歷史，構成語言品種的根性固執和表達優勢。就話題的獨語特性而言，一般認為民族的現實生存話題或者文學話題，未必都是其他民族正在關注或者有興趣關注的焦點，但同時它對民族自身的當下演進而言，又具有其別無選擇性，民族因此而應「說」和能「說」，卻始終還只不過是「自說」。

就話語氛圍的獨語特性而言，往往呈現出「被拋棄」的壓迫感和「被冷漠」的壓抑感，因為從公正性原則持議，所謂世界語境無疑應該是集體性在場，由此而形成語種文化間的公共性談論氛圍。然而，這終究只是理想主義的學理設定，幾乎在絕大多數情況下，都會有某一種或某幾種語種文化的暫時缺席。

如果我們把世界文學同步地理解為與世界語境相一致的存在空間，那麼總是會有一種或幾種民族文學，在特定時間位置離開世界文學的言說空間，彼此不相粘連甚至隔膜不入。如20世紀50-70年代的中國少數民族文學，以蒙古族的馬拉沁夫、賽音朝克圖、赫哲族的烏·白辛、壯族的陸地、韋其麟、維吾爾族的烏鐵庫爾、傣族的康朗英等為代表的創作，算得上一個巨大的作品存在空間。他們創作了大量表現社會主義時期新生活的不同體裁作品，這意味著民族文學的言談慾望和談論興趣都非常強烈，並在一定程度上堅守了民族言說方式的獨立完整性。但國門打開以後，當中國的少數民族的精神生活隨漢族一起切入到世界性生存方式之中的時候，並且當中國少數民族文學也試圖以轉變後的姿態，參加到世界文學在場交談語境的時候，它就常常只能充當靜靜傾聽的孤獨者角色。同時在那種氛圍的籠罩之中卻又幾乎難以進入；他一方面難以進入世界文學的話語體系，另一方面又脫離了民族的文化和歷史，在本民族文化語境中失語，如蒙古族的馬拉沁夫、土家族的冉莊、納西族的木麗春、仡佬族的包玉堂等人。獨語語境的存在，並非與封閉或開放成直接正比關係，即使在世界交往頻繁和世界文化融合的時代，獨語依然存在，而且有其存在的合法性。其合法性體現為：

其一，某種文化的生存內涵與言說方式，總有其自在和自為的方面，而一切自在自為的內容，實際上並不能在世界文化格局中實現跨文化效果，也就是難以或者根本不可能與別的文化參與者之間建構起「說—聽」在場性關係，所以一切「說」就都只能是獨語，更通俗地說是「自言自語」。

其二，若從長遠的人類命運看各民族的文化利益帶有終極一致性，然而這絲毫不能排斥現實利益的單位切分，也誘導著世界各民族的命名慾望和言說慾望，以確保現實過程中「倡」者的中心強勢。於是在世界文化和世界文學的在場性參與語境中，所有主體自律性強的民族都會選取這樣一種姿態，一方面努力去對話，並在這過程中最大限度地吸納人類實際進展中的文化能量；另一方面又始終會表現出自我迴避的隱私心理，以維護自身的原創文化優勢。之所以在交往的情境下，仍然會形成「不能對話」的民族選擇意願，主要原因在於民族自我中心偏見，在以己族之主觀態度觀察及衡量一切事物的態度下，認為自己在言說之際不必委曲求全地求取對話位置或對話方式。

其三，除非持一種極端理想主義的觀點，否則誰也不會認為世界語境就是純潔而且富有談論效果的精神共有家園，進入世界語境亦未必就能實現有效的言說或者富有吸納意義的傾聽，語境本身更大程度上只能是「雜然共在」，而且「雜訊」現象尤其不可低估。於此情勢之下民族主義者就會清醒地作出判斷和選擇，決定自己是否加入到對話的行列中去，由此就有「不必要對話」的缺席態度。

既然存在著獨語語境，也就有與之相吻合的獨語文學，它是一種自在自為的民族文學言說方式的存在形態，在「風格」持論裏，理論家們把民族文學的生存獨特性更多地歸諸其外部形態，譬如前蘇聯文藝理論家波斯彼洛夫認為：「法國古典主義，英國的、法國的、德國的和俄國的浪漫主義，都具有多樣的體系，而其中的每種藝術體系都有或多或少的風格上的差別。」[2]實際上，無論從何種意義上說，風格差別都不是民族文學存在形態的本質邊界。在「自棄」持論裏，作家們容易為文學的滯後尋找到符合日常心態的托辭和開脫。在無限地誇大獨語合法性的同時，培植起「吾即世界，世界即吾」的夜郎情緒，消解甚至無視世界的價值轉換與價值判斷的共約性的一面。於是，我們現在的一些少數民族作家與作品，便因此而得以意義升值，並且在這種升值的自娛行為過程中，悄悄地關上了文化互化與文學交流的大門，並最終不同程度地窒息文學發展的生命力。

所以獨語文學乃是民族暫時離開交談語境後的自我精神反思，或者是一種孤獨與壓抑。民族文學理所當然地要在世界情境中出場，並以熱烈的姿態同其他母語文學交談、交流、交會直至交換，有如個體之必須經常保持對群體公共活動的參與態度。但是，民族文學也不得不時時退場，冷靜地回到自己棲居的家園。

對民族而言，任何一個擁有獨立母語系統的民族，不僅有個性之思，而且有個性之言，儘管它會不斷地從異域借取「詞」或「說法」但卻更主要地依憑著自身的「基本詞」或「基本說法」，由此而有民族文學得以獨立完整的邊界，方使一種民族文學本質性地區分於另外一種民族文學，獨語文學是民族文學無法逃脫的存在形態。

---

[2] 波斯彼洛夫（1899-1992），《文學原理》，王忠琪等譯，三聯書店，1985年，410頁。

第二節 只要有文化接觸就有文化移動和文化交流的歷史景觀

在現代生存情境裏，人們一般就對話文化的認識似乎更加清晰，在交往的必要性和合法性完全不成其為問題的前提下，剩下的問題就只是「如何交往」的疑慮，除非在極端民族主義者的情緒裏，否則「對話」都是進入現代生存的一種基本態度，這具體表現為：

其一，當一種民族文化以積極主動的姿態，意欲進入世界化情境，與別的民族文化進行對話時，必然有其目的性支配著這種願望和具體實施行為。這種目的性將會明顯地表現在，「說什麼」與「怎麼說」，「獲得什麼」與「怎麼獲得」，雙方有哪些談趣與如何確保傾談等。馬克思和恩格斯在《德意志意識形態》裏指出：「各民族之間的相互關係取決於每一個民族的生產力、分工和內部交往的發展程度」[3]，這也就是說，文化交往的前提是文化交往者的能量生成，而作為交往之一種形態的對話，更應該從一開始就處於自律控制之下，由此確立其交往雙方的意義指向。

其二，民族是否獲得獨立的精神主體性，這是決定其與異城文化交往過程中能否獲得公正性利益的直接前提，因而真正意義上的對話關係，必然是公正性背景下，兩種文化間保持各自主體獨立的一種談論情境。如藏族作家阿來對象徵主義與魔幻現實主義的接受；回族作家張承志，藏族作家扎西達娃對存在主義與象徵主義的

3 《馬克思恩格斯全集》第3卷，人民出版社，1975年，24頁。

接受；彝族詩人吉狄馬加、倮伍拉且，藏族詩人列美平錯、唯色，白族詩人栗原小荻等對象徵主義的接受。任何形態的文化交流過程，唯有在不同的獨立主體間進行，方能確保其公正性秩序，才能在不同的文化言說者之間形成富有建設意義的對話關係結構，彼此間才能達成一種互動。

其三，不同民族文化間之所以有對話的慾望和要求，乃是因為彼此都相信有一種人類主潮文化方向，制約和牽引著不同文化形態的充分發展，於是，每當時空移位之際，就常常會有主潮迷失的幻覺，也就迫使各方都要去尋找自己的「言談合作者」商議未來性的主潮文化指向，以及當下性的主潮文化建設。所以，一種文化以積極的姿態加入到某種對話語境，必須在進入之前就已經抱定一些「文化主旨」（Cultural theme），即「一些具有相對性的統一標準」[4]並根據這些標準設計出公共言說空間，爾後展開其進入姿態，充分地言說抑或充分地傾聽，隨時地會意抑或隨時地爭執。總之，當我們邁入對話之途，必先審視是否有支配言說情境的某些主旨，同時還要反思這些主旨是否在價值維度上具有主潮文化指向。除此之外，還得要充分考慮進入雙方或多方的對話條件。

在粗略地分析了「對話」作為一種文化交流形態的三個限定性條件之後，我們大致可以獲得這樣一個學理性輪廓，那就是，只要有文化接觸，也就有文化移動和文化交流的歷史景觀。雖然對話存在於這一景觀之中，然而卻是具有嚴格限制意義的發生過程，可以說是文化交流的高級形態和最積極方式。基於這樣的印象，我們也

---

[4] M.E. Opler, “Rejioned to R. Cohen, American”, Journal of Socialogy, Vol, LII. P. 43。

就可以循此線索去把握這一文化語境中的對話文學，因為既然有對話文化，也就有對話文學。那麼，民族在對話文學中，將會怎樣去拓展其文學生存空間呢？

首先，是對生存的共同關注。儘管從初民文學開始，各民族文學就不自覺地表現出了相同的關注一致性，但是由於各民族的具體生存境況差異，特別是由於人類與自然的抗衡關係一直處於低級階段和分散狀態，所以生存共同關注的介面和深度，就都難以突顯到文學問題的中心位置。但是，隨著20世紀世界文化語境和世界生存格局的根本性變化，公共生存癥結迫使不同的國家和民族同時給予應對，應對的態度、闡釋的意義生成及其所採取的操作措施等，可能會彼此有異，然而有一點卻是一致的，那就是誰也無法逃脫一系列的生存性「遭遇」和「面對」。

人們通過文本的在場性對話，表現出各自對特定遭遇的關注熱情，表明其對普遍性棲居之難的解困責任，如蒙古族郭雪波、滿都麥、敖・奇達那日，土家族苦金、陳川，回族霍達的小說、白族栗原小荻的詩與戲劇。總而言之，現實的共同困境和形勢使然的共同關注，是導致對話文學日益拓展和強大的堅實基礎，同時也是最主要的發展方向。

其次，是言說的話語相互轉換。所謂「相互轉換」，其實就是文化學意義上的「文化互化」（Transculturation），即由各民族創造的文明成果，在橫向移動中，被別的民族所接受和承襲，甚至直接昇華為世界文化情境中的「共同的財產」。而所謂「言說的相互轉換」，在此只是指代這種移動現象在文學領域中的表現，意即各民族的文學成就，從作家到作品、從人物形象到故事情節、從語詞到體式、從精神思潮到美學風格，都有可能轉移到別的民族文學乃至整個精神生存空間中，並轉型為其自身的說法或樣子、內在精神或外部形態。如在創作領域，海明威小說中的硬漢形象影響了諸多語言背景的文學創作，並且可在其中找到它的影子和相似的聲音，如回族張承志、蒙古族郭雪波、苗族、覃志揚、趙朝龍、石定的小說等。

在第一個層面，我們可看到各民族文學通過母語內部的代言人，把那些異域文學進展中的概念和命題、想法和說法，用母語的表達方式予以呈現，進而使母語文學背景進入到這些問題的商談境況中去，形成其特有的觀點和態度，最終也就使世界語境中增加了對某個話題感興趣的新的言說者。

在第二個層面，「接受」乃是民族文學站在傾聽位置，充當在場性談論的被動角色，然而這種被動並不具有消極意義，它是傾聽與言說相互位置轉換過程中必不可少的環節。與此對應，「傳播」顯然是指民族文學站在言說的位置，它在努力推進自己的文化擴散和文學異域閱讀，充當在場性談論的主動角色，然而這種主動並不意味著必然性和持續性。實際上，對絕大多數現代民族而言，其在世界語境中，總是既站在接受位置又站在傳播位置，既傾聽又發言，既內納又外擴，如中國的藏族、蒙古族、苗族文學表現得十分典型。

第三節　建構當代民族文學精神獲得在場性參與談論的資格

既然民族文學在世界語境的生存背景之下，既有獨語形態，又有對話形態，而且對峙中的這兩種形態都是不可省略的必然存在事實，那麼，當一種民族文學努力想建構其當代民族文學精神時，究竟依靠何者為其基點？在獨語論者看來，民族古典主義的旗幟亙古不倒，歷史的承續之維決不能在當代被我們粗暴地綆斷，民族文學要想獲得獨立價值形態，真正為異域文學所不敢低估或不能吞噬，唯一的出路就在於走自己的路，說自己的話，尋求自娛性的「特色」、「風格個性」和「文化意蘊風貌」，如張承志、扎西達娃、阿來、烏熱爾圖的小說，吉狄馬加、栗原小荻、伊丹才讓、哥布等人的詩。而在對話論者看來，當下的世界語境已迫使民族古典退場，民族文學要想取得在場性地參與談論的資格，成為異域閱讀的選擇對象，必須義無反顧地追求世界精神，世界精神就是當代民族文學精神建構的最高取向。這種見解，最具衝擊力的地方，就是對20世紀中國文學滯後世界文學水平的原因追究和結果進行追究。在彼此不願退讓的情勢之下，迫使我們尋找第三種說法，並且這種說法務必能夠打通獨語和對話間的話語生存障礙，從而使民族文學精神建構既充分地體現於獨語文學，亦充分地體現於對話文學。

按照筆者的理解，這種說法暫且可以表述為「分工優勢論」，也就是說，中國民族文學曾經有過它的輝煌歷史，造就出了一批批具有世界文學價值的作家和作品，沈從文、張承志、扎西達娃、席慕容、阿來、霍達、烏熱爾圖等，這此作家作品所呈獻出的人類意義生成，代表著人類當時普遍狀態的先鋒位置和利益尺度，而且在當下仍然沒有失卻其表達的合理性和必要性。於是，當世界在目前的語境下需要尋找這類母題的表達角色時，曾經擁有歷史言說貫性的文學，當然就處於最佳分工位置，從而既代表民族亦代表世界的延伸其文學敘事歷程。分工的優勢還表現在，除了已知的世界話題和已然的言說優勢之外，對於未知的世界話題和未然的言說潛力，實際上也隱然存在於漢語文學現代轉型的個性生存方式之中，它在新的世界語境中，面對新的世界生存格局和母題敘述空間，因其現代個性的獨立品格而獲得新的世界分工。並且同樣會在新的分工使命中，形成具有當代性的獨語文學和對話文學，在獨語文學中承諾著拯救世界孤危的使命，在對話文學中承諾著拯救世界災難的責任，所以是雙向的價值承諾和效益發揮。在分工論者看來，民族文學對世界文學的價值逼近和意義敞開，將必須經過三個遞進層次。

第一個層次是確保歷史優勢，這也就是說，我們不僅要承認歷史，而且更要清醒地把握住歷史的箇中真委，有效地堅持和發展民族文學的既有成果，切切不可盲日地走向民族文學虛無和文學現代言說的西方轉向，在自暴自棄或驚慌失措中犧牲於各種設定的世界神話。

第二個層次是積極追求世界在場狀態，這也就是說，我們目前要努力完成已經獲得的文明工程成就，同時還要到世界的文化建設市場去主動投標，從而獲得民族文學延伸和拓展的歷史機遇，既大膽地參與討論那些我們非常陌生或尚無生存關切的「世界關注」，在以傾聽為主言說為輔的在場姿態中，保持民族文學的出席積極性，切切不可幼稚地走向民族文學至上和文學現代言說的古典複歸，在夜郎自大和固步自封中犧牲各種臆想的民族寓言。

第三個層次是充分表現出民族文學的言說衝動情緒和世界在場的發言亢奮狀態，這也就是說，經過較長時間的文明積累和幾代人的踏踏實實耕耘，在一系列的世界互約場合，我們都能夠富有先鋒意味地表達自己的態度和呈示出富有異域閱讀魅力的「說法」。因為那時候我們在一系列的問題上以及在關於這此問題的文學陳述方式方面，都獲得了較大的發言權，在獨語和對話中都能形上性地說出讓世界矚目的「價值」和「意義」。

就當下整個中國文學的語境而言，文學漸呈多元多向的立體趨勢，也為少數民族作家提供了進行多方面嘗試的條件和可能，民族性在作品中更深層地表現成了少數民族作家在文學創作中必然的首選。於是，他們不再是模仿和追隨他民族的作家而使自己處於尷尬的境地，也不再是去為某種理論疲於奔命，而是更多更自覺地去瞭解和認識自己的民族。

一個民族作家，只要他的作品深刻地反映了自己民族的精神實質，那麼他的作品將是跨民族跨國界的，對於整個世界來說是有普遍意義的。

第一章 中國當代民族作家現代主義藝術書寫的語言傳達範式

第一章 中國當代民族作家現代主義藝術書寫的語言傳達範式

文學不簡單是對語言的運用，而是對語言的一種藝術認識，是語言形象，是語言在藝術中的語言意識。

——巴赫金[1]，《語言創作美學》

中國當代民族作家在語言方面進行了大膽的探索與實驗，它以「反常化」來破壞僵化的語法規範，通過「斷裂」來創造新奇的藝術效應，通過借鑒電影蒙太奇語言來豐富自己的表現力，創造出了「陌生化」的審美效應，為中國當代民族文學的發展做出了貢獻。

中國當代民族作家尤其是年青的一代，在語言方面進行了積極的試驗，他們反對把語言當作簡單的認知工具。對他們而言，語言首先是一種實體性的存在和權力，詞語首先必須以神話的方式被設想為一種實體性的存在和力量，而後才能被理解為一種理想的工具、一種

---

[1] 巴赫金（M.M. Bakhtin，1895-1975），蘇聯文學理論家、批評家。著有《語言創作的方法問題》（1923）、《陀思妥耶夫斯基詩學問題》（1963）等。

心智的求知原則、一種精神實在的建構與發展中的基本功能。這樣語言就獲得了一種本體論的意義，語言成了使存在向人們呈現的方式，作家正是依靠語言而存在，並通過語言展現自己的創作個性。因此，語言是作家的生命形式，是作家的創作個性的具體表現。

第一節　以「反常化」的姿態重構語言並創造新的語言形式

語言是人類應自己的生存需要而創造的一種符號，隨著人類的發展其功能漸漸地分化，形成兩個不同的子系統，一個是適應人們日常生活溝通、交流的需要而形成的日常實用性語言；另一個是適應人們文學創作的需要而形成的藝術性語言。前者要求語言明確、簡潔、樸實，後者要求語言含蓄、生動、形象與準確，這兩種功能時有交會，經常產生矛盾，致使語言發展本身也呈現出一定的複雜性。日常語言在漫長的進化過程中漸漸形成自己的完整體系後，便獲得一種獨立的霸權，通過「語法」限定、規範著人們對它的運用，一旦超越「法規」之外，就會被判為「非法」。而文學語言是一種富於個性化的藝術表演，作家通過語言遊戲來表情達意，語言遊戲要富有新意才能吸引讀者，這就勢必要求作家勇於並善於突破已有的語法規範，通過對語言的重構獲得一種新的藝術表現力。從這個角度看，日常語言遵循語法規範，表現出一種穩定性，而文學語言則「破壞」語法規範，表現出一種多變性。

俄國形式主義理論家什可洛夫斯基（Shklovsky. Viktor Borisovich，1893-1984）將思維定勢與語言形式聯繫起來進行研究，並提出了極具創見的觀點，他認為多次重複的動作在變為習慣的同時，也就成了自動的，而自動的感知正是舊形式導致的結果。為了打破感知的自動性，就需要採用反常化創造出新形式，使人們的感知從自動性中解脫出來，重新回到原初的準確觀察中去，並從麻木不仁的狀態中驚醒過來。他看到了語言形式對思維方式的制約與更新作用，並提出了打破感知的自動性的具體操作方法——「反常化」。這實際上就是要打破已有的僵化的語言表達方式，創造出新的語言表達形式，產生一種陌生化的審美效果。「陌生化」既可應用於感知過程本身，也可應用於表現這種感知的藝術形式，於是「反常化」就成了素以強化重視主體感知為己任的現代主義文學的一種重要的表現手法，舊的語法規範中的「非法者」在進入新的語法範疇後變成了「合法者」和執法者。

語言學家索緒爾（Ferdinand de Saussure，1857-1913）打破了傳統語法規範中詞與物的單一對應，通過鬆動詞與物之間的對應關係，將語言分為「能指」（signifier）與「所指」（signified）兩個功能。一個「能指」聚合兩個或更多的「所指」，這時語言的特指性為語言的歧義性所替代。一首詩中的某個詞會盡力限定該詞的多重詞典意義以達到它的效果。另一方面，也可能有逆向情形：集合意義會力圖依照所置語言——意義於其中的哪個語境來鬆動語言——意義的穩定性[2]。語言——意義的穩定性一旦被鬆動，原來被視為合法的、不可改變的語法規則就成了可以變通的語言物件，就為語言的創新打開了方便之門，這可視為「反常化」的一種具體操作

[2] 特里·伊格爾頓（1943- ），《文本·意識形態·現實主義》，王逢振等編《最新西方文論選》，灕江出版社，1991年，431頁。

方式。索緒爾關於「能指」與「所指」的論述，為文學創作尤其是詩歌創作確立了藝術規則，使藝術語言與實用語言區分開來，使詩歌的模糊性與歧義性成為一種合理的存在，從而成為現代主義文學創作的一種新的語言法則。

語法規則是人類理性思維的產物，它以理性思維為基礎，不但制約著以感性為特徵的情感表達，而且對以陌生化的個人表演為語言特徵的文學創作也是一種梗桔。如果嚴格按照語法規則來進行文學創作，那麼作家們的作品在語言表現上將會是缺乏個性的千篇一律，許多精彩的神來之筆將成為病句而被剝奪存在的權利。在這種情況下，就需要一種能適合文學創作的新的語法規則，它必須能滿足人的非理性思維的需求，能充分體現作家的創作個性。美國語言學家，轉換——生成語法的創始人喬姆斯基（Noam Chomsky，1928-　）的轉換生成語法充分滿足了這些需求，他認為語言可按其規則進行不同形式的排列組合而產生出不同的語句和語義，且趨向無窮。

這一語法理論不同於以往的語法理論，它在承認已有的語言規則的前提下強調語言的變化性，儘管不是取代已有的語法規則，但它允許對舊有的語法進行破壞、改革，以便使其產生出新的語言形式和意義，換言之，這種語法規則強調的並非僅僅是語言形式的變化，而是強調通過語言形式的重新組合來生成新的語義。這種轉換生成法被現代主義文學作家視為創作的法寶，並得到了廣泛的運用。

如四川的藏族小說家阿來早期從事詩歌創作，他是以詩人的角色步入文壇的。他的詩以一種神秘、拙樸、渾然的陌生化的語言形式喚醒了人最原初的感覺，激發了作家和讀者的無窮的想像力和創造力，以一種具有現代思辨精神和具有悠遠深邃的歷史穿透力的語言符號建構了他的詩歌文本：

> 我坐在山頂
> 感到迢遙的風起於生命的水流
> 大地在一派蔚藍中猙獰地滑翔
> 回聲起於四周
> 感到口中硝石味道來自過去的日子
> 過去的日子彎著腰，在濃重的山影裏
> 寫下這樣的字眼：夢，青稞麥子，鹽歌謠，銅鐵，
> 以及四季的橋與風中樹葉……
> 坐在山頂，我把頭埋在雙膝之間
> 風驅動時光之水漫過我的背脊
> 阿，河流轟鳴，道路迴轉
> 而我找不到幸與不幸的明確界限
> ……
>
> ——阿來，《群山，或者關於我自己的頌詞》

詩人竭力在古老、拙樸、神秘的文化界面上，設置他的語言符號，他竭力使語言的能量充分釋放出來。詩歌語言不再表現為與情感、觀念或客觀世界的一一對應，或者以某種固定的韻律形式充當詩歌的外部修飾，相反，它具有了自己的生命和統一性。這種語言的「陌生化」效應並非重新創造一種語言來代替已有的語言，而是要在已有的語言範圍內對語言本身進行創造性的重組，通過對「語言

法則」的增加、修改來產生一種新的「語言法則」，也就是說要用新的語法規則來代替舊的語法規則，從而推動語言本身的發展。

苗族詩人同時也是「非非詩派」的重要詩人何小竹代表性作品是《動詞的組詩》、《組詩》、《夢見蘋果和魚的安》以及長詩《序列》等。在這些作品中，詩人的創作也在一種表面的平靜和靈慧中，暗藏著對舊的語言格局的破壞與毀滅。詩人試圖使他的語言獲得多值乃至無窮值的開放性，從而賦予語言一種新的更加豐富的表現力。詩人努力將語言推入非確定化，在不確定語境的建設和變幻中，他努力使那些老化了的語言因多義性、不確定性和多功能性的失而復得，而重新煥發春光，從而使詩篇充滿了鮮活的生命力。何小竹的詩在語言形式打破了傳統的語法規則，將詞句按照他的感覺方式進行新的排列組合，從而創作出了一種新穎的詩歌語言。

我們從詩人的詩作《老語》、《冬大的樹》、《鬼城》中也可看出他對構築新語體進行的積極探索。「我不崇尚暴力／我周身的魚骨排列著蠻族柔情的文字／那產卵的尾巴在河流／為女兒們造出紡織嫁妝的樓臺／我很蒼老／粗糙的鬍鬚常在黃昏捕撈／我所有旅行的終點都選擇在酒館／祖先傳下來的習俗我每一次夢見／覆滿枝葉的楓樹消瘦於滿天桃木的弓箭／經管歲月的岩壁上／還有著戰爭留下的陰影／我的眼睛仍然是人類希望的玫瑰色／破碎的家譜沉澱在我的背上／變成苦味的甲魚／我沒有忘記冰涼的水灣上／依然有少女在梳洗著烏黑的頭髮／……」（《輓歌》）這些詩句表現了他對語言的特殊敏感力和他對語言關係的特殊處理，詩人竭力突破已有的語法規則對語言進行重新剪接組合，以達到產生新的語言形式和語義。

表面上看這只是語言形式的變化，本質上則是思維方式的變異，是詩歌審美觀念的革命，他通過語言形式的改革改變了新詩的思維方式，使新詩由直白的敘述、抒情轉向隱秘的表現。詩人們的這種轉變與西方現代主義文學理論的影響是密不可分的。

語言形式的變化勢必引起文學觀念與思維方式的變異，思維方式的變異反過來又促使語言形式和文學觀念的進一步發展與完善，這是一種藝術發展的規律。在傳統的語言系統中，人的思維方式只能依照嚴格的邏輯規則來進行，而這種邏輯規則又是建立在人對客觀對象的感知、體認之上的。人類在長期的生活中經過多次的體驗後使自己的生理感官發生嚴密的分工，視覺、嗅覺、觸覺、味覺、聽覺各司其職，不容混淆，這種生理分工內化為一種理性的思維方式，在語言上具體表現為一系列與感官相對應的辭彙。如果將感官與它們所對應的辭彙秩序打亂則會造成語法的混亂，使語言傳遞資訊的功能紊亂，導致言者與聽者、作者與讀者之間溝通的困難，這是語法規則所不允許的。然而，現代主義文學對語言規則的突破導致了人的感官功能的「混亂」，其直接結果便是通感的產生。

通感是人在突破徑渭分明的理性思維進入非理性思維之後所產生的一種境界，這時平常各司其職、不相往來的諸感官之間打破了明晰的疆界，發生了溝通聯繫，並能夠互相轉化，一種感官可以具有另一種感官的功能，然而這種境界並不是能夠隨意獲得的，它需要創作主體的主觀修養及其所掌握的寫作技巧，還需要有靈感的支援。西方現代主義文學作家將通感作為一種創作方法和藝術追求，部分現代主義文學作家對通感的嗜好達到了極端的程度，波德賴爾在缺乏主體靈感的情況下，常借助於麻醉劑來產生一種人造的幻覺情調，這種幻覺「便可使他五官雜用，莫可區辨。目可以聽音，耳可以迷五色，入他那官能與靈魂的法悅之境」，這時「官能弄成異常的犀利，而銳敏眼光能貫穿無極，耳朵於甚囂之中能分出極難分的音，幻覺起了。外界的事物呈怪異的模樣，而表現於一種未經人知道過的形態」[3]，於是「最奇異的曖昧語言，最難說明的思想之轉換，生出來了。於是我們覺得音響會有色彩，而色彩成了音響」，[4]這段話極為明晰地闡明瞭由於作家的感官系統的「紊亂」而造成的感覺的新異和語言的「曖昧」，這種「曖昧」的語言實即打破了傳統語法規範的詩歌語言。音色交感、五官雜用成了西方現代主義文學作家所追求的一種境界，也成了中國現代主義文學作家所喜歡的一種藝術手法。

在蒙古族席慕容、藏族扎西達娃、苗族何小竹、土家族冉冉與冉仲景等人的作品中通感已不鮮見，而鄂溫克族烏熱爾圖的小說，壯族的馮藝、撒拉族的閩采的散文，侗族詩人王行水、佤族詩人聶勒等人則把對語言通感的運用作為自己的創作目標之一。現代主義詩人王獨清認為，「我覺得我們現在唯一的工作便是鍛煉我們底語言。我很想學法國象徵派詩人，把『色』（Couleur）與『音』（Musique）放在文字中，使語言完全受我們底操縱。我們須得下最苦的工夫，不要完全相信什麼Inspiration」[5]由此可見，中國的現

[3] 田漢（1898-1968），《惡魔詩人波陀雷爾的百年祭》，載《少年中國》3卷4期。

[4] 田漢（1898-1968），《惡魔詩人波陀雷爾的百年祭》，載《少年中國》3卷4期。

[5] 王獨清（1898-1940），《再談詩——寄給木天、伯奇》，載《創造月刊》1926年1期。

代派詩人不像西方的現代派詩人那樣在沒有靈感的時候靠麻醉劑來創造一種人工的境界，他們也不單純依靠靈感，而是力圖通過對語言的錘煉來產生通感的神奇效果，並以此創作出了部分優秀的詩歌。通感不僅在詩歌中得到了運用，而且在小說中也得到了運用。

藏族的阿來、梅卓，土家族的葉梅、冉冉，回族的張承志、石舒清，壯族的黃佩華以及鄂溫克族的烏熱爾圖的小說通過「色」、「音」交感等方法創造出一種朦朧的、極具象徵色彩的意境，使向來以敘事著稱的小說具有了詩化色彩，從而打破了小說、詩歌、散文的嚴格區別，完成了小說形式的轉型。通感在中國現代主義詩歌和小說創作中的廣泛應用，說明作家們並不是僅僅把它作為一種創作手法，更重要的是把它作為一種更新思維方式和語言表達方式的手段，或者說是將它作為一種新的思維和語言本身。

第二節　以「斷裂」的語言方式營造氛圍為歧義提供存在的條件

為了產生一種突兀、奇異、陌生的效果，中國當代20世紀80年代以後的一些民族詩人們還喜歡用斷裂的語言方式來營造一種特殊的氛圍。

這種斷裂法就是打破傳統的語言表達方式，將一些連詞、助詞及缺乏主旨內涵的詞語去掉，使原本連貫的語言缺少了連接的橋樑而斷裂，只剩下裸體的意象直接排列組合。這種斷裂的作用有二：一是抽掉大量的贅詞之後，語言顯得更加凝練、含蓄，可以用盡可能少的語言表達盡可能多的內涵；二是語言斷裂之後，留下了大量的裂隙，語言與語言之間形成了一種跳躍的空間，形成了一種「空白美學」，給讀者提供了一種參與創作的機會，同時也為讀者的感受與體驗增加了難度，為歧義朦朧的存在提供了條件。實際上，斷裂的語言方式是中國詩歌中早已具有的表現方式，後經龐德等西方現代主義詩人的誤讀吸收，成為意象派詩歌的一種表現手法和美學原則，對世界範圍內現代主義文學的發展產生了重大影響。中國當代不少年青的民族詩人也深受意象派詩歌的影響。

如滿族詩人娜夜詩歌中運用了大量的斷裂法：「一個人的到來／和整個春天的即將降臨／是溫暖的兩種方式。」；「我的思念伸出手來／摘到水中月鏡中花。」；「是蜜蜂落到／花蕊的一瞬／它有一個驚人的動作。」詩人懂得省略、轉折與沉默的力量。「倚窗眺望的女人／一根刺透自己的針／把外面的風塵／關在外面」。在這裏意象思維的過程始終伴隨著生動可感的裸露的意象，由於意象之間的連接詞已被刪除，因而意象思維呈現出跳躍性，由一個意象跳往另一個意象，這時意象與意象之間的聯繫打破了日常的語法規範，意象之間可以自由地進行組合。

這種省略法在西方未來派詩歌中得到了廣泛的應用，他們「主張使用裸體的名詞，去除形象詞、副詞（或用括弧括起來），去除標點用數學記號和音樂記號，這樣去除了連接仲介的詞語之間則形成了一種『無限想像』，『藉天馬行空的想像』，在表面上非常懸隔著的東西之間找出凡庸的頭腦所絕對不能想到的類似，而把那兩者結合起來，這就叫做無限想像」[6]。未來派的這種「無限想像」的最終目的是為了提高語言的表現能力、促進文體的發展，它跨過

[6] 高明，《未來派的詩》，載《現代》5卷3期。

了比喻、擬人而遁入象徵，使詩歌產生一種堅硬的張力，給讀者留下了廣闊的想像空間，創造出一種含蓄朦朧的審美意境。在看到「無限想像」的優點的同時，我們又無可否認，有一部分未來派詩歌因省略的幅度過大，「無限」的空間過廣而造成意象與意象之間不但失去了表面上的類似，而且失去了本質上的內在聯繫，詩歌成了一堆雜亂無章的名詞的堆砌，最終使讀者迷失於缺乏內在聯繫的裸體名詞之間，暈頭轉向而喪失參與的興趣，得不到應有的審美愉悅。

未來主義文學的這種思維方式作為一種藝術規律，在中國當代少數民族文學的創作中也有所體現。重慶市的苗族作家第代著冬、土家族作家吳加敏善於用「斷線風箏似」的思維方式來進行創作，這在其小說創作中表現得較為突出。他們通過對意象的排列得到意想不到的最新組合，在新的組合撞擊中產生出新的思想，由於它刪除了意象之間的過渡、承接、說明，因而顯得含蓄，一方面增大了文章的內涵，在有限的篇幅內表達盡可能多的內容，另一方面增加了感知的難度，讀者須調動自己的想像力去尋找意象之間的內在聯繫。

同時，他們的散文創作也突破了傳統語言的限制，不再一味追求詞與詞之間的斷裂，而是追求句子與句子、段落與段落之間的斷裂，句子與句子、段落與段落之間跳躍距離增大，在較小的篇幅之內表現出深邃的思想內涵。如黃神彪的《吻別世紀》，作者以無比精練的筆法，以深厚的心愫去浸透時代的血脈，以熾誠的心感受堅實的大地的博動。他透視了我們這個紛繁的時代與厚重的人生，當然，也會想到那種燃燒的或靜柔的青春，還會想到對美的勃放的或是含蓄的體驗，當我讀著《吻別世紀》，便隨著黃神彪激越的情感去領略他對生活的體悟。

在回族作家張承志、陳村，土家族的冉冉、冉仲景、陳川，彝族的吉狄馬加、倮伍拉且、牧莎斯加、阿蘇越爾，藏族的列美平措、吉米平階、桑丹、唯色、達娃次仁以及等一些具有現代意識的民族作家與詩人看來，傳統的浪漫派詩歌或抒情詩意象比喻空洞含糊。他們認為只有發現表面極不相關而實質有類似的事物的意象或比喻，才能準確地，忠實地，並且有效地表現自己。在意象營造上，他們強調較大跨度的跳躍性，把不相關聯的形象組合在一起使之產生「陌生化」的藝術效應，而產生的意象都有驚人的離奇、新穎與驚人的準確、豐富：一方面它從新奇取得刺激讀者的能力，使讀者在陌生化的審美效應衝擊下獲得一種新的審美愉悅與新奇的藝術感受，使讀者進入更有利地接受詩歌效果的狀態；另一方面在他稍稍恢復平衡以後使他恍然於意象及其所代表事物的確切不一，及因情感思想強烈結合所贏得的複雜意義。如唯色的《四月》：「四月的翅膀可能被何處挽留？／像哪裏的精神，洩露一點／片片羽毛就情不自禁／從一瞥，到又一瞥／這多少瞬的一亮，穿過飛翔／來自天生，又是天生的小小俘虜／最多保守一雙不顧風俗的眼睛／珍惜它朝上面的一廂情願／沒有主見，常常病倒在地／這樣的天真受到熱愛／……」再看唯色的另一首詩《階段：獻給夢中自殺的人》：「找一句話，或一個單詞／一針見血，百花齊放／我終於死在這一種武器之下／應該是嬰兒就死去！這一次發生／這一個時刻，物是人非／倒下的樣子，像是瓜熟蒂落／……」。再如彝族女詩人祿琴的詩《彝文》：

只要想起那些黝黑的面孔

返身撿起木筆的姿勢塵埃從風中　紛紛跌落

天空和大地摒息靜氣

布摩的法術

使一切昭然若揭

……

由此可見，一些具有現代意識的民族詩人已經明白了詩歌語言斷裂的方法、技巧及其藝術效果，並自覺地運用這一方法，對這一手法的成功運用使他們創作出了頗具陌生效果的中國現代主義詩歌，將中國當代少數民族現代主義詩歌創作推向了一個新的階段。

第三節　以「陌生化」的策略使語言由再現走向表現

詩是一種特殊的語言組織，詩的作品具有「為其自身存在的自主性」。要深入地考察詩，科學地評價一件詩歌作品，就必須把它與藝術家、讀者反應及外部世界區分開，將它作為一個由內在聯繫構成的整體來分析，並以其存在形式的內在標準來判析。

俄國形式主義的理論起點是「差異」，他們認為文學的本質是它與其他事物的差異，具體來說，便是文學的材料和手段，即詩歌語言與日常語言的差異。這種差異論的概念就是「陌生化」（defamiliarization）。什克洛夫斯基（Shklovsky. Viktor Borisovich，1893-1984）認為，藝術的目的就是為了「恢復我們對生活的感覺，為了感覺到事物，為了使石頭成為石頭」[7]。因而藝術的手便應是陌生化手法，即使「形式變得模糊，增加感覺的困難和時間的手法」。[8]從這一觀點來看，詩歌就是那種日常無意識的、「實用的」語言經加工後變得陌生、新鮮了的語言表達方式，用語言學家、文藝理論家羅曼·雅各森（Roman Jakobson，1896-1982）的話說，「詩歌就是對普通語言的有組織的違反。」[9]普通語言（即日常語言在日常使用中淪為了了無生趣的機械的交際工具，而詩歌語言經由詩人對詞語施以「暴力」，在語音，語義及語法結構上均創造了新的、不為人熟知的形式。詩歌的本質即在這種形式創造，它克服了人們對生活的慣常的機械的知覺，代之以全新的眼光和感覺。

「陌生化」（defamiliarization）的概念一直受人稱道，廣為流傳，原因之一是它對康德以來的形式美學有了新的發展，把語言形式與讀者反應聯繫了起來；並且「陌生化」所持的觀點中，含有普通語言存在的合理性，藝術是普通語言被加工後的產物。而其他的形式主義者如雅各森、勃里克等人則不僅使詩的語言在功能上與普通語言完全對立，而且完全割斷了二者的聯繫。他們認為詩的語言是一種以自身為目的的、不假外在性的語言，其典型表現是無意義的語音和字母的一定形式的組合：

---

[7] 〔法〕茨維坦·托多羅夫（1939-　），《俄蘇形式主義文論選》，中國社會科學出版社，1989年，65頁。

[8] 〔法〕茨維坦·托多羅夫（1939-　），《俄蘇形式主義文論選》，中國社會科學出版社，1989年，107頁。

[9] 轉引自田星，《論雅各森的語言藝術功能觀》，載《外語與外語教學》2007年6期。

> 嚴格地講，詩的語言以語音的詞為目的；更確切地說……詩的語是以諧音的詞、以無義言語為目的的。
>
> ——雅各森

> 不論我們以哪一種方式去看待形象與語音的關係，有一點是毋庸置疑的：語音，語音的組合並不單是諧音的補充，而是對獨立的詩憧憬的結果。
>
> ——勃里克

「無意義語言」，與「獨立的詩」可看作是唯美主義的純詩理論的新發展，也與俄國未來主義詩歌運動的現實緊密相連。這種違背語言與藝術事實的理論（實際上是一種很情緒化的理想）很快便宣告破產。無需證明的基本事實是：1、語言不可能離開語義；2、任何一首音樂性很強的詩歌都迴避不了這麼幾個因素：意義、上下文、音調。

認識到語言擺脫意義的困難，認識到單獨的詩歌語言不能成立，形式主義者引進了系統和結構的概念，因此後期（布拉格時期）的形式主義也可稱為結構主義，這一「結構」概念顯然受到了索緒爾語言學的影響，而詩歌的詩性意義正是來自於上下文的結構作用，如對仗、前後重複、韻律等。這種詩歌的格律手法使得語言（詞語）在詩歌中擺脫了它們的固有的概念意義，而成為能指的相互映襯「重點在於資訊（message，即『能指』）本身，所以資訊的調節就構成了語言的詩功能特徵」，雅各森肯定地說：「詩性即符號的自指性。」[10]即為詞語的意義取決於語言系統中形成的差異，而非與現實的指涉關係。

如曾獲中國少數民族文學駿馬獎的普米族詩人魯若迪基有這樣的詩句：「我曾屬於原始的蒼茫／屬於艱難的歲月／如今，我站在腳手架／把祖先的夢想／一一砌進現實。喝蘇里瑪酒的父親讀我／目光常追逐起一隻翺翔的鷹／背繫羊皮的母親讀我／眼裏一片綠色的希望。」再如苗族楊犁民的散文詩《大海的每一次轉身》：

> 海是地球的心臟，河流是地球的血管。看不見的搏動，傳遞著海的神秘意志，讓身處荒漠的一株小草全身湧動綠色的血液。海風吹拂，帶來了海巨大的沙漠，最後又回歸大海深處。看不見的寂靜海底，海推動著海，自我否定又自我鼓勵。海大得看不清自己，所以，幽深的沉寂和驚天的咆哮，也只是海微微的一聲歎息。它要使出多大的力氣，才能喊出它自己？

在魯若迪基的筆下「祖先的夢想」被他一一「砌進了現實」，而「父親讀我」那犀利的「目光常追逐起一隻翺翔的鷹」，但寬厚而慈愛的「母親讀我」眼裏是一片綠色的希望。在楊犁民的筆下大海被神奇化，那看不見的深邃莫測的海底，「海推動著海，自我否定又自我鼓勵」！作品中日常無意識的實用的語言經藝術家的加工處理後變成了陌生而新鮮的語言表達方式。

---

[10] 方珊，《俄國形式主義文論選》，生活·讀書·新知三聯書店，1989年，126頁。

「陌生化」（defamiliarization）既是一種語言革新的策略，又是一種語言效果和美學風格，它使語言由再現轉向表現，實現了由傳統的傳達功能向現代的審美功能的轉化，在這一轉換過程中語言成了文學性的直接體現者和實踐者，作品因為有了語言的探索而具有了重要的審美價值。

如果說當代少數民族現代主義詩歌受西方現代主義的影響，從而形成自己獨特的藝術風格，那麼中國當代少數民族小說與散文創作則吸收了電影蒙太奇的語言手法，將蒙太奇語言結構運用到小說創作中，這也可視為一種「陌生化」（defamiliarization）的語言策略。電影語言不同於人們早已習慣的文學語言，早在20世紀30年代中國現代的「新感覺派」小說就開放的姿態大膽地將電影語言運用到小說創作中去，引起小說語言的革命，成為了中國20世紀30年代中國現代主義小說的重要特徵。

「新感覺派」小說的代表作家葛莫美（劉吶鷗，1900-1939）認為文字在表達情意方面有較大局限，而電影手段則能彌補詩的不足，「把文字丟了一邊，拿光線和陰影，直線和角度，立體和運動來在詩的世界裏飛翔，這是前世紀的詩人所預想不到的。」[11]正是這種大膽的異想規範來敘事達意，以因果的起承轉合構成故事發展的連續性和邏輯性，語言鏈成了連續性和邏輯性的物質基礎。新感覺派小說對電影蒙太奇的借鑒打破了中國傳統小說的語言模式，使小說語體產生了一次革命。

電影語言的介入打破了傳統小說的語言格局，使小說語言具備了詩化性質。回族作家張承志、藏族作家扎西達娃、土家族的陳

[11] 葛莫美，《電影和詩》，載《無軌列車》1928年4期。

川、吳加敏、蒙古族的孫書林、伊德爾夫、苗族作家石定、第代著冬等小說創作也深受這種表現方式的影響，大量運用了電影蒙太奇技巧，其作品表現出獨特的語言特質。如扎西達娃《西藏，繫在皮繩扣上的魂》中的段落：

> 「你不會死。婛，你已經經歷了苦難的歷程，我會慢慢地把你塑造成一個新人的。」我仰面望著她說，我從她純真的神情中看見了她的希望。
>
> 她腰間的皮繩在我鼻子前晃蕩。我抓住皮繩，想知道她離家的日子，便順著頂端第一個結認真地往下數：「五……八……二十五……五十七……九十六……」數到最後一個結是一百零八個，正好與塔貝手腕上念珠的顆數相吻合。
>
> 這時候，太陽以它氣度雍容的儀態冉冉升起，把天空和大地輝映得黃金一般燦爛。我代替了塔貝，婛跟在我後面，我們一起往回走。時間又從頭算起。
>
> ——扎西達娃，《西藏，繫在皮繩扣上的魂》

再如苗族作家第代著冬的小說《過客》：

> 夏至以後，渾濁的長江開始出現連續不斷的飄浮物，那是上游的洪水帶下來的枯枝、殘葉以及輪船上拋棄的酒瓶和一次性飯盒。偶爾有一隻江鷹的斜影滑過江面，然後在城市的上空落葉似的飄逝。這座城市通常被籠統地稱為南岸，自立夏以來，它長期籠罩在塵土飛揚的迷濛之中，樣子很委瑣，也很虛

> 假。北岸是一些潦倒的村莊和幾個貨運倉庫，尖銳的蟬鳴鼓噪著它昏昏昏沉沉的睡眠。也是在這樣一個普通的夏天，一次偶然事件幾乎把我膽怯的內心擊得粉碎，以至後來我差不多都是在這次事件的陰影下靠回憶來打發光陰，像一條靠舔自己的傷口安慰日子的動物一樣，在北岸一座倉庫裏謀到了一個看守的差事，瞭望著南岸我熟悉的城市靜悄悄地活了下來。
>
> ——第代著冬，《過客》

張承志、扎西達娃、阿來、第代著冬的小說和散文都借鑒了電影藝術的特質，利用了電影給與人們的不絕地、變換著的、流動映象織接人生的片斷「表明」故事而非敘述故事，促成了中國當代民族小說文體的「革命」，使一向以時間和連續性為敘述基礎的小說形式空間化。中國當代少數民族的小說與散文對電影語言的借鑒改變了中國傳統民族小說的語言格局，使民族小說創作獲得了一種新的語言表現形式，為民族文學語言注入了新的活力。

從中國新文學發展史的角度來看，在大部分作家將創作的中心轉向對現實生活的關注而忽視了語言的文學性的時候，中國當代少數民族的現代主義文學創作能夠堅持自己的藝術追求，對語言進行多方面的實驗與突破，為中國新文學的發展作出了應有的貢獻。現代主義文學的民族作家以其各具特色的言語共同構成了中國當代少數民族現代主義文學的語言特徵，言語的更新發展不但促進了中國漢語言的發展完善，使有著數千年悠久歷史的漢語言煥發出了新的活力，而且更新了中國民族文學寫作的思維方式，塑出了一種創造、創新的思維模式。

第二章

民族精神的蘊涵與詩的再生

第二章　民族精神的蘊涵與詩的再生

——重慶市當代民族文學創作語言符號的傳達藝術

一個符號總是以簡括的形式來表現它的意義，這正是我們可以把握它的原因。

——蘇珊・朗格[1]，《情感與形式》

這裏從一個較為寬泛的範圍來使用「語言」這個概念，即不僅指文字本身，而且還包括文字按一定的構造法則組合而成的藝術符號——句子、句子群落乃至文本。重慶少數民族作家（詩人）處於一個十分特殊的語言背景中，一方面他們與自己的母語保持著一種潛在的聯繫，但另一方面他們卻始終生活在漢語的環境中，並且他們的創作還深受西方文學文本的影響，因此他們對語言的感知是十分敏銳的，他們語言符號系統的豐富與更新應是一個引人注意的問

1 蘇珊・朗格（Susanne K. Langer，1895-1982），德裔美國人，哲學家、符號論美學代表人物之一，著有《哲學新解》（1942年）、《情感與形式》（1953年）等，使符號論美學在20世紀40-50年代達到鼎盛，產生了巨大影響。

題。他們語言符號的呈現方式，直接體現了中國當代少數民族創作正在走向一種成熟的文本敘述模式。

就中國當代民族文學創作的整體情況看，重慶市近年來，少數民族文學創作取得了較大成就，尤其是少數民族詩歌創作，在全國產生了較大影響。如苗族詩人何小竹曾獲第四屆全國少數民族文學獎，土家族詩人冉莊和冉冉的詩作曾分別獲第六、第七屆全國少數民族文學創作「駿馬獎」，土家族女詩人冉冉的詩集《空隙之地》（中國文聯出版社2002年版）2005年獲「艾青詩歌獎」，還有一些詩人諸如土家族的冉仲景、苗族的何巨學（何流）、楊見等雖然創作的詩歌不多，但他們詩歌抒情的方式，語言的表述，意象的構建等在中國當代少數民族詩壇上是頗有特色、值得重視。

文學是語言的藝術，任何文學作品的思想內容以及全部的形式和技巧最後都得落實在語言上。當作家（詩人）要把內心孕育的藝術形象傳達出來的時候，首先必須選擇相應的文學語言。「文學語言是構成文學形式的最基本要素。我們可以認為，每一件文學作品都是一種特定語言中文字語彙的選擇。」[2]「從索緒爾和維特根斯坦到當代文學的二十世紀『語言革命』之標誌，是承認意義不只是用語言『表達』和『反映』的東西，它實際上是被語言創造的東西。」[3]因此，作為一個成熟的作家（詩人）在變革自己作品的內容和形式的同時，必然要創造新的文學語言。對語言符號的藝術處理和創造，直接體現了一種正在走向成熟的文本敘述觀念，當語言符

[2] 孫楚榮、劉德重，《文學概論》，四川人民出版社，1981年，193頁。
[3] 特里・伊格爾頓（1943-　），《文學理論導論》，載《外國文學報導》1986年1月2日。

號以一種新的規定和新的表達方式出現時，就意味著作家創造了一種新的感知對象。

以第代著冬（苗）、苦金（土家）、陳川（土家）、任光明（土家）、易光（土家）、饒昆明（土家）、阿多（土家）、吳加敏（土家），到冉莊（土家）、冉冉（土家、女）、冉仲景（土家）、何小竹（苗）以及楊見（苗）等為代表的一批重慶當代少數民族作家、詩人在語言符號系統的傳達藝術上進行了艱辛的探索。他們在重視語言對經驗世界傳達的複製功能時，更重視語言的創造意義；他們在對作品藝術形式的刻意追求過程中越來越體會到，文學語言不僅要能夠描繪事物的外象，重現景觀，還應該有自己純粹的藝術特徵；他們認為藝術創作應該超越他所依賴的物的表象而進入非具象所能涵蓋的世界。所以他們之中的不少人都把極大的努力放在尋找一種既適合自己的創作個性，又能以一種充滿表現力的文本感染讀者的表述語言上。

第一節　作品的表述擺脫了工具地位走向表現與傳達語體的自覺

語言對於作家（詩人）與作品來說，無疑是一種媒介，但對於優秀的文學作品而言，應使讀者忘記語言這一媒介的存在，而不是使讀者對這一媒介的勝任。以往的文學作品多強調語言的「工具」作用，注重語言的準確、生動、通順、形象、精煉以及鮮明，而這種要求從語言藝術的角度來看是十分不成熟的。薩特在《什麼是文學》一文指出「文學的對象，雖然是通過語言本身實現的，卻永遠不能用語言來表達。恰恰相反，從本性上它就是一種靜默，是一種詞的對立物……」[4]若仔細考察中國近20年文學在敘述文本上前後的變化，便會發現語言經過了由簡單的模仿、記錄、反映上升到了對作品內涵所承擔的傳達作用，這是文本的自覺。

作為20世紀80年代步入文壇的重慶少數民族青年作家、詩人，他們無疑也受到了當時那種文本表述語言擺脫其工具地位，走向表現與傳達語體的自覺的影響，並且他們之中的不少人本身就是這場變革的積極參與者，諸如冉冉、冉仲景、第代著冬、楊見、何小竹、陳川、吳加敏等人。

在「非非」詩派的代表詩人何小竹看來「粉碎舊語體，建立新語體，便是新時期現代主義詩歌對傳統新詩的反叛」。[5]何小竹多次與筆者談到：語言是一個獨立的體系，「我」只是語言體系的一部分，是「語言說我」而非「我說語言」。人從萬物的中心退居到連語言也把握不了而要被語言所把握的地步，其結果表現在藝術家那裏，便是昔日那種寫出「真理」、「終極意義」的衝動，退化為今日的「無言」。何小竹的詩歌也處於這種「無言」的境界，處於言說與靜默的臨界線上，處於語言發生的意義上。詩人創作的最高意旨在於追溯語言與人、與宇宙自然的本質關係，進而揭示人與自然的真實關係，以及人自身存在的必然性和或然性，並由此反觀文明的本質。詩人在他的不少詩作中都背棄了傳統的語言格局；「我找不到一種語言／記述那次經歷／人類從開始／就裝扮成鳥的

---

[4] 毛崇傑，《存在主義美學與現代派藝術》，社會科學文獻出版社，1988年，145頁。

[5] 何小竹，《回頭羊・序》，四川民族出版社，1991年，2頁。

模樣／至今我不能向你展露／那只痛苦已久的眉毛／你每次看我／都缺少表情／就像看見我家譜中的／那幅插圖／關鍵在於圖中的那個星象／留有祖母的指紋／至今我沒有找到／一種向你解釋的語言／……」（《人頭和鳥》）「我不願在／下午兩點說出／這一種語言‖是兩隻／被夢幻擊斃的貓頭鷹／睡眠的眼睛／預感到一座雪山的死亡‖……‖我不願在／天黑以前說出／這一種語言／那時我們都坐在／一扇門前／等待落日／默默地數著黑色的念珠／……」（《一種語言》）。在這些詩篇中，詩人努力將語言推入非確定化的語境中，他試圖使語言獲得多值性，乃至無窮值的開放性，賦予語言更新的和更豐富的表現力，從而使語言獲得一種神奇的魔力和一個新的說話的生命。苗族作家第代著冬同樣以一種帶有神秘、濃郁的地域文化色彩，以一種具有現代思辨精神和具有悠遠深邃的歷史穿透力的語言符號，來建構他小說的文本，並以此營造一種幽遠、神秘、拙樸、渾然的藝術境界：

> 那天夜裏天空繁星點點，稀落的村舍在月光下像水牯一樣臥伏著，泛起月華青白色的淒冷。大吉的姆在油燈下為他蒸包穀粑，他的爸爸在灶邊抽著葉子煙，讓火塘裏的紅光在他臉上刻出明暗分明的陰影，固執而冷漠。大吉和弟弟打點行李、被卷、斧頭、柴刀、短鋤、火槍，鋁鍋、爪釘、鹽巴、包穀。作為一個遠行的男人應該帶上的他都帶上了。大吉的爸爸為了讓皮繩扣能夠像英雄的火槍一樣掛在牆上，決定讓兒子帶著金虎和黑虎去遙遠的地方放羊，至於那是個什麼地方沒人知道。
>
> ——第代著冬，《牆上掛著皮繩扣》

作者竭力在古老、拙樸的文化界面上，設置他的語言符號系統，以此表現生命的原生形態，揭示民族性格的秘密，同時進一步展示自己的藝術選擇。作者在他的散文《烏江：生命中的物什或一種古典情緒》中曾有這樣一些描述：

> 在千里烏江的河谷之上，盤亙的山巒擺著起伏、荒蕪的身軀，沿著江流向北蜿蜒。凸立於兩側的武陵山脈和大婁山脈如同兩隻豐碩的壯乳向無邊無際的闊野延展，根植於枯草中的棱骨石因長年受到寒風的侵蝕，變得像古老的寨牆一樣灰白。在那些被黃色的坡土完全覆蓋的山地中間，成千上萬的寨落被種子一樣分佈在向陽的山溝裏，它們用大部分時間抵禦寒冷的圍困，那時寂寞的壓力是難以想像的，彷彿莽莽雪原上唯有時光在慢慢地流瀉。
>
> ……
>
> 我知道，在我所經歷的十多年鄉村生活的少年時光，那些事物已如影子一樣潛入我的血液，我甚至聽見了它們的聲音，這些聲音幾乎比奇異的地形、千年蠻荒的景致更令人靈魂痙攣，它們就像瞬息萬變的氣候一樣讓人捉摸不透。我努力去熟悉和懂得它們，並嘗試著形成文字。
>
> ——第代著冬，《烏江：生命中的物什或一種古典情緒》

的確作者所生活的地域烏江蘇流域，已成為了他生命的一部分，成為了他延續文學幻想的人文地理背景以及構築文本的語言母體。

《文心雕龍》所謂的「隱以複議為工」，若用象徵派的觀點來描述，則是意象內涵的多義性或不確定性。土家族作家吳加敏小說的文本體現了一種多義的表述和不確定的傳達，應引起我們的重視。他的作品雖不多，但語言極富表現力，在他的小說《臭水井二題》、《箱子》、《種》、《天堂的門最後開》等作品中，作者竭力在古老的文化背景下表現生命的原生形態，並刻意追求一種象徵性。讀他的作品，我們在人與自然的關係上彷彿還原到了史前狀態，彷彿重複著一個個瑰麗、拙樸而淒慘的遠古神話。作品中那些極富民族性格的性心理揭示以及極具民族文化特徵的物相和情節設置，都成為了他小說文本的載體，成為了他作品敘述語言的一個調節和範導系統，從而使他的小說文本獲得了強有力的表達效果和多層的意象空間。

第二節　生命的自然語言被創作主體的精神啟動產生了情緒美

任何一個作品的文本，都是體現創作者思想精神的整體。創作主體的精神，支配著具有符號集成性質的作品各個集合部，自然不言而喻地浸透著作為作品藝術世界獨立層面的語言情緒。作家（詩人）投射在作品文本中的語言情緒各不相同，這種個別與一般的偏離源於創作主體的精神之流。「滿紙荒唐言」唯有「一把辛酸淚」的摻和，才能釋放出「遍被華林」的「悲涼之霧」；無生命的自然語言唯有被創作主體的精神啟動，才能產生情緒的美感。在這裏創作主體的精神投射具有決定性的意義。英國文藝理論家、詩人瑞恰茲（Iror Armstrong Richards，1893-1979）指出：「作為一種情感語言，包括詩歌語言在內的一切文學語言都具有這樣一些特徵：第一，它是文學家對事物的一種情感態度的表現；第二，它又是對讀者的一種情感態度的表現；第三，它希望在讀者那裏引起情感效果。」[6]可以說，沒有創作主體的主觀介入，也就無所謂語言情緒，這不僅意味著語言情緒經由創作主體傳達，更重要的是傳達過程中始終流貫著創作者的主體精神。

應該說土家族詩人冉莊的抒情方式是十分傳統的，他總是在凝練而樸素的語言表述裏抒發詩人的情感，完成詩歌意象的構建。他的詩總是在一種簡潔而明快的句子群落裏營造一種親切而真摯的氛圍：「邊城杏花雨，／輕輕撥琴弦，／綠彈了菩提樹梢，／彈得賣花女頭上，／珠珍兒一點一點。／我敞開胸襟，／昂頭、笑臉，／此時雨作杏花酒，／半醒、半酣，／邊城雨絲，／絲絲比蜜甜。」（《杏花》）「輕風輕輕，／輕輕地把竹撫弄；／薄霧輕輕，／輕輕裹住江的笑容；／竹筏輕輕，／輕輕在瑞麗江上滑動。／一船笑聲清脆，／一船花鮮紅，／岸邊卜哨（泰語，即少女——引者注）手巾揮舞，／船上胞波（緬語，即親戚——引者注）花傘晃動，／唯有艄公竹篙輕點，／輕輕搖醒江的美夢。」（《屯洪渡口》）醉後才識酒重，／別後才知情深。／怕淚濕透了紙，／我不敢為你寫詩。／怕淚濕透了枕，／我不敢做你的夢」（《別後》）冉莊始終在一種民族化、大眾化的十分樸素的語言表述方式裏完成他詩歌藝術世界的構建。

---

[6] 瑞恰茲（Ivor Armstrong Richards，1893-1980），《文學批評原理》（倫敦），1928年，215頁。

對於土家族詩人冉冉而言，她完全是以青年女性特有的細膩和敏銳，以她那些清麗、委婉、情感深摯的語言介入，創造了一個個充滿美麗的憂傷而又深摯幽遠的詩歌意象：「石板街上蒼白而又冷寂的月光／如同下午的太陽／從陽光到月光／經歷了漫長黑暗的轉換／那是午夜的月亮／沒有出現之前的黑暗／在那一段時光／每個窗戶的燈都紅著／蛤蚌一樣閉著嘴的人們／支楞起耳朵／聽風的嘯聲劃過／月亮出來的時候／戶外沒有人影／風吹著低矮的峰巒／因為冷寂／煞白的大地／顯得空曠／……」（《白晝與夜晚・月光》）「下雪了　所有的嚴寒／彙集在我的肩頭／最冷的風兒捎來消息／在雪花的深淵／在渾茫的原野／草垛啊你這洞開的出口／守候著的馬車轉瞬間／我就將離去／還要漂泊麼？天越來越暗／地氣越來越冷／靠近草垛這最後的良港／像一匹牝馬柔韌俏麗／我的腿已走過世間最好的路程」（《草垛・十四》）「梅花在山上開／花開的時候／你在睡覺／花開的時候／你在紮燈籠／花開的時候／狗在叫／梅花紅了／燈籠似的雪山／密密在環著它／梅花白了／梅花垂落／你不知曉／你沒看到／這株梅與你無關」（《梅花開放》）「種子已經發芽／槐樹還沒開花／去年的姑娘已經長大／槐樹還沒有開花／雀鳥在天空中說話／槐樹還沒開花／太陽在山頂安家／槐樹還沒有開花／煙雨濛濛／她從窪地回來／槐樹還沒有開花」（《有雪和馴鹿的風景・槐花》）這些詩的表述語言充滿自然、清新、委婉和透明的特徵，抒發了一種含蓄的憂鬱和一種恬美的酸楚之情，並創造了一個個飽含著濃郁的寂寞和充滿無限渴求與希望的藝術世界。

「詩歌語言是一種建立在記號基礎上的情感語言。」[7]冉冉幾乎是以一種極富情感特徵的語言表述方式，來完成她詩歌世界的情感構建，她的語言表述是委婉細膩、清麗而純淨。

種子已經發芽
槐樹還沒有開花

去年的姑娘已經長大
槐樹還沒有開花
雀鳥在天空中說話
槐樹還沒有開花
太陽在山頂安家
槐樹還沒有開花
濛濛煙雨
她從窪地回來
槐樹還沒有開花
還沒有開花

——冉冉，《同樣的風中・槐花》

詩人以她特有的深情而細膩的語言敘述、傳達了她真切而幽遠的情感體驗。「一行美麗的詩永久在讀者心頭重生，它所喚起的經驗是多方面的，雖然它是短短的一句，有本領兜起全幅錯綜的意象：一

[7] 張清華，《面對「後現代」守住那最後的家園》，載《文藝報》1993年5月8日。

座靈魂的海市蜃樓。」[8]的確，在冉冉詩作的文本中，那種朦朧的意象和對被表述對象的主體情感之間，往往構成了一個可供讀者想像的空間。我們可以憑著生活和藝術經驗走進這個空間，也可依賴想像去感知詩人的情懷，這也正是冉冉詩作語言情感藝術表現魅力之所在。

土家族作家陳川的小說是以一種質樸、自然和凝練的語言情緒來表達他的愛憎，傾訴他的情懷。土家山寨明麗的山川景物，帶有濃郁的民族色彩的地域風情以及富於民族秉性與氣質的人物心理，都在那些帶著作者個人情感的語言描述中，呈現在我們面前：

> 這是一片廣袤、沉寂的土地。雖然山上還有山，但起伏不大，斜斜地鋪展在陰霾的天空下。芭茅草、灌木叢，還有一籠籠野金銀花藤蔓，佈置出一個蒼黃、蕪雜的世界，讓人感到一種沉悶，一種荒涼，一陣孤獨。間或也有一片林子，綠的，但莫名其妙地顯得刺眼。冰涼的山風拂蕩著，大地沉重地呼吸，吐出一股股濃烈的腐草味。忽然間，一隻野雞被驚起，拖倒長長的尾巴，叫兩聲，貼著樹叢一陣撲騰；一些小雀兒也跟著躥上躥下，嘰喳著；於是，這片土地有了幾分生氣。但轉瞬便安靜下來，野雞和雀兒都斂了聲，不知躲到什麼地方去了，一切又回到那種原始的靜寂，似乎三千年後還是這樣。
>
> ——陳川，《那裏，在遠方》

[8] 李健吾（1906-1982），《答〈魚目集〉作者》。

風波就這樣平息了，娘的心事也自然了結了。儘管鄧麼娘仍是喊缺大嫂，娘回答卻不像以往那樣勉強，而是送去一個抿笑。人家要這麼喊，能封住她的嘴麼？不曉得娘還會不會產生新的憂愁，有第二件心事呢？如果有，我一定悄悄地告訴你。不過，你要保守秘密，不然叫我爹聽到了風聲，又要擰我耳朵，那可痛得很哩！

——陳川，《心事》

這些描述語言平實，在現實世界向藝術世界的轉化中，始終潛藏著情感，在文字的節奏、情緒、氛圍中，傳達出土家山寨的現實生活、山川景物在作者心境中所產生的感受，並由此取代那種對社會生活所作的直接剖析和評判。在土家族詩人冉景仲的詩作裏，則飽含著無比的憂鬱、寂寞、浪漫與蒼涼。由於詩人大學畢業後到了川西高原工作生活，別離故土，遠走他鄉，江河不語，人地無言；在孤獨與寂寞之中，他渴求一種情感依託，一種精神慰藉，更探尋一種理想與信念。於是在他的詩作文本裏，始終充滿著一種憂鬱而浪漫的情感尋求：「雪原最燦爛的季節／少年懷抱一條河流自彈自唱／他潸潸掉下的淚水／點燃了大野／漫天便呼嘯生命的火光‖……‖等待多麼漫長／火光如此短暫／，雪原是冷酷的／也是我們柔軟的婚床／愛人離家出走／把所有歲月和思想／留給我們承擔‖雪原最燦爛的季節／少年和格桑滿懷惆悵／淘金的隊伍被風暴捲走／採藥人死於藥香」（《雪原・火光》）。在他的詩作所透露的語言情緒裏，染上了深切的哀愁，他的詩行都被孤寂和憂鬱所浸透。他的感覺是真摯而深切的，這只有無比執著的情感和無限渴求與希望的靈魂，才會如此的憂鬱和深沉。「這是一個失去語法的夜晚／我坐在一張信箋的右邊／給遠方的朋友寫信／這時你來了，帶著毫無準備的／辭彙／從折多河谷深處來了／鳥兒從天空滑下／無法回歸自己的窠巢／我蜷縮在郵編的最後一個方格／裏／想不起朋友的名字‖沒有嗓音，自己就是嗓音本身／你呼嘯著穿過折多河谷／與會講漢語的花朵製造落紅／水與樹要格言在語意的邊緣／搖曳蕩漾，堅忍不拔／犛牛在某種稱呼上來回走動／成為強勁有力的證詞」（《折多河谷的風》）。詩人始終在他那充滿寂寞與蒼涼、尋求與期盼的語境中，唱出發自內心深處憂鬱的歌，他的渴求帶著悲涼，他的理想拌著憂傷，他情感的波流摻和真摯的低吟淺唱，詩人以他那敏銳而透明、委婉而真切的富有表現力的語言，創造了一個個充滿美麗憂鬱而又深情執著的情感世界。

第三節　尋找適合自己又能給接受者以充分藝術感染力的言說方式

「共同的語言是民族的特徵之一」。[9]每個民族都有共同的語言，民族的語言經過漫長的發展過程逐漸得以完善、規範，並成為民族化最穩定的要素。但作為重慶市的少數民族卻有其特殊性，由於他們很早就融合於漢民族之中，作為母語的本民族語言已經消失。但又由於特定地域民族傳統文化的影響，在他們的潛意識中潛隱著大量的民族語言文化遺傳因數，使他們在無意識中流淌著母語

[9] 斯大林（1879-1953），《馬克思主義和民族問題》，見《斯大林選集（上卷）》，人民出版社，1979年，61頁。

的血液，即榮格所謂的「並非由個人獲得而是由遺傳所保留下來的普遍性精神機能，即由遺傳的腦結構所產生的內容。這些就是各種神話般的聯想——那些不用歷史的傳說或遷移就能夠在每一個時代和地方重新發生的動機和意象」。[10]因此作為自幼接受漢語的重慶少數民族作家（詩人）他們對漢語既保持著一種潛在的距離，同時又有著一種特殊的敏感。他們都把較大的注意力放在尋找一種適合自己的創作個性，又能夠給讀者以充分的藝術感染力的表述語言上。

> 盤古河的水是冷浸浸的，穿過多年煙熏的苗寨；跟著烏江到很遠的地方去了。寨裏的房子臨河懸空架著，遠處是疏疏的林，近處是森森的竹，鬱鬱蔥蔥的，頗有荒江野渡的樣子。從低吟的水聲裏，看天上灰色的薄雲。空闊了的是悽惶的詩句。從清清的水影裏，我們感到薄薄的盤古河的黃昏，微風的吹拂和水波的搖盪來得獨遲。寨外的山極多的裸露著，陰森森的，似乎藏著無邊的幽冷，細語的是搖曳著竹影的水，帶著一路碎碎姍姍的腳步，從吊腳樓下飄過，吊腳樓就像一些不知名的老樹，依著老壩光光地立著，空懸的迴廊下的水如一條美人的臂膀，與水竹們多情地纏著挽著，留下一段不規則的曲線。
>
> ——第代著冬，《水上》

苗族作家第代著冬的散文是較有特色的，這除了他文中那些濃郁的情感抒發，充滿民族風情的景物描繪，形式靈活的結構外，還得益

---

[10] 榮格，（C.G.Jung，1875-1961），《心理類型》（倫敦），1924年，616頁。

於他那些流暢、清新、優雅、洗練的個性化語言。他散文裏語言的節奏、韻律和色彩都給讀者以美的愉悅。

冉冉詩作的藝術魅力更是在很大程度上與她語言表述的獨創性聯繫在一起，她的詩集《暗處的梨花》可以說是靠語言站立起來的。冉冉詩作語言的總體特徵是純淨透明、含蓄委婉、樸素流暢而又富於歌唱性。她詩作語言表述的獨特魅力源於她豐富敏銳的內心與天性，她的語言多數時候如小溪潺潺流淌，自然天成，閃爍著才氣與靈光。

對於小說創作而言，敘述語言的重要因素首先是敘述的角度，因為作家要在小說的藝術世界中展現自己的經驗世界，要描寫一個人物、敘述一個事件，都需要選擇相應的視角。

視角的內向性，這是冉易光、阿多、吳加敏小說語言的重要特徵之一。他們的語言敘述視角，已不僅僅注意客觀地描述外部世界的特徵，而且更重視表現外部世界引起人物的內部感覺和體驗，並努力揭示人物的內心世界：

> 小徑鋪著一層細碎柏葉，顯得很潔淨很幽深。果子把腳步放小。放輕。高大的柏樹遮天蔽日，樹下陰森森的連鳥雀也不停留，越往前走，柏樹越密，山石越多，路越逼仄。果子逍遙的心又提懸起來。要發生某種事情的預感像烏江冬日的霧瀰散。但這時他無可退卻。他只能向前，哪怕前面是張開大口的陷阱。他在山下看過電影，他覺得有一種王成董存瑞式的壯烈。
>
> ——易光，《石鼓》

阿公悶得無聊，就一趟一趟地把空船從一岸拉向另一岸，就這樣來回地消磨著體力，也同時打發著難熬的日子。在拉空船時，他會從纜繩的艱澀中領略到大提琴師從琴弦上得到的快感，在這種快感中，靈魂和身體得到滿足和慰藉。

——阿多，《拉拉渡》

月亮真圓。地上浮起一層蜃氣，老樹成了難看的影子。那群烏鴉不知去向，大約在河邊的林子裏棲息。我沒見過烏鴉築的巢。我娶老婆那晚至少有四百隻烏鴉在我的屋頂上空盤旋鳴叫。四百隻烏鴉久久不肯離去。這夜我老婆死纏我。我老婆是個喪夫的少婦。

——吳加敏，《臭水井二題・怪樹》

作者的這些描述，都是由客觀環境轉入人物的內心世界，他們努力渲染一種特定的氛圍，在敘述語言中滲人的情緒和情感的成分，遠遠地超越了一般的理性評判。其次冉易光和阿多在語言的敘述過程中，都不太注重故事情節，而是著重描述自己的感受、體驗，抒發自己的情緒、情感。在冉易光小說的語言中，這種情緒化的傾向表現得尤其明顯：

二牯爹是一個月前死的。村人都說他爹死得古怪。早晨二牯爹起床後照例把土茶罐煨進火塘，把茶熬得釅了，邊趁熱啜著茶，邊對二牯說：「二牯二牯，我閉了眼你就把我埋在那裏。」他把枯枝般的手向門外一指，二牯其時正蹬翻

> 被子做著一個夢；他不知來到一個什麼地方，打眼問土人，說叫女兒山。山上遍地是一種透明發潤的石頭，土人說叫玉石，有幾株桃樹，偏結的不是桃，是形如長柄葫蘆的東西，輕輕一叩，那東西就唱一段曲子來，有點像本地打薅歌，突然桃林中竄出一頭怪獸，面如人面，角如羊角，爪如虎爪，從身前一閃而過，留下一道藍光，許久不散。
>
> ——易光，《麒麟》

這是作者對二牯爹死前的一段描述，在跳躍性的語言敘述中，不僅表現二牯爹豁達達觀的山民秉性，賦予了人物一種神秘色彩，而且宣洩了作者的主觀情緒，造創了一種撲朔迷離的意象，與整個作品的審美的傾向統一在一起。

在阿多的作品裏，作者敘述的語言主要致力於捕捉一種感覺，營造一種意象，表現一種情緒，創造一種悠遠的意境：

> ……毛狗娃蹲在火塘邊，昏昏沉沉地打了個盹，又昏昏沉沉地醒來，惺松的眼睛透過火光恰恰看清火塘對面的麻哥爺。麻哥爺的身子像一截古老的松木疙瘩，裹著身子的青色的長衫就是斑斑駁駁的樹皮。這樹長在深山裏時，可能至少活過千兒八百年，年歲大的樹，肯定有麂子在樹上擦過癢；有野豬用嘴拱過樹根後又撒了尿；或許樹枝上有鳴蟬包穀冬冬雀們專心地做過愛……
>
> ——阿多，《日子》

太陽快要落崖了，山就從兩會壩那邊翻過來，肩膀上一條翹閃翹閃的岩桑扁擔，扁擔兩頭是脹鼓鼓的筍殼圍起的鹽包包。這時辰，山正站在梅子關坳子上用手板抹汗。抹完汗水再放泡尿才下坡，山的那堵土牆、還有那兩個鹽包包擋住了梅子關對坡上的夕陽，於是坡下開始打黑影子，腰店子裏就點上那些掛在木屋柱頭上的桐油燈。

——阿多，《看不見木排》

這些語言是平和而質樸的，但反映了人物在特定心境控制下，對外界的心理感覺。作者在描述中，強調的是一種氛圍，烘托的是一派神秘、拙樸而又清幽的山寨生活圖景。

的確文學語言不僅要能夠描繪出物的外象，重現景觀，它們還應該有自己純粹的藝術特徵。藝術創作應該超越，擺脫它所依據的物的外形，進入非具象所能涵蓋的表現性世界。傳統的文學語言，多用來複述事件、勾畫人物，再現場景，語言從屬於故事，它只有傳達複製功能，沒有自存權力，因此，離開故事也就沒有了文學。而語言離開情節，保持自己的獨立性，形成自己的意蘊和傾訴形式，這是語言符號系統的更新和突破，這對作家藝術風格的形成以及文本的完善將產生重大的影響。

第三章

中國當代民族小說創作中的存在主義

第三章　中國當代民族小說創作中的存在主義

人生就是學校。在那裏，與其是幸福，毋寧是不幸才是好的教師。因為，生存是在深淵的孤獨裏。

——海德格爾[1]，《理性的原則》

存在主義是西方20世紀上半葉產生的一種對社會形成了廣泛而深刻影響的哲學與文學思潮。20世紀80年代以來，由於中國社會由傳統邁向現代這種劇烈而深刻的變革，中國當代的少數民族作家也在一種固守與叛逆的選擇中，自覺或不自覺地接受了這種思潮的影響。他們在現代文明的廢墟上從精神的高度重蹈遠古時代人類「生存」的主題，力圖拯救自己於文明形成的困境中。他們在對現代人生命本體的叩問裏，努力追尋並建構著人類的精神家園。對於現實世界、對於存在、對於自我的探尋，使他們越來越深陷不能認識自

[1] 海德格爾（Martin Heidegger，1889-1976），德國哲學家，20世紀存在主義哲學的創始人和主要代表之一，著作《存在與時間》（1927）、《荷爾德林詩的闡釋》（1936）、《通向語言的道路》（1959）等。

己與不能把握社會的困惑之中，於是他們竭力展示人生的荒謬與悲劇，否定人性的崇高。他們以文學的方式進行著人類生存哲學的思考，他們以那種獨特的藝術視閾反映現實，認識現實並結構著現實。

存在主義文學是以存在主義哲學家為思想基礎，最有影響的西方現代主義文學流派之一。它於20世紀30年代末興起於法國，二次世界大戰後，盛行於歐美各國，並影響到東方。20世紀80年代以後，隨著中國社會的全面開放，西方異域的現代主義文藝思潮，不僅深刻影響了中國當代漢語文學的創作，而且也對相對較為封閉並有著自己獨立的文化形態和存在狀態的少數民族文學創作產生了劇烈而深刻的影響。尤其是以藏族作家扎西達娃、阿來、梅卓、意凱撒仁、色波；回族作家張承志、霍達、石舒清；彝族作家龍志毅、隴山、巴久烏嘎、阿蕾、時長日黑、苗族作家向本貴、吳恩澤、覃志揚、趙朝龍、石定、第代著冬；蒙古族作家郭雪波、滿都麥、敖・奇達那日、阿雲嘎；土家族作家蔡測海、苦金、陳川等為代表的一些年輕的少數民族作家，他們在具有本民族濃厚的民族文化心理的關照下，吸收了許多現代主義的表現手法，而接受西方存在主義文學的影響，成為了他們文學創作一個獨特的藝術視閾。並且他們與那種相對於多數漢族作家而言，更加貼近自然，貼近生命本真的創作心理相交融，形成了他們文學創作中一種十分獨特的藝術傳達方式。

第一節　生命的孤獨與對死亡的超越

將個人放在與社會和歷史對立地位的存在主義哲學充滿了深深的孤獨感（loneliness）。存在主義哲學在強調人的存在是一切其他存在的根源的同時，也強調人是被拋棄到這個荒誕的世界上來的，是被遺棄的。人在世界上是孤獨的，人在荒誕社會中是個「脆弱的東西，淹沒在無限的大千世界裏，孤立軟弱，每一個瞬間，虛無都在襲擊他。」[2]這一哲學觀點在存在主義作品中均有形象的描繪。表現現代人的孤獨感，這一哲學觀點在年輕一代的中國少數民族作家的小說中也有所滲透和表現。

對於彝族作家巴久烏嘎、阿蕾、時長日黑、藏族作家扎西達娃、意凱撒仁、色波而言，孤獨就是死亡，他們忍受不了生活中的無希望、無信仰、無真理、無意義。他們在痛苦而孤寂的靈魂拷問裏，試圖找到人生的答案與構築自己理想的精神家園，他們在對民族的神話、歷史、語言以及文化智慧、生命體驗等元素的解構（deconstruct）和重建中試圖呼喚民族意識的覺醒。關於這一點，相對來說回族作家張承志的理解更為深刻，他認為孤獨無不是一種單獨的狀態，它吞噬了現實的一切，壓倒了一切。他筆下的不少主人公都懂得在這毫無意義的世界裏，他們和許多人一樣，生活在孤寂中，需要友愛，需要伴侶，需要理想。

張承志的小說《黑駿馬》中的白音寶力格，原以為自己早已融入了這片茫茫大草原，早已融入這個遊牧民族。然而，在對待索米婭懷孕這件事的態度卻使他發現了他自己與那裏的差異。「我想喊她一聲『奶奶』，但是喊不出來，她那樣隔膜地看著我，使我感到很不是滋味。一種真正可怕的念頭破天荒地出現了，我突然想到自

[2] 薩特（Jean Paul Sartre，1905-1980）語，轉引自《評法國現代派小說》，上海譯文出版社，1985年，14頁。

己原來並不是這老人親生的骨肉」。[3]他與其他人之間就這樣的隔膜開了，我們暫且不管這裏由於傳統還是民族文化的原因。張承志先後創作的小說《湟水無聲地流》、《殘月》、《九座宮殿》、《終旅》、《黑駿馬》、《北方的河》和《心靈史》中都表現了現代人的孤獨。張承志與同時代的許多作家一樣，經歷了文化大革命十年浩劫的痛苦回憶與反思，以及大災難過後現實生活中所存在的荒謬、孤獨、異化和失落，使他在存在主義思想中找到了心靈的契合點，並由此而產生共鳴。

對死亡意識的追尋是深受存在主義影響的當代少數民族作家所努力表現的另一話題。存在主義哲學認為，死亡是孤獨人擺脫荒誕處境，尋求自我價值的一種選擇。死是存在哲學中描述的此在三種基本狀況之一，海德格爾把「此在」稱為「走向死亡的存在」。他認為正是死亡以及對死亡的意識使生命獲得了新的意義。因此死亡對於存在有著最為本真的意義。就存在的整體性而言存在應是面向「死亡」的存在。為解開荒誕世界中人的生存之謎，對死亡描寫和死亡意識的追尋，已成為中國當代少數民族作家小說創作的一個基本主題。存在主義小說這種對人的生命之謎、對人的生命的自生自滅，特別是死亡之謎的追尋，實際是中國少數民族作家在對人生現實、對遠古文化追尋後的更進一步思索。

存在主義者都認識到死亡的可能，但西方存在主義者認為死是某種行將到來的可能性，即「不再在此」的可能性，死對存在有一種緊迫性，他們把生和死截然分開了。而在張承志那裏，存在主義和老莊哲學結合起來了，他的「死亡」具有一種重歸母體的渴求。

---

[3] 張承志，《黑駿馬》，百花文藝出版社，1983年，31頁。

在另一位回族作家石舒清的小說中也表現了這一點，越是古老的生命，越是隱藏著令人怦然心動的生存秘密。在他的小說《清水裏的刀子》中最觸動人心的地方，就是為馬子善老人一家服役一輩子的老牛在死亡面前的從容自若。老牛是馬子善老人生命的一個參照系（frame of reference），顯示了生命的另外一種展開方式。作為一種象徵之物，老牛代表著這片古老又粗礪的土地和在土地上先驗存在的信仰本身，它以自身的犧牲來承擔起救贖的重負，以犧牲個體來感應一個冥冥中的神諭，並最終獻祭於信仰中。文中這樣描寫看到屬於自己的那把「刀子」之後的老牛：

> 牛寧靜端莊地站在那裏，像一個穿越了時空明澈了一切的老人。它依然在不緩不疾，津津有味地反芻著，它平靜淡泊的目光像是看見了什麼，又像是什麼也無意看。

死亡，在《清水裏的刀子》中成為一切生命形式的最終歸宿，也是生命最高價值的評判。老牛用一種雕塑般凝固的姿態靜觀著外部世界，從容而又恬淡，以永恆的反芻迎接著生命中的召喚。它的世界是一個自足的內在世界，人無法介入也無法滲透。

可以說，死亡意識是存在主義哲學的核心。每一個人都不可避免地要面對死亡，而且要作出自己的抉擇。這是藏族作家扎西達娃、阿來、色波；回族作家張承志；彝族作家蘇曉星、時長日黑；苗族作家向本貴、石定、第代著冬；蒙古族作家郭雪波、滿都麥、敖・奇達那日；土家族作家苦金、陳川、蔡測海等一些少數民族作家作品中經常出現的話題。然而，在那荒謬、灰暗、恐怖的世界裏，死亡一方面以其悴不及防的力量使人感到神秘可怖，一方面又被人當作逃避虛無、擺脫荒謬人生的最終手段。海德格爾認為，人的具體存在，也是走向死亡的存在。在他看來，人只有面臨死亡時，才能最深刻地體會到自己的存在。因為死亡就是非存在，就是虛無。面臨死亡，就是由存在轉向非存在，對死亡的恐懼就是拿存在與非存在作比較。甚至有的存在主義者認為「死亡是最高的存在，也是最高的認識和最高的道德。」[4]由此可見，當代不少少數民族作家與存在主義者在死亡意識上，確乎若有夙契。

藏族作家阿來在他的長篇小說《塵埃落定》中表現了這種悲劇與死亡。小說情節發展的主線是藏族土司轄區罌粟的引進、貿易的引進、梅毒的進入以及漢人的進入，並夾雜野蠻爭和殺戮。而在罌粟引進之前，土司轄區處於一種原生態的平衡之中，有它自己的獨特秩序和維持秩序的獨特機制，但這一切都在罌粟引進之後，變得一去不復返。土司制度最終無可挽回地崩潰，像塵埃那樣悄然落定——最終走向了死亡，成為了一種非存在。

苗族作家第代著冬在處理「死亡」這一主題時往往具有典型現代化的死亡特色（他與我們曾多次談到他作品中的這一問題）。在他的小說《走馬》、《浮出夢境》、《草海》、《灰色雀鷹》中，作者為了排除意識中的孤獨和虛無的幽靈，只有借助於死亡，因為他缺乏自身的內在能力去征服虛無和孤獨，為感受不到自身的存在價值而痛苦，所以，為了領悟到自身的存在，解脫心的痛苦，最好的辦法就是果斷地、心甘情願地選擇死亡。第代著冬的不少作品都

[4] 讓・保羅・薩特（Jean Paul Sartre，1905-1980），《存在與虛無》，陳宣良等譯，三聯書店，1987年，206頁。

體現了一種深切的死亡意識。正如海德格爾（Martin Heidegger，1889-1976）所說的「只有死才排除任何偶然和暫時的抉擇，只有自由地就死，才能賦予存在以至上目標」[5]。因此選擇死亡，並不意味著絕對的虛無，它逼促著個體生命作出真正必要的創造，將有限的人生轉化為「無時間的本質形式」[6]的價值人生。——正是基於這一哲學思考，第代著冬筆下的人物在死亡面前才體現出一種超然而從容的特徵。

總之，中國當代不少少數民族作家在其創作中已經融入了他們本人力圖通過「死亡」來震醒人的價值意識的主體意向，和對生存本質嚴肅的哲學思考。在他們看來，正是死的脅迫，將生命從麻木的沉淪中喚醒，並驅策它投入最後的昇華，也只有在死亡的時刻，生之大門才會敞開它生命的全部現實的可能。

第二節　存在的焦慮與自我選擇的自由

存在主義的思想核心往往被研究者們概括為兩個方面：一方面是「世界是荒謬的」思想，認為現實是令人噁心的，人生是悲劇性的；另一方面是「存在先於本質」論和「自由選擇」論，認為人的存在在先，本質在後，人存在著，進行自由選擇、自由創造而後獲得自己的本質。這種思想強調人在「噁心」的現實面前進行「自由選擇」以實現自己「本質」，即所謂「懦夫使自己懦弱，英雄把自

[5] 海德格爾（Martin Heidegger，1889-1976），《存在與時間》，三聯書店，1987年，226頁。

[6] 海德格爾（Martin Heidegger，1889-1976），《存在與時間》，三聯書店，1987年，226頁。

己變成英雄」的思想。這對當時處在迷惘、苦悶以至沉淪的西方社會來說，在某種意義上是一種精神救贖。

若從中國當代社會變化來看，「文革」結束以後出現的改革開放的嶄新局面，迅速喚起人們對未來的憧憬。但不久，當生活前進的步伐受到種種習慣勢力的阻繞甚至一時走不出歷史迴圈的荒誕「怪圈」時，人們熱望的情緒開始變得沉重與茫然。這種情緒使一部分作家在思考阻礙社會前進的原因時，把注意力投向了文化尋根，但一味的「尋根」導致一些作家自覺或不自覺地與現實的疏離。於是又有一部分作家以更關心人的現存境況為創作意旨，把疏離現實的尋根趨向拉回到對人的生存現實的觀照。不過，由於這是在沉重氣氛下的現實關照，因此，作家的目光更多地投向現實中那些愚昧、落後的沉積，有意去展露那些荒誕的、令人「噁心」的生活現象。這種創作意向和情緒，也就很自然地與存在主義獲得某種溝通。更況且作為年青一代的中國少數民族作家，除了面臨當時中國的歷史文化背景外，還有自己本民族的歷史與文化在全球文化語境中的嬗變與衰亡，尤其是他們之中的不少人（如藏族作家扎西達娃、阿來、意凱撒仁、色波；回族作家張承志、霍達、郝文波、石舒清；彝族作家蘇曉星、巴久烏嘎、阿蕾；蒙古族作家郭雪波、滿都麥、阿雲嘎；壯族的凡一平、李馮；仫佬族的鬼子等人）曾系統關注並接受過西方現代主義（包括存在主義）的影響，因此在他們的創作中或多或少要帶上存在主義文學影響的印痕。

如扎西達娃、阿來、色波這些藏族作家們在有意無意將自己內心的困惑傳染給了其筆下的人物。在扎西達娃早期代表作《西藏，繫在皮繩扣上的魂》裏的主人公塔貝將奧運會的電波當作神的聲音時，扎西達娃似乎想營造一種荒誕感，然而，他又矛盾重重，難以在情感上接受這一現實的存在：

> 我放下貝塔，跪在他身邊，為他整理著破爛的衣衫，將他的身體擺成一個弓形，由於我右手上的血粘在了他衣衫上，這使我感到內疚。是我害了他？也許，這以前我曾不止一次地將我其他的主人公引向死亡之路。是該好好反省一番了。

扎西達娃對這篇小說的建構，其實反映的是扎西達娃自身的分裂與衝突。一個是受著現代理性薰陶的扎西達娃，在表現具有神秘色彩的西藏時，很容易發現其中的「荒誕」，所以他用奧運會的電波諷刺了塔貝的執著。「而另一個生長於西藏的扎西達娃，則沐浴著藏傳佛教的神秘，時時覺察到這一簡單對照的牽強，感覺到藏文化的巨大高遠與神秘莫測，這又迫使他把原已滯留在甲村的，帶入了尋找香巴拉的旅程。」[7]現代理性與傳統文化的衝突徘徊於作家心間，困惑的扎西達娃面對現實（存在）只能將自己安排在不斷尋求的路上。在扎西達娃後來的創作中，無論是《泛音》中的次巴或《風馬之耀》中的烏金，他們或在尋找「先祖的聲音」，或在尋找仇人「索朗仁增」，扎西達娃都把他們永遠懸置在尋找的路上，糾纏於作家心靈的困惑難以化解，存在的焦慮使自我在選擇中迷失，由此我們可以體悟到他們心靈深處所體悟的存在的困惑與焦慮。

---

[7] 冠才軍，《由扎西達娃和阿來的創作看當今藏族作家文學的發展》，載《西南民族學院學報》1999年3期。

還有藏族作家梅卓以她那凝重而幽邃的情懷構築了一道醒目而奇絕的風景，她的長篇小說《太陽部落》和《月亮營地》傳遞了青海藏族部落歷史行進的足音。她筆下的人物如《太陽部落》中的索白、阿・格班、耶喜、萬瑪措，《月亮營地》中的阿・格旺、阿・吉、甲桑所作出的選擇，既是他們在焦慮與痛苦中的尋求，同時也是他們對自我的認同與對未來的憧憬。

新疆維吾爾族作家買買提明・吾守爾發表於上個世紀90年代初的短篇小說《鬍鬚風波》表現了現代人存在的荒謬。小說敘述了一個十分離奇而可笑的事。由於一個在大白天持幾十把刀「行兇」的「罪犯」臉上留著鬍鬚，於是鎮上對凡留鬍鬚的男人都進行登記，這樣一來，鎮上凡留著鬍子的男人人人自危，紛紛刮掉了鬍子。誰知這反而被新鎮長懷疑為「做賊心虛」，並傳喚「我」到鎮上回話。人們更加惶惶不可終日。後來真相終於大白，那個「罪犯」不過是一個收集了幾十把刀到鎮上來磨的羊場工人而已。這時，本不長鬍子的鎮長怕被上級領導誤解為討厭留鬍子的人而粘上了假鬍子。顯然作品是以荒誕、諷刺手法，表現那種捕風捉影、小題大作、主觀武斷等作風所造成的現實的荒謬。從藝術上看，作品既運用了維吾爾文學中傳統的諷刺、幽默的手法，又明顯地接受西方存在主義文學中、荒誕、象徵、夢幻等藝術手法的影響。作品中關於「人像毛衣一樣可以拆掉重打」與「人在洗衣機裏轉」兩個夢境的表現頗具荒誕色彩。

蒙古族作家伊德爾夫的小說《到底誰找誰》、《病》、《驚雷》等作品，運用了荒誕、象徵、意識流動的象徵主義手法，以強烈的批判意識和高度的社會責任感，關注了現代人的存在狀態。

回族作家張承志《黑駿馬》中表現了人對自己存在的選擇，白音寶力格在最初可能不明白索米婭的選擇，拼命地為索米婭所受的遭遇復仇，而索米婭卻選擇了安靜的生活下去，最後當他看到索米婭現在的生活時才悟出了每人都有選擇自己生活的自由。存在主義一個著名的命題就是「存在先於本質」，具體到人類的生存來附比，也就意味著生活是根本性的，它決定著本質，「首先人存在，露面、出場……人，不外是由自己造成的東西，這就是存在主義的第一原理。」[8]所以應該正視人生，擁抱生活的全部，連同它的缺憾。《黑駿馬》中的索米婭深深明白這個道理，當她撲在情人懷抱裏，也品嘗到了愛情的甜蜜，覺得人世間的一切都像朝霞般的美麗，可當她遭受了希拉的姦汙而懷孕時，她又那樣地服從於命運，向屈辱低頭，竭力保護肚子裏的孩子。她和老奶奶一樣，明白在現實社會生活中有兩個存在——善與惡，同時並存，她們以寬容的胸懷容忍了命運給予她們的一切，而索米婭艱難地把小女孩生下來，也許是因為她在賦予一個新生命生存的權利的過程中，感到了自己的存在價值。

同時，存在主義都認為，自我選擇是與「焦慮」相伴隨的，當一個人有所行動時，他充分地知道他不只是選擇他所意願，他在做出選擇的同時，也會影響到別人的選擇。白音寶力格做出了自己的選擇，離開了索米婭，在做出選擇時，有一種從未體驗過的絕望和傷心籠罩了他。「正是在焦慮中，人獲得了他的自由意識，如果人們願意的話，還可以說，焦慮是自由這存在著的意識的存在方式，

---

[8] 薩特（Jean Paul Sartre，1905-1980），《存在主義是一種人道主義》，上海譯文出版社，1988年，8頁。

正是在焦慮中自由在其存在裏對自身提出問題。」[9]存在主義哲學認為這是人自己決定自己、自己創造自己的最重要方式，儘管這種選擇後果不知是福是禍，而且人要對自己的一切行為負責，但在荒誕世界中堅持自由選擇，卻是高尚的。它使人進入了真正的存在，使人恢復了自己的尊嚴和價值。簡言之，存在即自我，存在即荒誕，存在即死亡，存在即自由。

蒙古族作家白雪林的《蘭幽幽的峽谷》、《成長》、《小鎮上的漢子》、《拔草女人》等小說完全是對主人公心理一種情緒和感覺的表述。在邪惡面前牧民紮拉嘎選擇的是怯懦與妥協，作品瀰漫著一種衰怨、憂傷、惆悵的氣息。這是作者對現實的焦慮與失望，對在金錢、物欲面前表現出來的人性的貪婪、墮落的憤怒，或是對人際關係中爾虞我詐、世態炎涼的抱怨與落寞，這與存在主義的對世界的悲觀、荒謬、苦悶以及人生的孤寂等情緒是一脈相承的。

存在主義哲學認為，生命的全部意義只能在與世界的關係中才能實現，因而人為了擺脫荒誕的生存狀況，就要對現實進行自由選擇，使自我與世界發生關係，從而使個體生命獲得價值、意義和尊嚴。「自由選擇」是薩特存在主義哲學思想的精髓。存在主義哲學認為：「人可以作任何選擇。但只是在自由承擔責任的高水準上。」[10]很明顯，在20世紀80年代以後少數民族的小說創作中，對人的存在問題的思考、對孤獨個體存在的荒誕性揭露、對那種根本

[9] 薩特（Jean Paul Sartre，1905-1980），《存在與虛無》，陳宣良等譯，三聯書店，1987年，27頁。

[10] 薩特（Jean Paul Sartre，1905-1980），《存在主義是一種人道主義》，上海譯文出版社，1988年，29頁。

的虛無與焦慮的體驗，以及對人的生存方式的自由選擇的探討等都與存在主義不謀而合。

第三節　對悲劇的重新發現與對現實的徹底否定

存在主義重新認識和發展了西方的悲劇觀，從悲劇意識來看，存在主義是以對荒誕和醜惡的描寫來尋求審美的滿足，以對醜和惡的暴露來達到對真的追求。因而它承襲了傳統悲劇的暴露意識，充分發揮了悲劇暴露的功能，並且拓展了暴露的範圍，不僅暴露了人類、文化的困境，也暴露人自身的弱點、人性的醜陋、人的精神世界的危機、內心深處的恐懼與絕望。

存在主義認為現代社會在全面異化，「在這之中，人感到自己是分裂化的。他從自身中離異出來，他不能體驗自身是自身的核心，他不是自己行動的主導者——倒是他的行動和後果成為他的支配者，人要服從它。『分裂化的人找不到自我，恰如他也找不到他人一樣』。」[11]他們感到世界不可知，人不可知，連自身也不可知，因而認為，對現實悲劇性的把握、認識和感受的基點唯非理性而不能為，所以他們熱衷地描寫人類生存的病態發展和精神異化：戰爭創傷、變態心理、悲觀絕望情緒、虛無主義思想等等。

存在主義還將傳統悲劇暴露意識發展到一個新的高度，從而推動了人類精神世界的發展。因而有人說，西方人在悲劇的矛盾衝突面前，用振盪和摧毀創造了新文化。可見，其深刻的意義已遠遠超

---

[11] 王秋榮、陳伯通主編，《西方文學思潮概觀》，海峽文藝出版社，1988年，381頁。

過了「憂患意識」本身，其蘊含的人道精神已變為一股暗藏的激情和痛苦的抉擇而積蓄著非凡的生命之力。正如卡繆在《局外人》序中所寫道的：「他遠非麻木不仁，他懷有一種執著而深沉的激情，一種絕對和真實的激情。」[12]也如薩特所言：「存在主義者坦誠地說：人是痛苦的。意思是這樣——當一個人對一件事承擔責任時，他完全意識到不但為自己的將來作了抉擇；而且通過這一行動同時成為全人類作出抉擇的立法者——在這樣一個時刻，人是無法擺脫那種整個的和重大的責任感的。」[13]薩特以人為中心，號召人們在無法改變的情境下，通過自由選擇不斷創造自己的存在，承擔自由的重負，對自己、對整個世界承擔責任。經歷「文革」後，年輕一代理想的失落所導致精神的迷惘，對愚昧、荒謬與死亡的體認，使得當代少數民族作家們毅然拋棄了對溫情的眷戀。因此，在他們的筆下似乎剝去了新社會、新時代給我們的世界綴飾上的五彩光環，還原給讀者一個充滿悲劇與荒蕪的世界。從這個意義上說，他們的小說的確具有存在主義小說的一些典型特徵，形象地表達了他們對荒謬社會與悲劇現實的體認，而這恰恰是存在主義哲學思想的核心。同時他們並沒有迴避對社會的責任，對生活他們懷有一種執著而深沉的激情。

這一點在張承志的小說中得到了十分典型地表現。人們也許可以選取多種多樣的視角、理論和方法去解讀他的長篇小說《金牧場》與《心靈史》，但在這裏，我們卻只想用悲劇意識的體現與生

[12] 載《外國文學》1986年10月，78頁。
[13] 卓瑪，《走出「陰影」——談扎西達娃〈風馬之耀〉中人性的復蘇》，載《青海民族學院學報》1998年4期。

命的沉入來接近它。因為悲劇意識與沉入生命是張承志體驗人生的主要方式，也是他逼近藝術的主要手段。透過小說文本的表層，我們可以發現作者在對現實的否定與絕望中，試圖在自己作品裏完成他對理想的述說與救贖，這是存在主義「悲劇意識」的鮮明體現，其暗藏的激情和痛苦的抉擇積蓄著非凡的生命之力在作品中的鮮明體現。

而鬼子的《被雨淋濕的河》，在一種表面的靜默中蘊藏了一種抗爭的激情，是一種在感性邊緣上掙扎和顫動，進入了對人類某些根本境遇的洞察。作者在作品中對現存的不合理現象、對人的生存境況以及人生的某種悲劇性激起他高度的敏感。透過文本我們可以體悟到人生終是荒謬的、痛苦的、不和諧的，這個世界本質上的荒謬決定了人生必然的痛苦。

存在主義認為世界上的基本狀態是：悲觀、煩惱、恐懼、焦慮。宣稱這世界是一種異己力量，人在這世界是孤苦伶仃、「無家可歸」的，人雖然力圖擺脫這種現實，選擇未來，但一切選擇都無濟於事，只有「死亡」才是不可避免的、才是唯一可靠的選擇。扎西達娃的《西藏，繫在皮繩扣上的魂》等作品恰恰暗合了存在主義這種對現實無比絕望的情緒。塔貝為去尋找那個不知何年何月才能找到的香巴拉，他矢志不渝，一個人向前走，一直走到「喀隆雪山」，走到傳說中的蓮花生掌紋地帶，迷失在時間隧道裏，消融在神秘的巨大永恆中。塔貝似乎找到了什麼，卻又似乎什麼也沒有找到。

扎西達娃曾說：「去吧，我命令自己，去沒有腳印的地方，開拓自己的領地。」[14]他是這樣說的，也是這樣做的。他力圖證明，

[14] 轉引自王緋，《魔幻與荒誕》，載《當代作家評論》1993年4期。

藏民族雖因歷史的原因而重負纏身，但他們並不是永遠的沉淪者，當他們在現代社會中意識到沉重所帶來的人性悲哀時，他們便會為擺脫這個重負而竭盡努力。

回族作家石舒清對人類因自己的精神努力與宇宙意識之間所構成的巨大懸殊而激發出來的悲劇精神投入了極大的虔誠，他筆下的人物馬子善（《清水裏的刀子》）總是在苦悶地尋求，在生與死的思考裏，他認識了人生的真諦：時間是永恆無情的，每一個鮮活的生命最終都得走向死亡。他站在墳場與塵世之交的生死之門去作關於生死意蘊的哲學叩問。

馬子善老人具有冥思者的一切特徵：憂傷、孤獨、充滿夢一般的回憶和對當下一切的懷疑。老人的每一步思索都籠罩著現實與生命的雙重焦慮，是繼續在這個已經失去眷戀的世界上渾渾噩噩地活著，還是聽從那似乎是遙不可及的大國的召喚，在前所未有的人生蒼涼晚景中，老人陷入了掙脫不開的焦慮，這是一種很沉重、很宏大的焦慮感，帶有悲涼的底色，而又無法說清的因果。

總之，作為中國當代少數民族作家，並不是他們之中的所有人都自覺地去接受西方的存在主義思潮，但在他們的人生體驗中卻完全可能不自覺地與這種思潮產生某種精神暗合。在他們的小說文本背後不可避免地滲透著、或蘊藏著存在主義的哲學思緒。當然，他們所面對的現實中種種的不合理畢竟與薩特所面對的不同，所以他們即使對苦難的現實與沉重的歷史予以深切的思考和批判，卻並不表現為一種尖銳的對抗，而是體現為一種關注與憂患，對歷史和現實的承受、理解甚至超越。

第四章 將藝術的觸角伸向民族歷史文化的深處

第四章　將藝術的觸角伸向民族歷史文化的深處

——土家族冉易光、阿多小說創作中的文化形態描述

文學有「根」，文學之「根」應深植於民族傳說文化的土壤裏，根不深，則葉難茂。

——韓少功[1]，《文學的根》

作為少數民族作家的冉易光和阿多在對民族的精神和文化進行清醒而痛苦的反溯中，認識到了文學的意義決不僅在其本身，而在於由它所觀照的民族文化精神和心理素質。於是在他們，甦醒了的審美意識找到了一個更高的藝術視點。在他們的作品中，作為外部形態的民族、地域的文化環境和風情，被作家們與相應的文化心理特徵聯繫起來，從而通過文學復原出生命的文化形態。

[1] 韓少功，湖南長沙人，中國當代小說家，1978年考入湖南師範學院中文系。1979年加入中國作家協會，著有中短篇小說集《月蘭》、《飛過藍天》、《誘惑》、長篇小說《馬橋詞典》，理論專著《面對神秘空闊的世界》等。

從20世紀80年代中期開始，在「尋根」文學思潮的影響下，中國文學從傳統的表現「時代基調」這一規範中掙脫出來，不少人的作品在審視文化傳統和民族心理積澱時，注入了入木三分的批判精神，他們的作品充溢了深刻的反思，並在神秘的民族文化的營建中，抹上了朦朧的和不可知的色彩。對此張韌有一段描述：「首先在尋根旗號下薈萃了一大批才華卓越的青年作家，他們各自開鑿腳下的文化岩層，追尋人類的遠古歷史與蠻荒時代，觀照了華夏之族的拙樸、粗獷、神秘的生命力和仁義禮讓的傳統道德，潤浸著濃郁的地域文化色彩，為中國小說能與世界文化對話拓展了蹊徑。」[2] 這種現象不僅意味著作家藝術個性的覺醒與成熟，而更重要的是突顯了一個文學事實：作家們正日益迫切地尋求著最適宜被創作主體的經歷、氣質、教養、文化、心理和生理等所涵容的某種審美把握的方式。

回顧一下歷史，我們便可看到，建國以後一些反映鄉村生活的小說，正因未能跳出當時社會主導思潮的影響，它們總企圖跳越歷史的必然階段，去代替農民作出的選擇和自決。表面上很「先進」的意識和「前進」的生活，實際上卻仍被封建意識醞釀著危機與苦果。例如即使是曾被譽為「史詩性作品」的《創業史》，後來也不能不面對無情的事實：為什麼腳踏實地已經開始「掌握」自己命運的梁生寶們，卻終究不能擺脫窮困、屈辱和憂憤！不能說作家不真誠，但是當文學對生活的觀察和思考完全被納入政治學的範疇時，它便失去了在對話中能動、真實地反映歷史生活本質的彈力與增生

[2] 張韌，《文學是反思——「小說十年啟示錄」之二》，載《上海文論》1987年1期。

力。所反映的變革歷程，雖存其貌而遺其神，扭曲地傳達著生活內在的呼聲。

因此，文學應向文化靠攏，在民族文化的觀照中積澱情感中的理性，文學才能擺脫由庸俗現實主義理論造成的急功近利的毛病，顯示出自己包容生活——反映生活的博大襟懷和崇高的責任感，並由此顯示出它獨特的審美價值。

「尋根」文學的出現，對中國當代作家的影響是深刻的。在這種背景下，具有民族自審意識的學者、作家冉易光以及阿多（謝再明）開始了自己文學觀念的更新。筆者與冉易光曾在一所高校一起教過多年書，他曾多次與我談起文學與文化的關係問題，他認為：文化是一個有序的世界，它潛藏著人類活動的基本結構，文學的意義決不僅僅在其本身，而是由它可以觀照出民族的文化精神和心理素質，反過來看，這些文化精神和心理素質及其表現形態也必然給文學留下投影。為此，他後來還為阿多的小說寫過一篇相關的文學評論《開掘生活的文化底蘊》。阿多也曾與筆者多次探討過類似的問題。因此，無論是冉易光還是阿多，在上個世紀八十年代中期興起的文學尋根熱中，在他們自己的創作中都產生了一種文化自覺，即意識到了橫亙在自我之上的作為泛文本的文化系統，感覺到了它巨大的整體性和包容性，便自覺地把它作為自己創作的參照系統。

20世紀80年代中期以後，冉易光和阿多陸續創作了一系列飽含濃郁的民族文化意識和地域風情的小說和散文。冉易光先後創作了《牲口》、《大橋》、《白水牯》、《英雄的大刀》、《麒麟》、《遁法》、《探子》等10餘篇短篇小說以及一些散文，這些作品陸續發表在《四川文學》、《廣西文學》、《貢嘎山》以及當地的一些文學刊物上。阿多的作品主要有《日子》、《拉拉渡》、《火鋪》、《五月的鄉村》、《花圈》等短篇小說10餘篇，先後刊發於《民族文學》、《烏江》等一些刊物，後結集為《五月的鄉村》，由成都出版社於1996年出版。另外他還出版了散文集《清明茶》，並榮獲中國第五屆少數民族文學新人新作獎。

在他們的作品中，作者將藝術思維的觸角伸向了民族歷史文化的深處，在民族文化心理的觀照下，用表面上似乎遠離時代生活而充滿神秘、幽遠、古老和異樣的藝術世界，來取代那種對社會生活作直接地剖析和評判。他們作品中那些古老的傳說、神秘的物象、村民的蒙昧、婦人的執著，都映現了一種民族文化心理及其在當今社會生活中的嬗變。他們在作品中把傳統文化習俗與當代意識，將歷史積澱與現代文明、將囚襲重負與現代思考交融起來，並由此透視出了歷史的新生和民族精神的復甦。

第一節　對民族文化的介入視閾

在人類社會還以民族形態而存在和發展的情形下，一般文化都帶上了特定的民族色彩。不同民族的人，由於受到不同社會生活、不同文化傳統以及不同種族和不同地域的制約，其文化意識和心理結構必然有著自己的特徵。這就有一個深入考察本民族文化發生、發展的過程，並把握它的基本特點的問題。

文學與民族意識、民族文化的關係十分密切。別林斯基指出：「文學這個字眼的準確的和明晰的意思，應該指的是歷史地表現在人民靈智和幻想所結晶的文學作品中的民族意識——意識既然是民族生活的最高表現，所以，文學必然應該是民族的共同財富，是同樣涉及一切人，同樣使一切人感覺興趣，同樣為一切人所能理解的某種東西」。[3]後來，杜勃羅留波夫又進一步指出：「衡量作家或者個別作品價值的尺度，我們認為是：他們究竟把某一時代、某一民族的自然追求表現到什麼程度」。[4]這些論述都在肯定了文學是廣義的民族情緒和民族心理意識的基礎上，越來越把文學的民族文化屬性具體到民族意識觀念的範圍內。

因此作為整體地反映社會生活審美意識形態的文學，它不僅僅反應人的思想與情感、性格與行為，還反映人與自然、人與民族文化心理的關係。縱觀冉易光、阿多的小說創作，可以發現他們並沒有僅僅偏執於文學這一獨立的形式，而注重從民族的整體文化吸取精神營養，為文學從總體上把握人與生活提供了啟示。同時，由於文化意識的覺醒，作家們感知世界的範圍、層次擴大和加深了，生活表象的外殼被擊穿，文化塑造和養育成形的社會心理世界呈現出了眩人的色彩。

作為學者和作家的冉易光，其作品充分體現了他追溯民族文化之根，探尋藝術縱向發展的歷史軌跡的自覺追求。在一個擁有數千年勤勞與苦難、執著與蒙昧的山寨民族，有沒有自己生活延續的構成方式？是什麼原因使人們的生活或許可能發生劇烈的動盪但卻又千百年如一日？什麼是民族生活歷史中無處不在，可以左右一切而又似乎感覺不到的民族文化——心理結構？這些幾乎都成為了冉易光所思考並試圖在創作中加以解釋的。

---

[3] 《別林斯基選集》，新文藝出版社，1958年，123頁。
[4] 《杜勃羅留波夫選集》，上海譯文出版社，1983年，358頁。

在冉易光的小說中，那種受社會使命感的驅使，直接面對生活，展示現實中的種種現象和矛盾的方式消失了，取而代之的是種種對土家山村小鎮的民情風俗、山川景物的精細描摹以及民族文化心態的深刻揭示。土家山寨龔灘小鎮的窄街古巷、碼頭商號，村寨中的木屋石磨、烏泡藤蔓以及那些鮮活的女人、粗壯的漢子、猛烈的野豬和水牯遍佈在他的作品裏，構成了一個個極富民族秉性與氣質的藝術世界。「風俗既是現實的存在，又是數千年民族歷史的產物，具有共時性與歷時性的特點；它既是實實在在的物相，又是民族文化意識的載體，具有物質性與精神性；它既是某一地域特定生活的表現，但所反映的特徵又是整個種族所共有的，具有地方性與民族性。」[5]冉易光的作品對民情風俗的表現正是從這種角度，圍繞當地頗具民族特徵的物相來構建他的藝術世界，從而使他的作品有可能在理性思考與感性顯現的有機統一中，從民族文化的更高層面上回歸於現實生活。

為了尋找山寨中那些小人物在目前社會變革中命運發展的依據，作者將藝術思維的觸角伸向歷史的深處，發掘出千百年歷史積澱下來的民族魂靈，並透析那世代相襲、泥古不變的民族文化心態，從而站在更新、更高的角度，去審視時代，去把握民族文化性格的秘密。

冉易光的《大橋》、《牲口》、《遁法》、《樹子》等作品，透過民族文化生活生動的表象，使我們看到了作者對民族性格深層心理的剖析：相互交叉的動機、具有矛盾心理的意象、強有力的生

[5] 周凡、文德培，《當代文學風俗化傾向的美學評析》，載《文藝研究》1986年2期。

命節奏和現實反彈，透視了人物性格成因中的神秘領域。尤其是作者的《盲丐》、《石鼓》更是從潛在、沉凝的心理層次上揭示民族文化心理的秘密。在那裏有另外一套把握世界的方式，近乎原始的集體表象神秘地籠罩在生活與性格的形態上。

在藝術傳達上，冉易光的作品還有一個重要特徵就在於它凝聚了作者理性和哲學的思考，這使得他的筆觸穿透了文化的表象，挖掘出了帶有本質意義的內涵。在《麒麟》這篇小說中，作者將古老村寨的政治、經濟背景中某種浮泛、動盪的因素虛化，提純為一種恆定、凝重的文化意蘊。二牯爹的死以及他死後種種被作者神秘化了的意象，都成為了村寨山民的精神偶像。無論是二牯幻象中出現的爹在曠野裏騎著金麒麟馳騁，還是在古老吊腳樓裏馬書記遭遇神秘的雷擊，都是作者在作品中精心營造的一個個虛幻的極具象徵色彩的神話寓言，通過這些極富民族特徵的文化載體，作者昇華的是一種神秘、超然、橫亙於真實生活之上的民族文化精神。

總體看來，為了追求作品的民族文化意蘊的傳達，冉易光的小說創作帶有明顯的情節淡化和虛化的傾向。他的作品竭力避免情節的戲劇性和曲折性，減少情節的社會因素，減弱了因果性、偶然性對事件發展的控制，把人物的行為從社會化環境中剝離出來，並注重對富有民族文化意蘊的物相的設置，使小說呈現了不同程度的神秘感和象徵性。讀冉易光的小說，一個陌生世界的帷幕被掀開了，神秘、古拙、荒茫、愚昧在爭取生命實現的艱苦搏鬥中又表現得精深、博大、柔韌和抑制不住的生機與希望。

阿多在小說中，努力審視著民族歷史與民族文化心理的積澱深層，並由此檢視一系列歷史與現實的不虞現象所帶給人們的惶惑。

他的作品多帶上了一種神秘、古拙、幽遠和異樣的色彩。值得注意的是，阿多在小說裏，並沒有像許多作者那樣，展示封建主義對新生命的扼殺，而是穿透生活的表象，從民族文化的深處進行開掘。《日子》、《看不見木排的小河》、《拉拉渡》以及《五月的鄉村》等小說就不是將村民的文化心態作為孤立的審美對象，而是把它作為村寨先民的思想動因加以展示。

在《日子》裏，秋天割完了穀子的苦竹寨，一切都是那麼的沉寂，尤其是當進入冬季以後，人們都圍坐在火鋪上烤火，時光顯得漫長而又無聊。但令毛狗娃這個小娃崽興奮的，是作為山寨精神領袖的麻哥爺說的那些龍門陣，以及麻哥爺那件神秘的褡褳。麻哥爺說故事時，總要將乾癟的手伸入腰間的褡褳內摳出一粒綠豆樣大小的東西放進嘴裏細細咀嚼。老人十分受用的神情，引起了毛狗娃的好奇，當他尋了機會將手也偷偷伸進那件褡褳內時，卻發現裏面什麼也沒有。但毛狗娃總不甘心，他不斷地以各種方式嘗試著去尋找麻哥爺咀嚼那粒神秘東西時的感覺，可他總是失望。於是麻哥爺褡褳內那神秘的物相，便成為了民族文化的精神載體，也成為了毛狗娃的精神動因，於是這山裏娃崽便開始了自己的人生遠行。

《看不見木排的小河》與《火鋪》則切取了不同的表現角度，無論是山以及愛他的倆個女人春花和秋花，還是石匠幫幫以及那個將火鋪燒得暖烘烘的坤婆娘，命運對這些普通的山民似乎更加無情，他們須更多地蒙受一層理想和現實衝突的痛苦，他們幻想著飛向更加廣闊的藍天，但凝重的現實以及千百年來民族封閉的文化心態卻不能使他們鬆綁，他們只能在別無選擇之中來選擇自己的人生。更應該注意的是，阿在多這些小說中表現的內容與再現的內容，陌生化形態與生活的原生美彷彿漫不經心，天然渾成地構成了一種頗有深意的循環。在這樣的循環往復中，讀者時而沉浸於直觀、經驗的框架中，被撲面而來的帶著濃郁民族文化氣息的情感狀態所俘獲，時而又突破經驗的框架，潛入人的理性的認知範圍，思辨著作品文化具象之上的本體存在。這裏，陌生化形態成為了橋樑，它通向生活的原始渾沌的狀態，賦予了日常的生活片斷以觀念的意義。

阿多的作品在對民族文化心態的揭示以及風土民情的敘述中，還透示了沉滯的生活，一旦被山外時代與社會的變革賦予新的意義，於是古老山寨的社會與人的文化心態便開始了不安與悸動，人們的心靈與生活也從封閉中解放出來。但令人遺憾的是古老的山寨先民們，解釋新生活的方式仍然停留在過去，對未來的生活和世界，他們是惶惑而又茫然無措的，所以才有了《五月的鄉村》中那場鬧劇。該作幾乎是以一種近乎黑色幽默的方式來傳達山寨的沉重與躁動。

偏遠、閉塞的馬家村，窮得屙屎都不生蛆。但好運卻來了，從村裏出去在城裏康樂夜總會當小姐的馬草兒帶回了一個振奮人心的喜訊，日本人龜頭正雄要到村裏投資開工廠。當然日本人在夜總會包間裏的許諾只是討馬草兒的一時歡心，可置身於古老山寨的村長馬安的心態仍停留在那種封閉、愚昧的鄉村文化背景中，於是他輕信了日本人的謊言，並異想天開起來。村寨在這種情形下，一片騷動，幾乎進入一種癲狂狀態，村民們釀好了包穀酒，準備好臘肉，修好水車磨房，打掃乾淨吊腳樓，準備迎接日本人的到來……作品所透視的並不在故事的表面，而在於它揭示古老混沌的鄉村文化與整個民族心態在外來的誘惑中，所帶來的一系列連鎖反應、人際關係、日常生活以及心理情緒呈現出的騷動與迷離。這是一個邊地山寨民族，面對歷史和時代的巨變，面對自身命運的一種錯位感和焦灼感。

阿多在對民族的歷史和文化作出的清醒而痛苦的反溯裏，誕生了一種理性主義精神，他以無比冷靜和客觀的心理觀照著山寨民族的一切，在對當地民族文化整體意識的洞察和反思的過程中，產生了「尋根」的自覺，這反映了新一代少數民族作家主體意識的覺醒以及他們在藝術上的自覺追求。

時間的風雨剝蝕著土家山寨歷史文化的古堡，但也給它平添了一層神秘的色彩。當某一階段的歷史，某種民族文化心態或社會生活經過作家的藝術點染呈現在人們面前時，它不僅表現了一個特定的事件，一種特殊的心理和生活，同時它也作為具有悠久的歷史和文化美的象徵，令人深思和懷想。他使接受者在一種邈遠陌生的氛圍中，體味到生命的力量和自我的存在。

第二節　對文化與人的哲學思考

文化不僅是文學與客觀世界或經濟基礎之間的仲介，它與文學還存在著互涵互動的密切關係，它與文學所反應的主體對象——人，更是密不可分，「文化包含了思想模式、情感模式與行為模式」，它的「核心意義……首先被列入此中的是人類活動的重要部分：宗教、政治、經濟、藝術、科學、技術、教育、語言、習俗等等」[6]可以這樣說，作為人學的文學原本是文化的一種形態，從來沒

[6] 菲力普・巴格比，《文化：歷史的投影》，文化藝術出版社，1998年，95頁。

有無文化的文學，也沒有無文學的文化。文學是在文化的映照中延伸和發展的。

中國20世紀80年代年代中期的文學，已由過去「從屬」政治回到了文化本位，由政治反思轉向對文化與人本身的反思。在這種情形下，冉易光和阿多在創作中找到了一個更高的藝術視點，他們以渾厚誠摯的民族情感，清醒透徹的現代意識，開始了關於文化與人的哲學思考。

「我們從哪裏來？我們是誰？我們往哪裏去？」這個斯芬克司之謎具有永恆性，即使在遙遠的未來，人本身仍然是最具魅力的哲學問題。但每一個時代的哲學、文學都在頑強地試圖給出一個滿意的解釋，儘管答案本身未必能夠超越歷史，但至少對自己的時代是具有魅力的。二十世紀人類對自己的觀照顯得更為全面，應該說，文學呼應和贊許了哲學對人的基本認識。如果我們從以往的文學觀念（乃至整個哲學觀念）上超越一步，不僅僅把人當作打上社會印記，被政治、經濟所直接制約的產物來認識，就會發現人實際上更直接、更深刻地受到特定文化規範的困擾和制約，人創造了文化，反過來又是文化把人塑造成今天這個樣子。因此，與其像亞里斯多德那樣認為「人是政治的動物」，不如說「人是文化的動物」（政治也不過是文化的一種組織形式而已）。如果這樣理解，至少是和近年來文學對人性基本層次的開拓相吻合的，人物內在的心理矛盾、人際之間的對立衝突，在作品中基本上體現為不同的文化層次中文化意識的差異和鬥爭，儘管由於作家們各自的審美傾向與藝術敏感點不一樣，但把人作為特定文化的構成物，通過時代各種文化意識的衝突和政變來展示人性的豐富內涵的傾向是基本一致的，是和當代哲學從文化心理的角度對人的理知相對應的。

因此，作為「尋根」文學作品也獲得了一種巨大的包容性：不同生活方式和文化傳統養育而成的人們不同的氣質、心態，積澱於人心深處的複雜交錯的倫理、人生意識及價值觀念，以及具有隱喻和象徵意味的自然地理、民俗風情、古老文化的歷史積層，在作品中渾然一體，從整體上體現著作家對自然、人生、歷史、倫理、情欲等基本主題的深入思考，並已上升為一種自覺的文化意識。

從冉易光和阿多的創作來看，他們受到了這種思潮的深刻影響。他們在作品中，對民族生活文化底蘊的開掘，對民族文化心理的深刻揭示，在某種程度上也為民族文化的哲學沉思提供了一定的參考值。文學生動地表現了特定的文化情境是如何內化為人的獨特心理素質，並受其規範和制約的。人的本質，不外乎是一種文化的過程和結果，而不是形而上學的先驗原則和實體性的生物本性。首先文化是一個獨立的世界，是人類的第二自然，文化是一個系統的功能整體，不斷為人類開拓新的領域；它又是一個自我相關的怪圈，不斷地把人束縛起來，使人在規範中墨守陳規。其次人類在文化中觀照自己，人從第一自然（即原生質自然界）通過勞動進入第二自然（即文化世界），從而獲得了自己的本質。一個民族、一個時代都是從自己的文化和歷史中，透視它的風貌，因此文化成了一種預言，一種泛文本，它包容了民族和時代的人，一方面文化是人的作品，反過來人也是文化的作品。每一種具體的文化形式——語言、神話、歷史、宗教、哲學、藝術和科學等等，都各自開啟了一個新的世界並且向我們顯示了人性的光輝。因此，從這個意義上說，人與文化是深深地疊印在一起而不可分離的，文化成為了人的一切創造活動不可替代的背景。

冉易光和阿多在作品中，將文化與人緊密聯繫起來審視，通過文學復原出了生活的本真，同時民族的文化情愫，山寨的民俗自然環境與時代的人文理想在他們的作品中融合成了一種特殊的傳達方式，他們的作品對整體文化的自覺，在於了悟和把握了隱蔽於繁複的生活現象世界深處的這種功能性的泛文本的文化形態，並使之在作品中清晰地浮現出來。如：阿多《拉拉渡》中那只頗具傳奇色彩、上過釉彩、肚腰上刻著魚尾紋的神秘陶罐，據說曾是羅漢松用手下弟兄四條半性命換得，當陶罐落入阿阿公之手後，一方豪強羅漢松卻對他秋毫無犯。《日子》裏的毛狗娃始終都在試圖體味到走南闖北的麻哥爺從那件神秘的褡褳內摳出一粒綠豆大小的東西丟進嘴裏咀嚼時的那種神聖的感覺。冉易光《石鼓》中，牛杲子滿懷希望與期盼去敲動隱藏在柏樹林裏那樽神秘的石鼓時的種種心態。這些極具民族文化特徵的物相和情節構成，成為了文本的載體，進而轉化為文學之上的一個調節和範導系統，即文化關聯域，從而使作品獲得了強有力的表達效果和多層的意象空間。

歸而言之，文化作為一個民族集體意識的結晶，它潛藏著一個民族、一個地域最本質的秘密，在某種程度上制約著文學未來的發展和表現方式，這正如有的評論者所指出的：「文化是外部世界對文學發生影響最豐富的仲介系統。這個仲介不是外在的，它同時體現著主體與客體的性質，內在地參與了文學的建構活動。文化建構、制約、驅動著文學的建構。文學只能在文化中建構其體式，並不斷發生演進。」[7]因此文化對文學的介入和構建體現了作家以更深邃的目光，透視著生活的本質，他們在對千百年積澱的文化心理進行反省和重新營建的過程中，以更理性主義的精神，憧憬著未來。

當然愚鈍、沉滯、神秘、蒙昧的村寨文化，並不是「尋根」意識的最終歸結。在冉易光和阿多的作品中，他們過於從民族意識、民族精神的角度來表現、展示和完成作品的構建，他們往往以展示一種文化為滿足，而忽略了一種時代精神內涵、思想與個性的注入。但作為少數民族作家，能夠站在較高的層面上對民族的歷史和文化，進行深入的開掘，並作出清醒的審視和認識，無疑是可貴的，它標誌著當代少數民族作家自我意識和民族意識的覺醒。

[7] 林繼中，《文學的文化建構初論》，載《東南學術》1999年4期。

第五章 中國當代民族詩歌創作的原型構建

第五章　中國當代民族詩歌創作的原型構建

> 如果人們不能洞察靈魂的轉變，體會不出靈魂要求完整的需要，那麼這一需要將會變得越來越強烈，這樣才可以使它不至於再一次陷入潛意識之中。它會長久地縈繞在人的心頭，不會。人的心靈體驗，會因被正確或錯誤地理解而對個人的發展有不同的影響。
>
> ——榮格[1]，《曼荼羅原型象徵》

中國當代少數民族詩歌創作中的原型意象多與自然、宇宙、生命、圖騰及儀式有關，多是詩人主體性對象化的代碼，具有象徵的多重意韻與意象的深層寓指。他們詩歌中的原型模式是詩人創作的重要載體與集體無意識的體現，是人類深層慾望最本真的流露，同時也是他們獨特的詩歌藝術得以充分顯示的重要原因。

---

[1] 榮格（Carl Gustav Jung，1875-1961），瑞士心理學家，分析心理學的始創者。主要著作有《潛意識心理學》（1912年）、《心理類型學》（1921年）、《分析心理學的貢獻》（1928年）、《回憶、夢、反思》（1965年）、《答約伯》（1956）等。

中國當代少數民族詩歌創作的原型模式作為一種內在的整體籠罩，一種深層的寓意指向一種主體性情節，一種人格的聚焦，一種內在的「身份證」，一種高度壓縮的生命史，融入了民族詩人的創作之中，透過其詩作中的原型分析我們可以找到打開詩人靈魂之門的鑰匙，從而更加深刻的認識詩人的創作。

第一節　象徵族群文化精神的客體往往成為藝術家創作的原型

佛洛伊德（Sigmund Freud，1856-1939）認為在人正常的意識下，還存在一種潛意識心理，如同海島之下有一大片島根。榮格發展了佛洛伊德的潛意識論，他認為人的潛意識更有賴於更深層次——集體無意識[2]，猶如在島根之下還有一大片海床。

榮格認為集體無意識是人類經驗的貯藏所。他在《論無意識心理學》中指出：「集體無意識，作為人類經驗的貯藏所，同時又是這一經驗的先天條件，乃是萬古世界的一個意向。」[3]榮格認為集體無意識體現了意識的母壞，體現了常常盡力將意識過程引回到根源的老路，在它之中遠至最早的祖先經驗仍舊是活躍的。他認為：「精神的個人層終結於嬰兒最早記憶，而集體層卻包含著前嬰兒時期即祖先生活的殘餘。」同佛洛伊德相比，榮格更強調集體無意識的積極方面和創造性，他認為「無意識包含著未加區分的精神殘

---

[2] 《佛洛伊德後期著作選》，上海譯林出版社，1986年，166頁。

[3] 《論無意識心理學》，載《現代西方文倫選》，上海譯林出版社，1987年，287頁。

餘」，「無意識……是普遍的：它不僅使個人集合於一個民族或種族之中，而且它還使他們同前人及心理學相統一。」[4]榮格進而指出：集體無意識中存在著「一種具有創造性的集體精神傾向。」榮格反覆強調：集體無意識包含著「在每一個體大腦結構中更新的人類進化的整個精神遺產。」從大腦結構的一致中，榮格推演出這樣的前提，即人的集體無意識「包含從祖先遺傳下來的生命和行為的全部模式。」[5]我們若以佛洛伊德和榮格的理論，來分析當代少數民族詩歌創作，那麼歷史悠久的，遠古的異域文化傳統如同一大片海床，在這一片文化土壤中成長起來的民族詩人好比一個島根；而優美動人的詩篇就是浮在海面的海島。他們的產生看似奇特，不可思議，實際上是深深地紮根在堅實的海床之上的；每一篇詞優曲美的詩篇出現，有一定的偶然性，但是就像只要有海床和島根存在，就會有海島從海面隆起一樣，只要民族異域這一豐厚的土壤存在，就會不斷地湧現出優秀的詩歌作品，這又是必然的。

在榮格的著作中，多次出現「古老精神殘餘」、「祖先生活的殘餘」、「精神遺產」先天傾向這樣的概念，進而提出在人的頭腦中存在「遺傳原型觀念的潛在物」這樣一個假設。他認為「……集體無意識決非心靈中一個模糊不清的角落，而是積累了億萬年來祖先經驗的巨大倉庫，是史前事件的回聲，每個世紀都在這些事件上增添了無限小的變分和微分。」[6]因為歸根結底，集體無意識就是一種輸入大腦組織和中樞神經系統的世界進程程式，它以自己的整體

---

[4] *A Primer of Jungian Psychology*, The New American Liberary, 1973, P. 61.

[5] *A Primer of Jungian Psychology*, The New American Liberary, 1973, P. 62.

[6] 朱光潛（1897-1986），《變態心理學派別》，開明書店，1930年，83頁。

組成了一個超時間和永恆的世界意象，這一世界意象抵銷了我們關於世界的意識和瞬息圖像。它表示的完全是另外一個世界，可以說是世界之映象。但是無意識意象與鏡象不同，它擁有自己特有的、獨立於意識的能量。借助這種能量，它可以產生強大的效應。這種效應不是在表面上，而是從內部更強有力地影響我們。這些影響對於那不能使自己在瞬息世界圖像中接受恰當批判，對自己仍認識不清的人來說仍然是不明白的，而且它還在來自精神最深層以及顯然最主觀的幽深處的超時間存在中作用於我們。

千百年來每一個少數民族都在其特殊的地理、人文條件下繁衍生息，形成了各不相同、各具特色的民族氣質、民族習慣、民族心理以及民族認同，有著不同的歷史發展軌跡；在少數民族代代相承的血脈裏流淌著屬於這一民族共同的血性物質，我想那就是佛洛伊德和榮格學說中多次談及的「古老精神殘餘」之類，也就是每個民族特有的集體無意識。而這種集體無意識體現在詩歌創作中，則表現為不同民族地域外作家所摹寫的各有特色的內容，所表達的民族情感及原始意韻在不同的歷史記憶的感召下，呈現出流光異彩的千百種異域風情。

加拿大弗萊（Northrop Frye，1912-1991）在發展了榮格理論後，曾給原型下過一個明確的定義：「原型就是典型的即反覆出現的意象。」[7]本質上，原型和種族記憶集體無意識沒有多大區別，都是人類代代相傳共通的心理積澱物，它蘊含的能量遠比個體的強烈深刻得多，極易喚起接受者，引起共鳴。原型在長期歷史發展衍化

[7] 弗萊（Northrop Frye，1912-1991），《布萊克的原型處理方法》，遼寧人民出版社，1984年，389頁。

中，由於自身潛在增殖性，故能保持一股恆久常新的生長活力。它的產生衝破了傳統現實主義與「文學反映論」的單一理論模式，推動了文學觀念與文學思維的多元化。

我們以為原型意象是一種永不枯竭的種屬酵母，在任何時代條件下都能盡情發酵。其實人類永恆的母題並不太多，它們所採取的意象最早都與大自然、圖騰及儀式有關，都是主體性的物件化代碼，都具有象徵的多重意蘊。如大海象徵著生命，無限，再生，永恆等等。

再如中國漢民族所特有的原型意象，也都含有本民族的獨特的意思，如麒麟：仁辱、賢德、多子、長命；蝴蝶：夫婦、至愛、和美、耄耋；蓮花：佛界、清廉、貴子、恩愛；竹：君子、高潔、祝頌；龍：神靈、至上、吉祥等。各個時代、各個民族的作家藝術家也都不過是在這些有限的母題上，馳騁情思，萬變不離其宗地發酵出各等五花八門的作品而已。相比之於漢民族，少數民族由於特殊的生活歷史條件，不同的民族體悟，文學在自身發展過程中擁有著一些有獨特民族感知的原型意象，而這些意象即是人類共通的，也體現著不同民族的民族情感與特點。如藏民族等草原民族的源自於原始圖騰的對於狼的崇拜，南部民族對於水的鍾戀，蒙古族對於白鹿精靈故事的世代傳說，這些不僅僅是一個原始群體的標誌，同時也是一個原始群體的審美選擇與文化認同，因而它們具有象徵一個原始群體內在文化精神的意義，它們往往成為藝術家們創作中的原型。

第二節　對民族詩歌原型的理解開啟了對作品解讀的靈魂之門

然而如何運用「原型」理論來分析當代中國少數民族詩歌創作，則是對當今民族文學工作者的考驗。榮格、弗萊都提出過西方文學中的許多原型，如弗萊提出神啟意象、魔怪意象、類比意象。但是中國少數民族文化源遠流長，自成體系，有自己的文化原型。縱觀當代中國少數民族詩人創作顯露於詩人筆端的意象多如繁星，然而只有一部分意象，才能稱為原型意象，它們浸潤著作者特有的民族情感，而這種情感又酵發出多種情感的共鳴，從而湧現了多種意象的表達，豐富著詩歌創作。

如「母親」這一意象是古今中外文人墨客誦唱不衰的主題，然則對於母親的情感，每個民族，每個詩人表達的角度卻各不相同。母親的意象從開始的締造生命——哺育——愛，到付出——偉大——慈祥，以至於象喻家園——美好詳和——國家，其意韻不斷地向縱深發展，如有這樣一首詩作：

此刻，沐浴在湛藍的海風中，
越走近越可分明見到，
母親那寬厚而真切的慈美微笑，
她終於用有力的雙手迎來了，
迎來了澳門這片沃土，

這塊親生骨肉。

——楊啟剛，《澳門啊，澳門》

把祖國喻為母親的詩作比較多，母親大多的意象都用於表現偉大這一主題。

將一生的風雨，
及苦難的愛情卸下，
母親失控的肩膀，
頓感空茫，
最初與最後的歌兒，
沿一條皺紋踱步而來，
離去時我的母親已遍體鱗傷，
成為經處之後，
留下的辛勞的證詞。

——石也，《淚之渠》

這是一位堅韌剛強的母親形象，為了兒女的幸福付出了青春與一生的時間，留給自己的只有傷痛，母親用青春與愛架起了一座通往成功的橋樑，當母親一天天老去，兒女卻無力挽回她們的青春更甚至是生命，唯有淚流雙頰的握住那雙蒼老的手，這種心情何等沉重，是所有民族情感中共通的感動！

再看金哲筆下的朝鮮族母親：

她不漂亮，

在苦難的顛簸裏長大；

但她選擇了最美的部分，

饋贈我；

臉上開一朵美麗的花，

生活的悽楚和憂愁；

都深深在她皺紋裏埋下；

為使我笑的更多更美，

媽媽捨不得笑；

捨不得把這不花錢的歡樂，

輕意的揮霍拋灑。

——金哲，《媽媽的笑容》

金哲在這首詩中，沒有描寫我們常見的長白山，海蘭江，沒有描寫阿媽妮長裙加飄帶，也沒有描寫最能體現朝鮮族特性的輕歌曼舞、頭頂水缸，他抓住了朝鮮族婦女最本質的特徵加以突出的表現，使我們從詩的藝術氛圍裏，看到了朝族母親那種悲哀裏的高雅、安謐裏的憤悶、淚珠裏的微笑、溫柔裏的剛毅，她們在任何艱難困苦下，都用母愛編織人間絢爛的彩霞。這就顯示了一種朝鮮族母親的內在的美，從本質上揭示了朝鮮族婦女的精神氣質，這樣的詩是真正屬於朝鮮族的獨特的詩。我想正是朝鮮族獨特的民族氣質給金哲積澱了一種創作原型的底蘊，使母親意象的意韻因此有了獨特延深。

少數民族婦女勤勞、堅強，母親往往是一個家的象徵，從而很多作品中對故土、土地的依戀往往都出自於對母親的情感依託，因此很多作品中把母親直接指稱為故土、家鄉，如：

……

我的故土，我的

天長地久山高水長的故土

邊遠神秘古老悲壯的故土……

我常常用憂鬱的心靈在聆聽

父親般千年的叮囑

母親般千年的呼喚……

我的故土我的

有過血色太陽照耀的故土

吮吸著故土鹹味的乳汁

我生命的搖籃在晃蕩

——洪海，《故土》

詩人從對故土思念出發，與母親意象聯繫起來，一下子把那時間、空間都已久遠的故土拉到了讀者的眼前，「故土」、「叮囑」、「母親」、「乳汁」、「搖搖」這一切帶有母性意味的原初記憶正是牽動著作者故土之思的終極因素，對故土的思念，也正是對於母親獨特的崇敬與體認。此外，少數民族詩作中對女性的衷愛，對美麗的花兒，對象徵著開始與希望的「春」的讚美，乃至對哺育人們成長的乳汁的獨特情結都屬於「母親」這一原初意象。蒙古族詩人巴・布林貝赫寫出了獻給新中國的第一首讚歌《心與乳》：

> 我們對自己的愛，用乳來表示。
>
> 我們對自由和解放，用乳作獻禮。
>
> 我們對健康和興旺，用乳來象徵。
>
> 我們對未來的幸福，用乳來祝賀。

按照佛洛伊德的理論，一個人在嬰兒時代，甚至「處在娘胎中」時，受到父母和家庭影響，產生幻想留下「記憶痕跡」。這種幻想有「畸變和願望滿足」型的，有創造力形成物型的，還有古老幻想。在古老幻想中，榮格發現了無意識的歷史因素，而少數民族作家正是基於這種古老的幻想對母親的意象反覆詠歎著，從巴布林貝赫這首詩不難看出，一個千百年來逐水草而生存的遊牧民族，他們對最開始的母乳乃至所有乳汁有著特別的感情。詩人通過蒙古牧民對象徵著興旺和幸福的乳汁的無比珍視和敬重，表達了他們對解除自己苦難、帶給自己自由幸福生活的黨和毛主席的由衷感激之情。

少數民族自古以來多是依山傍水而居的，連綿不絕的群山是少數民族人民的生命之源，從最原始的山神崇拜，到各種各樣大山的奇異傳說，山的意象從最初的崇高、偉大、秀美，到後來象徵剛強、偉力、頑固、神秘、家園、黑暗、屏障等多重意韻的延神，都體現了世代與大自然相爭相存的少數民族人民對於山的依賴與崇拜，共同的勞動生活、生存鬥爭使他們形成了對山的共同體認，而這種認識體現在創作中則表現為崇高、剛烈、奔放的藝術風格。

內心久居肅穆的喜馬拉雅，
午夜，當一截磷光脛骨吹奏出哀樂
閃亮的冰雪上誰與我神遊
高處的神靈環繞——
花瓣待落——
與神共存的河只是時間的灰燼　寧靜的叫喊……
一腔地火已烘烤著我冰冷的腳踝……

——汪江才讓，《喜馬拉雅軼待》

西藏的高原雪域崇山峻嶺不僅煉就了康巴人的剛毅堅強的民族心理，塑造了藏族人民勇毅、剛勁的品格，也造就了一批像汪江才讓這般筆力雄鍵，情感赤烈的民族詩人。我們看到了午夜寒風冷雪的珠峰之顛一位命運抗爭者神遊，午夜魂歸，淒風悲嚎。「我」依然頑強的追尋，去追求那高處的神靈，玩賞花瓣的待落。我想正是這一股對於山熱愛之「地火」才溫暖了千萬藏族人冰冷的腳踝，可以說這是支撐著祖祖輩輩藏族人民，在那樣的惡劣、困苦的條件下能夠依然不離故土，生生息息生長於斯，繁衍於斯的原因所在吧！詩中「山」的意象成了作品中的一個原型。他們相信神山聖水能夠給以人生命，更能給予藏族人以更好的生活。

同一座山在不同民族詩人筆下有不同的摹寫，不同的山給人的體悟又不同，如峨嵋之秀美，泰山之陡峭，黃山之飄逸，青城之清靈，也正因此不同地域種族人有著不同的習慣、認知、特點。與汪江才讓不同，如雲南白族詩人曉雪的另一首詩《古潛山》：

那是多急的狂風暴雨啊，多猛的洪水巨浪，
把我們——無數座聳入雲霄的峻嶺高山，
轉眼間通通吞沒，化為一片汪洋……
那是多大的地層變化啊，多厚的污泥沉沙，
把我們——十萬巨仞奇峰百里層巒疊嶂，
一剎那全部掩埋，深深壓到地下！……

這裏山的意象更進一步指稱家園與幸福生活。山，對於少數民族來說意味著生存，這是他們的家，他們的幸福也源於此。在少數民族詩人筆下，山神奇詭秘，擁有生命，具有無窮的音韻，如：

是啊，白色的山岩，
我的父輩和你一樣遭受厄運的摧殘，
乾瘦的身體活等著禿鷲擺佈，
屈死的生命去向誰苦訴仇冤？

——伊丹才讓，《白石岩》

詩作中作者給了山岩以靈魂，它悲苦、無力，「痛苦的淚水彙成了悲泣的山泉，」這裏的山岩成了生命的象徵，是與人民的命運緊緊交織在一起的，山的形象不再高大、有力，它「乾瘦」任人擺佈：「無力」、「痛苦」、「悲泣」。運用集體無意識將山的意象托為雄偉高大並不難作到，妙在作者能夠通靈於山，將人的體悟轉移到山上，可以說這首詩在無意識中高度運用了蒙太奇，精緻的將類比意象連續推出，即「白山岩→乾瘦的身體→任人擺佈→老父→藏族人民」的層層遞進中，完成了山魂的鏤刻。

許多遊牧民族，自古以來就是馬背上的民族，把馬背當作搖籃，其英勇、彪悍的性格就是在馬背上磨練出來的，如蒙古族、滿族、藏族等等，他們靠馬去戰勝敵人，靠馬去追趕野狼，靠馬去放牧牛羊，因此對於這些民族人民來說，馬不僅是生存工具，更是生活夥伴，馬的意象也因此在少數民族作品層出不究，其意韻也不也不斷擴大。它駿逸、英勇、智慧、忠誠、充滿了靈性……

> ……
>
> 遠遠走來的蒙古馬越來越瘦
>
> 身背一個傳說
>
> 腳跨一段歷史
>
> 許多傷痕悄悄潛伏在體內
>
> 飲著草原潺潺的日子
>
> 蒙古馬默默地思索著
>
> 那往昔轟轟烈烈
>
> 在無人到達的草原深處
>
> 在沒有篝火的漫漫長夜……
>
> ——馬特，《蒙古馬》

在詩人筆下蒙古馬是傳說，有歷史，能思索，會傷痛，馬象徵著過去，預視著未來，馬正如一個蒙古族精靈馳騁於作者筆端，像藏民族之於鷹崇拜一樣，馬給了蒙古族一個馬背上的世界，也給了蒙古人一種駿馬般勇猛、靈異的性格。蒙古人崇拜馬，把馬作為原始的神話圖騰與信仰正是基於這種蒙古人原生態的生活經歷在人們腦中留下的古老記憶，而這種記憶早已作為血液、化為骨髓充盈在每一個蒙古人的血管中、筋骨裏，肆機而發！而與巴特筆下這匹憂鬱的神馬相比，饒階巴桑筆下的馬則少了一分悲情，多了幾分秀美：

……

戰馬馳過野牡丹遍開的湖濱，

那蹄花之美，勝過野花之俏，

像剪斷的半月，如重合的滿月，

一圈圈，一輪輪，如沉似飄。

——饒階巴桑，《蹄花》

詩人用「野花」、「半月」、「滿月」等色彩鮮明的語言來美化戰馬的「蹄花」，又用「風繫鞭梢」、「如沉似飄」等富於動作性的語言來加強明亮的色彩，給馬俏麗的形象增添了活力，使一匹靈秀之馬越於紙上。可以說饒階巴桑的詩句給我們展示了馬歡快秀麗的一面，它象徵著勝利，預示著美好，它不是「老驥伏櫪」的老馬，也沒有殺場的戰馬那分殺氣，而是徜徉於花叢卻不傷一瓣花朵的靈秀之馬，是藏族人民對於美好生活的一種期許，同樣也是馬這種意象最初之於人的體悟。

黑溜馬呵，怒嘯嘯

蹄聲得得似箭發

急風騰浪捲黃沙

一片雷電蹄下踏！……

——汪玉良，《壓馬》

可以說馬是東鄉人民生活的重要一部分，詩中的這匹黑馬也正體現了東鄉族人粗獷坦蕩、驃悍倔強的民族個性，然而真正的烈馬在同樣剛烈的東鄉人眼中則變成一種忤逆的象徵。於是出現了馴馬人，也就有了「壓馬」，我們便不難從這一切裏感受到東鄉人不畏強暴、疾惡如仇的民族氣質，這也是這個驃悍驍勇的民族長期賴以生存和奮鬥的精神支柱。

母親、山、馬等等這些原型意象，也許最初它們的寓意都是相同或相似的，然而隨著事物的不斷發展，客觀條件的因時因地的變幻，不同民族人的心理素質的千差萬別，其意韻也是各有側重，因此從意象學的角度對當代少數民族詩歌的原型解讀是十分必要的，它開啟了作者的靈魂之門。

第三節　在對原型的構建裏尋求與民族文化形態相關的母題

神話原型是建立在文化人類學、分析心理學和現代文化哲學的基礎上的一種文學批評方法。英國人類學家弗雷澤在本世紀初發表的《金枝》，給人們提示出神話與神秘古代儀式和春夏秋冬四季循環有著密切的關係。瑞士精神病學家榮格在長期對精神病人心理研究後發現，「人的心理是通過進化而預先確定了的，在此個人和往昔聯繫在一起，更重要的是與種族的往昔聯繫在一起，甚至在這之前，還與有機界進化的漫長過程相聯結。」[8]在榮格為神話原型批評提供了「原型」這一重要概念後，現代德國哲學家凱西爾對這一理論作了最後的完善，他提出了在人們達到現在的理論思維之前，存在的只是一種「以部分代替全體」的神話思維，這種神話思維有其特殊的客觀觀念和因果觀念，它不對事物進行由表及裏的分析，而是從單純的共在關係中直接發現因果。在人類文化學、分析心理學和文化哲學對人類早期文化的多重闡發下，一種從神話、儀式、原型和原始思維入手來解釋文學現象的批評方法終於在加拿大學者弗萊手中完成了。

在歷史起源和文學發展都相對比較短暫的美國，文學批評家就不是去尋找古樸奧秘的神話原型在作品中對應的現象，而是力圖發現某些人類基本文化形態在作品中的顯現。批評家勒斯利·弗德萊運用原型批評發現美國文學中反覆出現的主題——「純潔的男性愛」就是明顯的一例。即使是文明歷史悠久的我國，某些批評家也不是拘泥到文學作品中去尋找特定的神話原型的蹤跡，而是從紛繁複雜的文學現象中梳理出一些盡可能久遠的與人類文化形態相關的，不斷重複的母題。

俊逸的自然風光、瑰麗的民族生活環境、發展不平衡的生產力水平等等，一系列因素給了少數民族人民以浪漫多情的氣質，他們熱愛生活，富於極強的想像力，因此大自然中看似平常的事物在他們口中成了一段美麗的傳說，於是出現了神話。神話或是抒寫浪漫，或是揭露殘暴，它們所採取的題材與意象都是深深植根於民族

---

[8] 榮格（C.G. Jung，1875-1961），《精神分析的危機》，國際文化出版公司，1988年，68頁。

這塊熱土上的，所以我們用神話原型批評的理論分析，是非常有力於我們更深層次的挖掘少數民族詩歌思想根源，更能透徹的瞭解原型之於少數民族詩歌的靈魂作用。

> 可憐的梅花鹿，
> 被追逐到生命的絕處。
> 於是變成美麗的少女，
> 嫁給了要致她死地的獵戶。
> 生與死轉化成恩愛，
> 獵人與獵物結成夫婦。
> 這美麗動人的傳說，
> 是不是美化了弱者的屈服？
>
> ——高深，《鹿回頭》

如同漢族一樣，鹿在許多少數民族的傳說中都是帶有靈性的，是善良、美麗與柔弱的化身，千百年來關於鹿的傳說層出不窮，鹿的意象也在日久年經的變革中，從美麗善良到柔弱屈服包含了許多意旨。

這篇《鹿回頭》是黎族的神話傳說，美麗善良的梅花鹿在獵人追填至絕境之際，化作美麗的少女與獵人結為夫妻，結成了一段美好的姻緣。黎族原初是一個狩獵民族，鹿在黎族人的集體無意識中象徵著美好，這也是深深積澱於每一個黎族人靈魂深處的體認，然而在新的歷史時期，當任何有辱於民族尊嚴的屈服都不被允許時，潛藏於詩人們靈魂底層的神話原型立刻又被賦予了新的意蘊。這也不能不觸及到章俊凝先生所提出的「人神戀神話原型」。中華文化是一脈相通的，不同體式的文學藝術有著共同的文化精神，同樣的神化原型——人神戀，在黎族詩人的這篇詩作中得以充分體現。

再如藏族優秀詩人汪承棟的詩篇就繼承了藏族優秀的文化傳統，汲取了藏族豐富的民間文學養料，表現了獨特的民族風格。古老的傳統文化曾經是各少數民族民間文學、古代文學自然生成的母體，而神話傳說作為傳統文化的承載，又是各民族作家文學的母胎，汪承棟的詩就是借腹懷胎，孕育了自己的詩歌創作。他的詩歌明顯地烙印著藏族民間文學的胎記，長篇敘事詩《鷹》就是根據藏族民間故事《朗孜・羅朱洛桑和江堆・次仁吉姆》創作的，詩中濃郁地浸蘊著佛教文化的色彩。故事從西藏古俗獻「江丕」開始，描寫了羅朱洛桑和次仁吉姆生死不渝的愛情。在他們的愛情被土官阿珍毀滅以後，他們和兒子變成了三隻矯健的「鷹」撲向阿珍土官，啄瞎她的雙眼，攫掉她的頭髮，把她扇進拉薩河被浪峰吞沒。這齣勸善懲惡的壯美悲劇，受藏族佛教觀念意識的影響彌深。

在那樣高深蠻荒、人煙稀少、情欲壓抑的環境中，佛的幻想超乎尋常的拓展了人的精神世界，並由於汪承棟對於曾經以宗教觀念為基礎，倚生神治的西藏社會的精神構造有著深刻的理解，也曾經同藏族人民一道陶醉在那獨特的文化與美好的人情之中，在他的頭腦中積澱著關於神的歷史記憶，所以他才能夠對籠罩在佛教文化氛圍中的民間神話故事加以合理改造，創作出優美動人的敘事詩篇，突出地表現了一個古老民族動人心魄的風俗習尚和人情美。神話不是宗教，可宗教裏往往充滿了神話，神話之於文學創作的原型效應往往是通過宗教影響更直接作用於創作，這一點在許多民族、許多作家身上都有體現：

在很遠很遠的地方
有個叫薩拉的山莊
人們說它是薩拉的家鄉
尋際主的鮮花鋪滿大地
一年四季都飄飛著芳香
那地方處處都像銀子閃光
白天和夜晚都一樣明亮

——汪玉良，《朱拉尕黑》

東鄉族是一個信奉伊斯蘭教的民族，在東鄉人的心目中，月亮和星星是崇高和神聖的象徵。在那遙遠而神秘的天之一隔，群峰聳立，星星綴滿天空銀光閃爍，一輪明月冉冉上升，月下，鮮花鋪滿大地，一年四季都飄著芳香。在這裏白天和夜晚一樣明亮，米拉尕黑和莎菲葉能夠從明月裏看到對方的倩影，「薩拉」在東鄉語裏是月亮的意思。可以說星星、月夜對於信仰伊期蘭教的東鄉族人來說是神秘的，更是神聖的，這都源於人們對月亮的星星的膜拜，許多關於星月的美麗傳說都源於此：人們在夜晚懼怕黑暗，星星月亮給了人們光明，因此星月不僅成了東鄉人神話原始崇拜的圖騰表象，更是東鄉民族人心中美好光明、神祗的象徵意象。

正如榮格所指出的：「個人和往昔聯繫在一起，更重要是與種族往昔，甚至是有機進化漫長過程在一起所抽象、凝練中共通的東西便是——原型」[9]，而深深影響了我們中國當代少數民族作家的創

[9] 榮格（C.G.Jung，1875-1961），《神話—原型批評》，葉舒憲選編，陝西師範大學出版社，1987年，151頁。

作活動的宗教神話，作為一種原型意象正是根源於我們民族成長歷史的一種原發這思想酵母，在我們當代民族詩人創作中起著至關重要的作用。

透過當代少數民族詩歌中寓意獨具的原型意象，我們不難發現根源於其本民族、本地域的歷史記憶與集體無意識。而這種民族的集體無意識往往最能扣響人類內心的共鳴，作家藝術家的創造活動正是基於這種原型之上的對於原型意象的多重意蘊，萬變不離其宗的演繹與擴展。這種「萬變不離其宗」的演繹，非但未束縛作家的創作活動，相反正是這個「宗」給予了作家深沉的民族文化基因，以及創作的多種靈感因素，成為作家的創作之基。我們以原型批評的方法透析民族詩人的創作，不僅能從中真切瞭解到漢族與少數民族文學的共通共融之處，更能在透析這種無意識的體悟、有意識的創作的活動中，深刻體會到民族文學創作的本真。

第六章 中國當代民族詩歌寫作抒情方式的嬗變

第六章　中國當代民族詩歌寫作抒情方式的嬗變

凡是高明的詩人，無論在史詩或抒情詩方面都不是憑藉技藝做成他們的優美的詩歌，而是因為他們得到靈感，我們將不會終止我們的探索，我們所探索的終結，將來到我們出發的地點，而且第一次真正認識這個地點，由神力憑附著。

——柏拉圖[1]，《伊安篇——論詩的靈感》

詩歌作為心靈與情感的載體，西方現代主義對當代少數民族詩歌寫作的影響是巨大的，其抒情方式發生了深刻的嬗變，它從相對單一走向多元、從封閉走向開發、從再現走向表現，在形式的解構與重構中自覺選擇，不斷變化與更新。

[1] 柏拉圖（Plat，約西元前427年－前347年），出身於雅典貴族，古希臘哲學家，是西方客觀唯心主義的創始人，其哲學體系博大精深，著有《理想國》和《法律篇》等。

法國象徵主義詩人馬拉美（Stephane Mallarme，1842-1898）認為，詩是「一步步地喚出一個物體，這樣來揭示一種情緒」[2]的藝術。抒情性作品是偏重於表達個人內心情感的文類，抒情對客觀世界的反映具有主觀性，抒情性作品的主要載體是詩，為了確切表達主體對客體的體驗與感受，詩人常採用特定的藝術規範與藝術形式來表現藝術內容，在詩的常用藝術手法中，除了對仗、對偶、格律、結構等規範外，還常涉及到抒情方式的問題，尤其在現代詩歌中，對抒情方式的把握更不容忽視。

詩的抒情方式既包括詩的抒情話語的修辭方式，如傳統常用的比喻、擬人、倒裝、對比、排比、借代、用典等，還包括現代常用的象徵、歧義、通感、影射、聯想等，此外，詩的抒情方式還包括形象外化、陌生化、變形、時空交錯、多重象徵、神話套用等藝術手法。

在當代全球化的文化語境中，在西方現代主義文學與漢文化的雙重影響下，少數民族詩歌抒情方式與以前相比很不相同。它不可避免地從原來的「自足性」向「開放性」轉變，在連續的解構與建構中不斷變遷。20世紀80年代以後少數民族詩歌寫作實現了這種抒情方式的嬗變過程。

第一節　開放性：從相對單一走向多元

在近現代中國少數民族詩歌創作中，早已開始不自覺地運用一些類似中國古典詩詞中常用的賦比興、「情景交融」、「虛實相

[2] 轉引自曾巍，《詞義深淵、個人氣質與期待視野——20世紀20年代新文學對法國象徵主義的接受》，《黃岡師範學院學報》，2006年5期。

生」之類的藝術手法，來呈現只可意會不可言傳的意境美，以表情達意，增添韻致。然而，當代少數民族的詩歌在接受了西方現代主義的影響之後，漸漸的實行了他的解構、重構與自覺性的創造。沒有西方現代主義文學的影響，我們則不能談中國少數民族的詩歌，西方現代主義在中國的傳入、移植和被接受使中國的少數民族詩歌實現了現代意義上的「創造性轉化」，即從相對單一的抒情方式向多樣的抒情方式轉變。當代的少數民族詩歌不僅包含著傳統悠久的古典詩學，同時又吸收了大量的西方現代主義成分，在中國古典詩學和西方現代主義的雙重制約下它發展得如火如荼。起初，經過轉換後的少數民族詩歌抒情方式難免生澀，甚至顯得不倫不類，但經過時間的錘鍊與詩人們的不斷努力後便逐漸成熟了。

首先，大量的優秀少數民族詩人運用了西方現代主義中的象徵、歧義、通感、影射、聯想等，如彝族詩人吉狄馬加的詩：「舞步的古樸，踩著大山的高音／流蜜的口弦，把心放在唇邊／以視覺的符號表達需要／臉是豐富的音響效果／愛是目光失落節奏」（《黃傘與少女》）在此詩中，吉狄馬加運用了現代主義的手法來「體現我們民族真正的民族精神，而不是那種表面的東西」[3]在詩中詩人運用了象徵、暗示、通感等抒情方式，且通感手法的運用最為顯著，視覺、聽覺、嗅覺、觸覺相互轉換、運用自如。詩人流沙河在《序〈初戀的歌〉》裏，對其詩作了論述：「一個古老的少數民族出了一個年輕的現代詩人，他用瀟灑的散文語言寫詩，他的詩告別了排偶的諺語，無拘無束，如風中鳥，如水中魚」。詩人的語言表述告別了傳統的排偶諺語，實現了抒情方式的轉換，走向了語體的自覺。

[3] 吉狄馬加，《吉狄馬加的詩》，四川文藝出版社，2004年，2頁。

彝族的柏葉是一位極具現代特色的少數民族詩人，他在《石柱上的圖騰》中寫道：「祖國，我望眼欲穿的祖國／我生死相戀的母親／你是高原女人唱紅的／一朵最鮮豔的山茶花／我是花蕊上採蜜的蜂兒／你是阿爸寬大厚實的掌心裏／密佈的繭子、清晰的紋絡／我是繭子裏痛苦的希望／我是紋絡上洶湧的江河……／祖國，我望眼欲穿的祖國／我生死相戀的母親」。在對祖國的熱愛情懷的反覆抒發中，詩人通過排比表達他洶湧的情感；「高原女人」、「山茶花」、「阿爸寬大厚實的掌心」、「密佈的繭子」象徵民族的苦難與堅韌；「我」、「蜂兒」、「痛苦的希望」、「洶湧的江河」則暗示國家與民族在苦難中孕育的希望和中華民族生生不息的勇氣。

苗族詩人太阿的詩作《湘西的紅兜兜》中「湘西山地的春天從臘梅枝頭／漸漸鬧起來／粉紅、深紅、彤紅、暗紅／紅的心情隨青翠的河流／隨一把銅嗩吶的吹奏／掛在了春天的腰帶上」，「湘西山地的春天從臘梅枝頭／漸漸鬧起來」一句，運用西方現代主義中的「互文」手法，由古詩名句「紅杏枝頭春意鬧」轉化而來，如同艾略特《荒原》中的詩句：「她坐的椅子，像發亮的寶座／在大理石上放光」（描寫一個坐在梳粧檯前的現代婦女）用的是莎士比亞《安東尼和克莉奧佩特拉》第二幕第二場中的典故：「她坐的遊艇，像發亮的寶座／在水上放光」。太阿還運用了通感方式把視覺、觸覺、聽覺融為一體，對臘梅的顏色進行細緻描繪，又把這種美好的感觸還原為知覺，使春天極富形象感、雕塑感和知覺化，勾勒出一副生機盎然的湘西春景圖。「吊角樓的窗口拋出一條紗巾／愛情的冥想／落入一條河流的悠長／」則以意味的突轉和不合常規的跳躍手法使詩歌凝煉含蓄，凸顯「愛情」這一人生永恆的命題，由「紗巾」聯想到的「愛情」在悠長的歷史河流中使讀者浮想聯翩。

20世紀是一個充滿動盪和激變的世紀，人們的宇宙觀、人生觀、倫理觀、審美觀乃至行為方式、思維方式、生存方式都發生了劇烈而深刻的變革，20世紀西方文學藝術以人本主義、科學主義為基礎，在叔本華、尼采、柏格森、佛洛伊德、克洛齊等哲學思想的影響下，形成了反理性、反傳統的文學思潮。這一思潮包括象徵主義、魔幻現實主義、表現主義、存在主義、結構主義、解構主義等文學流派。這些流派產生於西方工業社會和後工業社會，表現現代人的心靈對人生的苦悶與思考、對現實的否定與絕望，表現現代化背景下人被異化、物化之後的痛楚及壓抑；另一方面，他們對文學藝術從主題到人物到表現手段、形式實行全面顛覆，同時注重文藝形式技巧的探索、創新與實驗，這是人們審美觀念的一次劇烈變革。

這種思潮也影響了中國當代少數民族作家的創作。苗族詩人太阿的另一詩作《世紀的玫瑰》中詩人寫道：「不是每一個人都那麼幸運／遭遇颱風／在愛情的第十次紅色風暴中／封閉所有的窗臺」，「我成為稀世之鳥／滄桑看雲／看鄰家的女孩盛開成一朵花／褪成遙遠的風景」，以「颱風」和「紅色風暴」象徵愛情的劫難，「窗臺」則是詩人滿溢愛情的心。「城市成為無鳥的海／心冷成風中搖晃的旗」，則是把內心客觀化，具象為客觀事物，外化的形象表達了荒蕪冷漠的世界和人心。「痛楚感應發脹的肚臍／腳趾／早知道南方不是故鄉／就不應渴望油菜花般的愛情」，通過聯覺通感，「讓肚臍」去「感應」，讓「腳趾」去「知道」，用極其新奇的方式表達了對愛情的失望。在「一切價值重估」，消解人，消解歷史，消解一切神話、精神、倫理道德甚至愛情成為時代主題的情況下，「城市成為無鳥的海」，「愛情」褪成了遙不可及的「風景」，而「我」則在愛情的劫難中成為「稀世之鳥」，即使「心冷成風中搖晃的旗」仍於絕望中尋找希望；這已不是傳統少數民族詩歌的抒情方式，而是帶上了鮮明的現代色彩。

其次，通過對西方現代主義藝術表現手法的吸收，當代少數民族詩歌創作體現了創造性的特徵，詩歌中抒情主體是他們作為個體的人，他們偏重自我和內心世界，注重形式的獨立性價值，表現出了較大程度的「藝術至上」和「文學自覺」精神，在詩人所構建的話語裏，包含了多重的意旨，拓展了詩歌意象的空間。如彝族詩人吉狄馬加的詩作：

把你放在唇邊
我嗅到了鷹的血腥
我感到了鷹的呼吸
把你放到耳邊
我聽到了風的聲響
我聽到了雲的歌唱
把你放在枕邊
我夢見了自由的天空
我夢見了飛翔的翅膀

——吉狄馬加，《鷹爪杯》

其實這就是一種對自我民族文化深層的撫摸，表現出靈魂底層對文化之根的焦灼與渴望，即是一種自我表達的傾瀉，表達了詩人對本民族文化的認同與張揚。這裏彝族的傳統仍然是重要的元素，但它們已經變形為個人化的意象，高度意象化、凝聚化的現代詩歌語式，已經完全替代了常見的被彝化改造了的傳統詩歌形式。這樣的書寫，既是彝民族的書寫，也是象徵主義、意象派性質的書寫。

蒙古族詩人席慕容的詩作浸潤東方古老哲學，帶有宗教色彩，透露出一種人生無常的蒼涼韻味。

如何讓你遇見我
在我最美麗的時刻
為這我已在佛前求了五百年
求他讓我們結一段塵緣

佛於是把我化作一棵樹
長在你必經的路旁
陽光下慎重地開滿了花
朵朵都是我前世的盼望

當你走近請你細聽
那顫抖的葉是我等待的熱情
而當你終於無視地走過
在你身後落了一地的
朋友啊那不是花瓣

是我凋零的心

——席慕容，《一棵開花的樹》

這首詩從理性的眼光看，生命是有限的，生命的存在表現出不可避免的悲劇性；但從靈性的角度出發，生命卻能在與自然的統一中獲得永恆，生命的存在因而也顯示出澄澈透明的超越性。為了獲得這種超越生命的美麗，我在佛前「求了五百年」，終於感動了佛，「佛於是把我化作一棵樹」。按照一般的心理邏輯，生命一旦與自然融為一體，他就找到一個讓心靈自由馳騁的世界。這個世界是生命的皈依之所。然而這首詩卻並沒有沿著心理邏輯運行下去。心理時間和物理時間的再次碰撞的結果，是化作了開花的樹的生命不僅沒有獲得無限的自由，反而在現實時間和你的雙重傷害中落了一地的花瓣。生命的有限性不可克服，就這樣通過席慕容的獨特的獨特書寫傳達出來。青春、容顏、因緣、良辰美景俱已錯過，正是詩人對往昔不在，歲月匆匆的傷逝之感的表達。詩人偏重於內心情感的抒發，以自身感情為出發點，展現了一個真實的自我。

其三，少數民族詩人為他們的詩歌注入了新的活力，拓展了更為廣闊的視野，在具有現代色彩抒情方式的驅動下，他們創造性的運用了具有陌生化、變形、互文、形象外化、時空交錯的抒情方式的新形式。如藏族女詩人白瑪娜珍的《額前不能相聚的手》之一：

野狗在雨中哀泣

黑夜覆蓋著柔情

隔壁傳來弟弟的夢囈

寧靜後忘不了窗外的凋零
既然綠葉在風中顫抖
花朵在春季就被扭曲
我的雙眼呵
禁不住朦朧
再不想看那永恆和藍色的小帳篷

——白瑪娜珍，《額前不能相聚的手・之一》

詩人非邏輯性地跳動出許多意象，不考慮前後意念中有何必然的聯繫，任由意象非邏輯性地蔓延。這種意象與意象之間的流動、轉移，讓人把握到的是一種感情的宣洩，一種不同於日常言語表達的歌唱性陳述。而這種無邏輯的語言跟潛意識的無序性自由展開可能是一致的。榮格看來，潛意識才是非邏輯的，但又是「流動性」、「不間斷性」的。生產技藝後進的民族往往運用這樣的表達來直陳未經邏輯化的內心真實，但是給現代人的印象是，這種直陳反而更具有隱秘的性質。

再如白族詩人栗原小荻的詩集《白馬在門外》也體現了這種非邏輯性地跳動的特徵。它在人類情感活動的無限可能性的多元價值取向中，選取了感情活動的失落與孤獨這一元，並且始終保持著這一種姿勢，構想天涯，構想著「我的故事」，這不僅是栗原小荻創造了這種無序的失落與孤獨，同時也正是這種無序的情感狀態再造了栗原小荻的詩歌世界。

第二節　解構、重構：形式的選擇與變遷

中國當代少數民族詩人在向時代邁進的同時，隨著主體意識的覺醒，在「民族性」與「世界性」之間更新了詩歌傳統的抒情方式，這種自覺使他們更主動地選擇與時代相契合且能準確抒發其民族情感、民族精神的表現形態。黑格爾（Georg Wilhelm Friedrich Hegel，1770-1831）認為：「內容和完全適合內容的形式達到獨立完整的統一，因而形成一種自由的整體，這就是藝術的中心。」[4] 同樣，詩的抒情方式選擇得當，也是增加詩美的重要因素之一。20世紀80年代初，文學仍難以完全洗盡以往單一的政治思維模式，少數民族詩歌主要採用比喻、排比、對比、賦比興手法等傳統抒情方式，或直接鋪陳，或使用比喻，或借物起興，使詩歌內容較為簡單清楚、明白易懂。但彝族詩人吉狄馬加卻在表面看似單一的抒情方式裏注入了深刻的內涵：

響在東方
響在西方
響給黃種人聽
響給黑種人聽
響給白種人聽
響在長江和黃河的上游

---

[4] 《黑格爾早期著作集》上卷，賀麟等譯，商務印書館，1997年，112頁。

響在密西西比河的下游
這是彝人來自遠古的聲音
這是彝人來自靈魂的聲音

——吉狄馬加，《做口弦的老人》

排比的句式使詩文簡潔整齊，節奏明快，但卻內蘊深刻。在詩人的另一首詩《自畫像》中，詩人寫道：「我傳統的父親／是男人中的男人／人們都叫他支格阿魯／我不老的母親／是土地上的歌手／一條深沉的河流／我永恆的情人／是美人中的美人／人們都叫她呷瑪阿妞……啊，世界，請聽我回答／我——是——彝——人」。支格阿魯是彝族古代著名的英雄，呷瑪阿妞是彝族古代出名的美女，古典英雄美女的組合，無疑是對本民族歷史的弘揚，並且詩人還要向世界喊出自己的聲音：「我——是——彝——人」，這種直白且具有簡單情節的抒情方式，表達了詩人深重的歷史使命感，以及對瀕臨同化的民族生存狀態的痛楚與思索，吉狄馬加的詩作在當時的民族詩人中無疑是較優秀的作品。

而從上個世紀90年代起，「回歸文學自身」和「文學自覺」成為主流、確立主導地位，把對人、對民族自身的關懷融入到對文學價值的追求之中，形成一種異於20世紀80年代以前文學的異質文化。加之市場化、網路化、經濟全球化日益加深，少數民族文化經歷著更加劇烈的解構與重構的陣痛。在這兩大主流影響下，少數民族具有自覺意識的優秀詩人們，在堅守民族文化價值的同時，積極借鑒外來形式，他們的作品中不僅具有本民族的文化特質，而且西方影響的痕跡逐漸加深。

任何事物都是一部長篇連續劇中的小插曲，少數民族抒情方式也是如此。在歷史長河中不斷嬗變，時代不同，對抒情方式的選擇及側重亦不同。20世紀90年代以後，少數民族詩歌抒情方式主要在直白抒情的基礎上，側重於隱晦朦朧；抒情方式的象徵性、寓意性、暗示性得到進一步加強，這種複調式的抒情方式，更能準確表達少數民族詩人在現代尷尬處境中的複雜心情。蒙古族的詩人查幹在其詩作《中國，我的酒懷不斟自滿》中有這樣的詩句：「今夜／登上景山／燈的河流打從腳下穿過／故宮博物院的老夢／仍在巨大的香爐裏睡著／筒子河邊的更夫／記不清現在是何年月／歪脖子樹挨栽了好幾棵／歷史的神經／也已麻木」，詩中「夜色」、「景山」、「河流」、「故宮」、「香爐」、「更夫」、「歪脖樹」一連串的物象象徵古老民族的悠遠歷史，詩人通過這些具體事物的描繪刺激了讀者的感覺，引起想像和聯想，暗示出詩人對於歷史變遷的滄桑感觸。「景山」上的「歪脖子樹」則是利用崇禎吊死的典故進一步抒發詩人對於物是人非、滄海桑田的歎惋！

查幹的另一首詩《夢痕湘西》中寫道：「母水牛和小水牛／是一句遺言在此復活／披雨過橋仍是它遠古的／韌性／只兩聲哞哞／就沉重了湘地秋韻／那牛角彎彎的牛角和淡藍的／西月／勾起些許／沉重而又輕鬆的故事」，可見的事物是湘地古橋、彎彎的牛角和淡藍的西月，而不可見的則是富有詩味的湘西秋韻和逝去的人生歲月，使人聯想到現代社會的浮躁；沈從文的古樸湘西是一去不復返了，只留下些許夢痕追憶，宋玉悲秋也莫過於此。可見的事物與不可見的精神之間相互契合，正如波德賴爾（Charles Pierre Baudelaire，1821-1867）認為的那樣，「萬事萬物與人的內心世界息息相通、互相感應，世界是一座『象徵的森林』，可以通過種種物象來象徵內心無窮的奧秘。」[5]詩人的《湘西夢痕》中的「我忙點頭稱是／她方振翅高高飛起／消失於遠方水嵐／線線／點點」，「我忙」、「她方」之間的連結極富節奏感，而「線線」「點點」之間的韻律則是音樂收尾時的一詠三歎，極富音樂性的語言引發讀者無限的遐想，彷彿有一隻美麗的鳥兒正從頭頂翩翩飛過，飛遠了，還留下白雲朵朵碧藍的天。在《非典啟示錄中》有「風／懶懶地吹著／雲／遠遠地遊著／今宵牡丹在寂寞中盛開／所有的蜂蝶都從夢魘中醒來」，風成了懶懶的，雲遊得遠遠的，寂寞中的牡丹，妍妍綻放，卻無人欣賞，夢魘中的蜂蝶，全迷失了方向。

詩人在詩中所構置的所有這些意象構成的象徵的網，表現了人們對生死命題的重新思考和終極追問，死亡成了靈魂中的最長久的悲痛。「以我觀物，故物皆著我之色彩」，詩中「物」的形象描繪包藏了「我」對世界和人生的複雜深切的感覺，從「夢魘」中醒來的人們陷入了痛苦的思索。

第三節　文化嬗變中民族詩歌創作的使命意識

西方現代主義文學的影響其實也只是中國少數民族詩歌的抒情方式發生嬗變的一個外在因素，很大的程度上，它只是作為一種選擇方式提供給少數民族詩人參考與借鑒，又或者在這一嬗變的過程中它是起到了催化劑的作用，加快了嬗變的步伐。因為只有當外來

[5] 轉引至郭宏安，《波德賴爾詩論及其他》，上海：同濟大學出版社，2006年，106頁。

影響與本土文化和作家主體的內在表達需要相契合時，外來的影響才可能促使本土的作家相應地在創作中產生出民族性的因素，即與世界文化現象相關或同步，又具有自身生存環境特點的文學意象。這些意象不是對西方文學的簡單借鑒與模仿，而是以民族自身的血肉經驗加入世界格局下的文學，以此形成豐富的、多元的世界性文學對話。所以，在西方現代主義文學影響下的中國少數民族詩歌抒情方式的嬗變產生出新的抒情方式與載體，正是由少數民族詩人自身的個性特點及其在民族文化歷史特定環境所造成的。

西方現代主義文學的影響是必然的，但是自上個世紀80年代以來，國門大開，各種浪漫，包括物質上的、精神上的、政治上的、文藝上的、哲學上的等等，鋪天蓋地地洶湧而入，覆捲了整個中華大地。在這樣一個實地距離與虛幻距離被拉扯得越來越近的時代，歷史上一度處於政治、經濟以及文化邊緣的少數民族地區也無法倖免。而作為一個民族智慧的代表與最具激情最具憂患意識的少數民族詩人，他們所受到的影響是首當其衝的，他們所遭受的衝擊絕非如同常人所遭受的那種物質性衝擊那麼簡單，除此之外，重大的衝擊體現在他們即使受傷流血也要奮力抗爭與挽救的精神上，這種精神充滿了對一個民族存亡的憂患意識，他們以及他們的詩歌自然也就被賦予了「拯救者」的使命。但是在承擔這一重要角色之前，他們必須在三個方面做出確切而理智的選擇與判斷：

首先，是在大時代思潮和文化變革精神，即現實世界全球話語和國家話語交叉影響下做出選擇與判斷。面對在一個時代中具有一定影響力、號召力的社會思潮和文化變革精神，視而不見的話，則會被時代所拋棄，落後於歷史潮流的步伐，這不但不利於少數民族詩人的本身發展與創新，還會影響到整個民族的文學面貌。反之，如果要敞開胸懷迎接新的挑戰，呼吸新的空氣，即要求積極納入全球化語境中去，則要考慮到在積極的參與中，如何去保存好本民族的特色，並在不損害其本質的基礎上如何去轉換抒情方式，從而在全球化語境中為本民族文學謀求一席之地。對國家語境的態度也是一個不可忽視的問題，國家話語與民族語言是具有衝突性與矛盾性的，這在少數民族詩人看來這種衝突與矛盾性尤為激烈。少數民族詩歌，如果採用本民族語言來表達，有利於一個民族的特色的原汁原味，但是它也必須沖出這種空間有限的狹隘性，若只停留在本民族的內部鮮為人知的話，也就不利於它的對外開放了。古人云：他山之石，可以攻玉。如果少數民族詩人能跳出一種民族主義的狹隘情緒，積極利用國家話語為自己的創作與主旨服務的話，那麼這一矛盾可以得到妥善的處理與解決。這也就是我們說的「和而共生」。其次，是面對本民族文化的深度震撼和精神家園失落，身負「救世者」重負的少數民族詩人是如何選擇自己的這一角色的。作為先覺者的少數民族詩人必須自覺地思考文化變革給其帶來的使命意識和歷史責任。他們必須明白，這是為本民族文族文化求生存求發展，甚至可以在互利的條件下與異質文化和平共存，而不能偏激地把這看成是一場不是你死就是我亡的戰爭。「百花齊放」是文學發展的一個追求，如何成為這其中的一份精彩和不可或缺的部分，是少數民族詩人必須嚴正對待的問題。否則，稍有偏激的話，他們就會陷入民族狹隘主義的泥淖中，不但完成不了肩上的「拯救」重任，而且可能把一個民族的文化引向死路。

其三，對那種個人生命與生俱來的獨特生命悟性與靈魂糾葛的態度選擇。各自民族獨特的歷史文化傳統與地域特色塑造了少數民族詩人獨特的個性和內在情感，把這一獨特的個體置於西方現代主義文學等思潮的環境，面對極可能給個體帶來創變的外在因素的影響，如何去接受新的表現手法與抒情方式，並把之運用到自己的表達上來，同時在表達得以創新方式的轉變下，如何把本民族獨特的歷史文化傳統與地域特色所賦予的，那種個人生命與生俱來的獨特生命悟性與情感保存下來，並把它過渡到新的抒情方式中去，這是令少數民族詩人靈魂糾葛個體的痛苦的過程。在這一過程中，選擇的態度必須謹慎，把握好尺度。既不能使內在的獨特個性在新的嬗變中被改變得面目全非，又不能固步自封，無所創新。因為在新的抒情方式中使民族的情感獲得新的生命，煥發出新的活力，正是少數民族詩歌在西方現代主義思潮影響下發生嬗變的根本所在。

這三方面的選擇與判斷得到確定之後，少數民族詩人從外到內已被塑造為新時代的民族代言人。一方面他們以本民族歷史文化環境為背景，積極主動地抒寫心靈，釋放情感，並極力使之成為本民族情感體現的一個縮影，逐漸由客體的真實趨向主體的真實，由被動的反映趨向主動的創造，並努力使詩人的個性與本民族的共性達到高度的融合統一。在西方現代主義文學的影響下，大膽借鑒和使用現代主義的手法，以令人耳目一新的意象和意象的審美張力構成意識衝突戲劇性的物件比，而這既是個體的又是集體的。另一方面，因為受到了西方現代主義文學的洗禮與影響，少數民族詩人也不再像他們的前輩那樣只是做牧歌式的抒寫與歌唱，也不僅僅只是想讓世界認識到他們民族的存在。他們已經把這種抒寫轉變為一種沉重的使命，詩歌的形式重於內容的表達，內容則史無前例地充滿了本民族在全球化語境下如何生存下去的憂患意識。

這種新的抒情方式使他們得以大聲地吶喊出本民族在新的歷史環境中所遭受到的喜悅、困惑與焦慮，而這種使命感與憂患又使他們積極地為本民族探求新的出路。

第七章

在傳統與現代的交點上
渴求自我的更新

第七章　在傳統與現代的交點上渴求自我的更新

——以土家族詩人冉莊創作的個性心理為例

彷彿是濱海的漂浮，我們耐心地迎接一個浪湧又一個浪湧。我們沒有驚恐，然而我們困惑，我們不能不考慮我們的位置。

——謝冕[1]，《移位中的尋求》

當一個日益開放的世界不斷逼視我們，使我們再也無法把心靈和視野封閉；當一個詩人有可能選擇以一個嶄新的面目弄潮於詩壇時；當現代科學的發展越來越普遍地改變著我們的生存方式，從而改變我們精神世界的構成時；我們無疑會有多種選擇，而選擇往往意味著困惑。土家族詩人冉莊便是懷著一種矛盾與騷動的心理躑躅於詩歌世界裏的：一方面他擅長於中國傳統詩歌藝術的表現，但

[1] 謝冕，福建福州人，北京大學中文系教授，中國當代詩歌評論家，著有《湖岸詩評》、《北京書簡》、《共和國的星光》、《謝冕文學評論選》等。

另一方面他又對詩歌藝術的現代傳達進行了不少嘗試和探索，這構成了詩人十分矛盾的創作心理機制，既想固守傳統，又試圖超越自我，冉莊詩歌創作的藝術傳達正是在這種兩難選擇中矛盾與困惑的結果。我們研究冉莊的詩作，如果不深入剖析他創作的心理機制，僅從現象上分析他對傳統詩歌藝術表現形式的繼承，將難以把握冉莊詩歌創作的本質。

在中國當代詩壇上，冉莊雖夠不上大名鼎鼎，但他卻是一位十分勤奮並且對生活充滿熱情與期盼的少數民族詩人。他自20世紀50年代中期開始詩歌創作，在詩壇上辛勤耕耘了40餘年，足跡遍及祖國大江南北，創作了數量可觀的詩歌作品。近年來，他出版了《山河戀》、《潑水夢》、《沿著三峽走》《山海心曲》、《與雲為伴》、《冉莊詩選》等詩集。其中《冉莊詩選》於1999年獲全國第六屆少數民族文學駿馬獎。冉莊現為中國作家協會會員，重慶市作家協會副主席。另外他還寫下了不少散文和文學評論，主要的散文集有《洱海月》、《冉莊散文集》，文學評論有《冉莊詩文論談》等。

冉莊以詩歌創作取得的成就最大，可以說他以自己不懈的藝術追求，走出了一條屬於自己的路。正如有的評論者所指出的：「從冉莊文學創作年表看，他的詩歌創作無一不是與現實生活緊密相連的，他是時代的歌者，大眾的代言人。」[2]「在藝術上，詩人始終堅持古為今用，洋為中用，廣泛吸取民間藝術的營養，創造了屬於自己的現代格律體。」[3]「冉莊注意繼承，卻並不保守；堅持民族化、

[2] 查幹，《冉莊的詩》，載《文藝報》1998年10月20日。

[3] 劉揚烈，《沿著民族化大眾化的道路——論冉莊的詩歌創作》，載《重慶教育學院學報》1998年4期。

群眾化，卻決不排斥現代化、多樣化。他正在不斷的實踐過程中，努力把繼承與革新，把民族化與現代化結合起來。」[4]的確，冉莊作為一位民族化、大眾化的詩人在對傳統詩歌藝術形式繼承的同時，又表現出了對現代詩歌藝術的某種企盼，他在傳統詩歌美學所界定的範疇裏，又融入了不少現代的因數。有的評論者則明確地指出：「他的詩是在傳統與現代的交點上燃燒的藝術。」[5]這說明了20世紀80年代中國詩壇發生的那場深刻的變革，也觸及到了冉莊的心靈。他並非一味地固守傳統，也試圖叛逆和超越。這種徘徊於傳統與現代之間的矛盾選擇，深深地折磨著冉莊，並且構成了他創作的心理機制，極大地影響了他詩作的藝術傳達。筆者以為冉莊在詩歌藝術選擇上的矛盾心理是他詩歌話語體系構建至關重要的制約點，他在焦慮和痛苦的矛盾中渴求著完成自我的嬗變。

第一節　面對開放後的中國詩壇，詩人的心靈被一種深刻的矛盾折磨著

作為上個世紀50年代步入詩壇的冉莊，深受當時傳統詩歌理論的影響，那時的詩歌創作理論認為詩只有直接反映現實生活，才算富有時代感，只有高昂激越的旋律才是健康向上的格調。只有帶著濃郁的鄉土氣息並顯現著語言的外部節奏與音韻的詩才是「民族化」的。當時的冉莊無疑也努力向這種理論所倡導的詩歌風格靠

[4] 曉雪，《繼承‧探索‧創新——讀冉莊的五本詩文集》，載《西南族學院學報》1996年6期。
[5] 楊四平，《交點上的藝術——冉莊詩文述評》，西南師範大出版社，1997年，3頁。

攏，所以才有了他詩作中的那種民族化、大眾化的特色，正如有的評論者所指出的：「冉莊認為詩歌的功能，必須通過作品的藝術魅力和美學力量，最大限度地使讀者樂於接受，並在接受過程中得到美的享受、慧的啟迪、力的鼓舞。從而在接受過程中顯示其社會性、人民性和普及性……重要的是詩歌要忠於時代和人民，要反映人民的心聲，要謳歌時代的主旋律。」[6]的確，對於詩歌藝術形式最直觀、最便捷的理解，便是從生活中來，將現實生活中的客體對象直接納入詩人的藝術視野，並歌詠它們。冉莊的絕大部分詩作都是以這種方式來完成對生活的表述，在上個世紀80年代以前他幾乎固守了這種方式。

但創新是藝術的生命，20世紀80年代當國門打開，人們的意識和觀念普遍刷新以後，用「五四」以來，特別是50、60年代的現實主義模式來反映當代社會生活，這顯然是不能令所有的人感到滿意的。至少覺得它不是唯一可行的創作方法。因為豐富多彩的生活，不同的社會心態，不可能也不應束縛在單一的藝術色調中。當文藝在選擇和適應我們的社會存在和社會心理時，社會存在和社會心理也同樣在選擇和創造我們的文學，而且是多樣化的選擇和變革性的創造。因此，文學觀念的嬗變、創作思潮的活躍，既是帶有強烈內在規律性的主觀選擇，又是社會心理意識必然反映的結果。於是在20世紀70年代末、80年代初的中國文壇，在現實主義日益深化的進程中，甚至是在對現實主義的修正和懷疑中，呈現出了多元選擇的局面。

---

[6] 王巨才，《詩歌要反映人民的心聲》，載《文藝報》1998年10月20日。

在這場文學所反映的社會思潮劇烈變化的過程中，詩歌走到了時代的前列。「當中國的世界不斷開放，當現代生活越來越普遍地改變著我們的生存方式，人們精神世界的構築經受著前所未有的衝擊，而反映時代最敏感的詩歌，無疑會被一種深刻的矛盾刺激和折磨著。當詩所表現的觀念內涵處在一種深刻的矛盾之際，作為內容的載體——詩的藝術形式也將發生重大的變異，以擺脫它同樣深刻和備受矛盾折磨的命運。正因如此，自70年代末以來，中國的詩歌從內容到形式都發生了深刻的變化。」[7]對於冉莊而言，中國當代詩壇的這種深刻變革，並非未觸及他的心靈。在紛繁的「主義」與詩歌的「流派」面前，冉莊的詩歌創作也深深陷入了一種十分矛盾的選擇：一方面，詩人的藝術修養、價值取向以及藝術傳達方式承襲的是20世紀50、60年代中國傳統的現實主義詩歌創作模式；另一方面，面對中國詩壇的激劇變革，冉莊也試圖改變自己，這無疑是詩人嘗試著超越自我的自覺意識的流露，這一點是冉莊固守與叛逆矛盾二重心理機制的基礎。

作為晚輩與朋友，筆者對詩人那種矛盾心理深有感觸。他曾多次與我談道：他並不排斥現代甚至是後現代的詩歌藝術手法。他近年來的一些詩作如《近與遠》、《大青樹下》、《尚未完工的雕群》、《聽琴》、《長城日出》等都帶上了現代主義詩歌的影子。他甚至還明確地說：「只要是優秀的，不管是什麼流派，我都吸取、學習、借鑒」。[8]由此可看出冉莊並非一味地固守傳統，只不過

---

[7] 涂鴻，《靈魂的自由與藝術的超越——苗族詩人何小竹詩作現代意識透視》，載《西南民族學院學報》1998年6期。

[8] 冉莊，《冉莊詩選・自序》，中國三峽出版社，1997年，1-2頁。

是在他那些眾多的以中國傳統詩歌藝術為傳達方式的詩作裏，遮蔽了他對現代主義詩歌藝術的嘗試和探索。於是詩人在藝術上那種固守與叛逆二難選擇的矛盾心理，便被不少研究者忽略了。筆者以為這一點，是深入理解冉莊詩歌話語體系十分重要的因素。

別林斯基認為：「要著力研究一個詩人，首先就要在他的許多種不同形式的作品中抓住他的個人性格的秘密。這就是只有他才能有的那種精神特點。」[9]這對於冉莊而言，一種徘徊於傳統與現代之間的困惑，使得他的詩作，始終羈縻於十分矛盾的兩難境地，使得他無可奈何地在歷史與現實，傳統與現代既相互對立又相互滲透的矛盾體系中左顧右盼，形成了他特有的藝術傳達。只有抓住詩人這種個性心理特徵，才能科學地透視冉莊詩作的本質。

第二節　傳統與現代的融合，在詩歌美的意象營造中得到體認

別林斯基（Vissarion Grigoryevich Belinsky，1811-1848）指出：「詩作品的獨創性不過是作者的個性中的獨立性的反映而已。」[10]這就是說創作個性是詩人個性特徵在創作中的特殊表現。詩人作為人的特定的個體，在錯綜複雜的社會關係中，形成了自己的個性——人的性格、氣質和心理的各種特點的有機融合。從個性特徵上看，冉莊是一位十分傳統但絕不守舊的人。從藝術修養上

[9] 轉引自朱光潛，《西方美學史》（下卷），人民文學出版社，1979年，137頁。

[10] 《別林斯基論文學》，人民文學出版社，1978年，146頁。

看，一方面，他深受傳統詩歌美學的影響，整個審美傾向和藝術認知範疇是傳統的；但另一方面，迅速變化的詩壇，現代詩學的崛起，又不能不使他試圖揚棄傳統，更新自我，探索出一條新路來。

矛盾與思考後的藝術沉思導致了詩人在傳統與現代的藝術交會點上重新尋找自己新的價值。冉莊作出的選擇是在堅守傳統詩歌藝術表現形式的基礎上，適當地吸取了現代主義詩歌藝術的某些因素，這個過程，詩人在他八十年代中期以後一系列詩作中完成了。他在忠實於藝術和忠實於現實的基礎上，盡可能地拓展詩歌的意象空間，極富表現力地展示了詩人心靈深處的感悟以及努力尋求一種空靈、澄明乃至朦朧的藝術境界。無論是他對祖國山河的禮贊（《長城日出》、《聽海》、《山裏人家》），還是他對西南少數民族生活的吟詠（《鳳凰花與長統裙》、《潑》、《洱海夕照》、《潑水夢》），不管是他面對歷史的沉思（《大青樹下》、《聽琴》、《高山流水》、《太和古城》），還是對時代、人生的凝視與焦灼（《尚未完工的雕群》、《近與遠》、《天涯海角》、《皇澤寺中》、《慧星》）等等都在詩人最直觀地獲取現實的思緒裏表現了對詩歌藝術美的艱辛探索。

他總是企圖為非常現實的感情和思緒找到一個完整的藝術美的載體，而且力求使二者達到「和諧」的境地，用冉莊自己的話來說即是：「我只想寫出山的靈性，事物的表裏。人的本性與真情，從而把自己的感情融注入噴薄的日出，奇峭的山岩，奔騰的江流，爛漫的春花，恬靜的原野，使之與大自然渾然一體，去追溯消失的自我。」[11]在冉莊的一些詩作中，他似乎找到了中國古典詩歌講究

[11] 冉莊，《沿著三峽走》，四川民族出版社，1993年，18頁。

含蓄和西方象徵派詩重暗示的契和點，逐漸形成了在詩歌情感傳達上審美追求的一致性：即詩的動機是「在於表現自己和隱藏自己之間」[12]。他追求的是一種恰如其分的隱藏度，既不過分怪誕晦澀，也不過分袒露直白。詩人在1988年寫過一首《近與遠》：

在一起的時候，
沒有話語打動我心；
當遠離的時候，
似乎感覺離得更近。

在我的詩行裏面，
有你步履的聲音，
在我的詩情裏面，
有你閃爍的眼睛。

遠，是那麼相對，
近，是如此永恆。

詩人以一種親切而真摯的心理創造了一個優美而溫馨的境界。這種蘊含而深邃的意象已非傳統詩歌藝術所能完全包容，前後一氣呵成的藝術構思又表現出現代詩歌藝術所傳達出的整體美與朦朧美，詩人在詩歌藝術上那種傳統與現代的融合，就在這種美的意象創造中得到體認。冉莊寫下了不少吟詠山川景物的詩篇，但在這些「山水

[12] 杜衡，《望舒草・序》，人民文學出版社，1988年。

詩」中，他既無老莊所追求的那種虛無出世的境界，也沒有魏晉玄學詩人以山水自娛而遁世的情緒。而是在「山水詩」中寄寓了強烈的現代情思，這些詩作無論是意象的構建，還是藝術手法的運用都是嚴格地規範在傳統的詩學範疇裏，這是冉莊在傳統的詩歌形象裏，尋找現代意識的又一體現。

正如有的評論者所指出的：「在他的山水詩中，他將主體的心靈定性灌注到自然山水中，使自然山水鮮活起來，使其高揚著現代的個性意識、生命意識和時代意識。」[13]如詩人的《屈原沱遐想》：「彩色流雲，／是瀟灑的長衫；／巍峨山巔，／是詩人的冠冕。／大江緩緩地移去，／彷彿我看見屈原。‖當年你從這裏，／踏遍楚國山川，‖人民的淒慘不幸，／都刻入你的竹簡。／你那奔放的歌聲，／還迴盪人民心間。／人民真正詩人，／竟遭權貴不滿，／假如你今天在世，／絕不會有所非難。‖大江沖去了沉渣，／歷史已滾滾向前。」[14]應該說該詩已超越了傳統山水詩的意義，詩人以山水為依託，觸景生情，在對往昔遙遠歷史人物的追憶中融入了他對現實的思考。冉莊的不少山水詩諸如《神女夕照》、《鎖龍柱與十二峰》、《香溪夜泊》、《一線天抒情》、《寧河泛舟》等都具有類似的特徵，詩人以這些具有清醒現代意識的山水詩，完成了他在傳統規範裏的現代尋求。

冉莊曾與筆者談到：詩的現代主義藝術追求，要在與時代脈搏同步的前提下尋找自己寬廣的道路，詩人小宇宙的開掘最終必然通

---

[13] 吉狄馬加，黃濟人，《當代重慶作家作品選・冉莊卷》，作家出版社，1999年，278頁。

[14] 冉莊，《沿著三峽走》，四川民族出版社，1993年，18頁。

向思考民族命運、社會人生大宇宙的廣闊天空。在社會思考和現代生活的關注中，尋找和把握自身情感的現代藝術獨特的審美視角、傳達方式，這是現實及詩的本身對詩人提出的要求。詩人的創造，在於感應時代脈搏和生活的浪花而真誠地歌唱。

在尋找自我的同時也尋找能發現世界的東西，從這種意義上說，冉莊詩作現代意識的尋求，正切合了這一點。與當時詩壇上不少強化「自我」、強化主體意識的現代詩人所不同的是，冉莊將目光投入到了廣闊的社會人生領域，通過現代藝術的傳達方式，表現那種屬於民族乃至屬於人類的理想之光，從而形成一種令眾多的心靈都感到震動的力量，這是冉莊對詩歌現代主義的理解。詩人孫靜軒曾指出：「中國現代新詩既是民族的，又是世界的，既是現代的，又是傳統的。它應該是綜合性的混合體。」[15]若從這一點看，冉莊詩歌在藝術上的那種探索應是十分有價值和有意義的。

第三節　以心體物，以情抒懷，將感覺作為把握詩歌世界對象的基本方式

詩歌創作裏的感覺表現是現代主義詩歌藝術的重要因素。20世紀以來，那種主觀即是主觀，客觀即是客觀的絕對理性主義認識原則受到了極大的挑戰。人們發現，絕對理性主義追求的客觀真理，往往是理想的各種變體。事實上，只有人的意識所涉及的世界才是人的世界，心物之間沒有必要豎起一堵高牆。月亮進入了詩人的意

[15] 孫靜軒，《中國新詩六十年代片論》，載《當代文藝思潮》（蘭州），1986年2期，35頁。

識，它才是最真實和最客觀的，因為只有賦予了主體意識的月亮才能體現出它的完整性。主觀意識與把握對象的這種新型關係，被薩特稱之為「辯證理性」。現代主義創作的心理特徵，便是在這種「辯證理性」的基礎上，把感覺作為掌握對象世界的基本方式。

對於這一點冉莊是基本認同的，這是詩人矛盾選擇中超越傳統詩學規範的又一體現。冉莊曾說：「任何一首成功的詩，都是詩人對於大千世界的綜合感受而形成的一種藝術把握，是詩人滲透情感的外部世界的藝術折光。」[16]他甚至更明確地宣稱：「任何一首詩都有我真實的感覺和燃燒的情感。」[17]這表明了詩人對於「感覺」這種現代主義藝術傳達方式的認同與接納。感覺是創作主體沒有達到理性分析的心理觀照，是融合內在經驗與外在事物的仲介環節。一方面，外在事物通過感覺內化為感受。同時，內在感受又通過感覺外化為人造的第二形象，如冉莊寫於1985年的《屯洪渡口》便帶上了這種特徵：

輕風輕輕，
輕輕地把竹撫弄；
薄霧輕輕，
輕輕裹住江的笑容；
竹筏輕輕，
輕輕在瑞麗江上滑動。
一船笑聲清脆，
一船花鮮紅，

[16] 冉莊，《沿著三峽走》，四川民族出版社，1993年，5頁。
[17] 冉莊，《沿著三峽走》，四川民族出版社，1993年，3頁。

> 岸邊卜哨（泰語，即少女——引者注）手巾揮舞，
> 船上胞波（緬語，即親戚——引者注）花傘晃動。
> 唯有艄公竹篙輕點，
> 輕輕搖醒江的美夢。

在詩篇裏詩人將優美的屯洪渡口納入了他主觀世界裏，客體對象在詩人的感覺裏是那麼的輕盈、亮麗和澄明。

感覺不是抒情，而是對抒情的超越，詩人不等於詩，藝術家不等於藝術，但他卻具備了使藝術得以再現的本領。這個本領就是他的感覺，他以異乎常人的感覺來抓住事物。如冉莊的《聽琴》：「雨後初晴，清風撫面，／泉水叮叮。‖我在窗前讀書，／你抱一面琵琶，／坐在樹下弄琴。‖琴聲忽大忽小，／忽急忽緩，／忽重忽輕。‖……‖我已無法自主，／思緒即隨你，／由近而遠，由遠而近。‖我只好合目閉卷，／聽你把無聲無調的時間，／彈成有情有韻的生命。」詩人在對表達內容的深層感覺和體驗裏悟入了忘我的情緒中，他在感覺中追求一種無法解說而只有通過體驗才有可能接近的實在。

感覺也不是思想，而是比思想更現實、更含混，從而也更內在的主客體交融狀態的心理特徵。如果說冉莊早期（二十世紀五十至七十年代）的詩作多是理性的傳達，急於闡明自己對生活的認識和理解，那麼進入八十年代以後，他的創作則越來越注重賦予思想以特殊的色彩和形體，把觀念轉化為感覺。「腳下急流，／咆哮洶湧；／頭上高山，／把朗朗蒼穹，／咬成月牙一弓。‖……‖站在峽谷裏，／才知太陽暖融融，／山啊！向兩邊分開吧／我多麼希望

太陽，／暖透我的心胸。」（《一線天抒情》）「一束光亮，／飛速離開天體／以為獲得了自由，／不停地讚美自己。‖怎麼知道，／它已被遺棄。／就在這一瞬間，／失去了自己的位置。」（《慧星》）「奔馬奮蹄，／風捲殘雲，／碧海蕩天，／草木深深……／唯有，蒼山杜鵑，／還未修整，／洱海漁舟，／半浮半沉……‖雖以為是老人，／著意安排。／分明是一具，／尚未完工的，／玉石雕群。‖杜鵑上，／留有老人的血跡，‖洱海中，／老人的淚水，／還散發著鹽腥……」（《尚未完工的雕群》）詩人是從感覺出發，在日常生活的境界裏發掘和體味詩的哲理，將大時代氣候下社會的發展、時代的變遷和人生哲理的思考灌注到這些平凡的事物中去，表現深邃的情感世界和廣闊的現實世界的統一。

冉莊多是在秀美的山川景物和瑣碎的日常生活中去尋找感覺、去發現詩，詩人以不同的聲音和色彩唱出一曲曲愛與美的讚歌。在冉莊詩歌的感覺世界裏，既有形而下現象世界的生動，又有形而上本質世界的深邃。山川景物、時代社會、風土人情，在詩人的感覺中，既被藝術地表現，又被歷史地超越了。

第四節　詩人的個性心理影響了選擇，但也是詩人創作選擇的契機

以往冉莊詩歌的研究者們，多是從詩歌藝術的表象上分析他對新詩民族形式的繼承與創新，而忽略了對詩人創作心理這種本質因素的深入分析。心理世界是作家（詩人）一個更隱秘也更深刻的層次，深入這個層次可以更為準確和細緻地把握冉莊詩歌的本質。

因為「藝術作為直覺意味著鮮明的個別性。柏格森認為就精神狀態而言，人所見的不過是它的外在表現，即人人相通的、可為言語一勞永逸加以表達的普通的一面。藝術家的心靈在於能以直覺超越理性，在其最高的境界上可統萬端為一體。無論是物質世界的形色聲貌，抑或內心生活中最細微的變化，都能如其本然地感知其個別性。」[18]所以我們要準確、深入地探尋冉莊詩歌創作藝術傳達方式的緣由，要科學全面地把握詩人的藝術世界，就不得不將他置於20世紀80-90年代中國整個詩壇所發生的革命性的變化這種大背景中來考查，就不得不分析詩人在這種大背景下的個性心理。

弗洛弗德認為人的心理包含了三個部分，即意識、前意識和無意識。意識部分就像冰山露在海面之上的那一小部分；前意識相當於處於海平面的那一部分，它隨著海水的波動時而露出水面，時而沒入水中；而無意識則是沒於海水中碩大無比的主體部分。若從這種觀點看，冉莊對現代主義詩歌藝術的追求僅僅屬於他的前意識，而在詩人的無意識領域裏卻始終都沒有離開傳統詩學的規範，他的整個詩歌話語體系始終都未能跳出傳統的樊籬，所以在中國詩壇發生劇烈變化的背景中，在詩人那種矛盾與困惑的藝術心境裏，就難免在原有的天地裏徘徊，但正是詩人在這種矛盾與困惑之中的藝術選擇，構成了他創作的心理機制，也形成他獨特的藝術世界。

隨著中國新詩的不斷發展和成熟，它建全和確立了詩歌進一步發展的藝術基礎。這基礎既非古典加民歌，也非純粹的歐美詩歌，而是要融鑄古今中外優秀的詩歌藝術。這樣，當代中國詩的藝術基

[18] 朱立元，《當代西方文藝理論》，華東師範大學出版社，1997年，78頁。

礎就不再是單一的而是多維的，不是凝固的古已有之，而是變動的開放結構。我們應允許有利於詩歌發展的新因素源源加入，以便選取和開拓。從這種角度看。冉莊詩歌在矛盾心境中的這種選擇與探索應是合情合理，且十分具有意義的。

第八章 個體隱秘的存在與群體話語的一致

第八章　個體隱秘的存在與群體話語的一致

——以藏族嘎代才讓詩作的話語空間為例

語言是一種表達觀念的符號系統。

語言符號連接的不是事物和名稱，而是概念和音響形象。後者不是物質的聲音，純粹物理的東西，而是這聲音的心理印跡，我們的感覺給我們證明的聲音形象。

——索緒爾[1]，《普通語言學教程》

嘎代才讓（1981-　），藏族，生於青海，青少年時代在甘肅南部的夏河拉蔔楞度過。1997以後開始在《詩刊》、《星星》、《綠風》、《民族文學》、《揚子江》、《詩潮》等刊物發表藏、漢文的詩作，曾被黑龍江作協和《雪國詩刊》評為「2004年度中國十大

[1] 索緒爾（Ferdiand de sausure，1857-1913），瑞士語言學家，現代語言學的重要奠基者，結構主義的開創者之一。著有《普通語言學教程》等，對20世紀的現代語言學研究產生了深遠的影響。

少數民族詩人」，主要有《甘南印象》（組詩）、《八角城遺址》（組詩）、《有關瞬間的一些長短句》（組詩）、《歲末寫作：青海的最後一個冬天》（長詩）、《死亡》（藏文長詩）等作品。

對於詩歌創作而言，並不存在一個確定的意義領域，其藝術觸角可能延伸到日常生活空間，也可延伸到未知而神秘的情感世界，而當某種持久的影響把一些概念符號化，我們就會輕而易舉淪陷其中。如何在漢語語境中表達自己對符號與草根、宗教與靈魂的理解；如何分享和記錄一個現代人的快樂，而又要聆聽藏民族詩神的歌聲。在這裏嘎代才讓完全融入一個被他人很難介入的神話般的、多姿多彩的、與雪神命運連在一起的世界。

第一節　詩歌抒寫存在於母體與客體間，並努力最大化地構建這個空間

藏族的詩歌經歷了兩個階段，一是純粹的藏民族形式寫作，二是母體與客體融合式的寫作。第二階段是從20世紀80年代開始的，當時一批新興力量的注入並被接納，經過短暫的融合，藏族文化在詩歌中的關照從本質上發生了變化，嘎代才讓的詩歌就是這樣的文化背景下的產物。

嘎代才讓是用藏語和漢語兩種語言寫作的詩人，他從單一的民族寫作中走出來，對自身處於漢化的背景下進行認知，在從藏語到漢語的轉變中，兩種文化的碰撞與摩擦，在作者身上均發生了變化和巧妙的融合。這也是藏詩發展的直接的因素。嘎代才讓的詩歌在語言上和技巧上都與漢文學保持了一致，但是作為藏族他們具有獨特而不可

替代的環境、自身的文化底蘊以及信仰是無可改變的。所以嘎代才讓的詩歌存在於母體與客體之間，並努力最大化地構建這個空間。

嘎代才讓的寫作是深潛在母語中的（這裏的母語是指母語文化），與母語構成傾訴和傾聽關係的天空和大地的寫作，令人感到一種古老的堅韌，人類歷久彌堅的尊嚴，它保持了人類生生不息的生命、召喚、希望與高貴。嘎代才讓詩歌的語言方式和文本具有真誠（對大地、天空、人類的忠誠）、堅實、深厚、素樸、堅定的特點，他沒有刻意地進行繁複的技巧和誇飾，嘎代才讓詩歌語境和文本正如他打量、體驗，穿透生命和世界的方式一樣，達到了作者與文本天衣無縫的、彷彿天空與大地似的交融。這是一種源於文學母體性，源頭性的、觸及人類本體和文學不變數的寫作，這是嘎代才讓詩歌的可貴之處。「這些來歷不明的花朵和馬匹／都擠在這個夏天的湖邊幹嘛呢／我只是在想／如果我不請假來這裏遊玩的話／我能不能看見這些場景呢／青海湖正在眼前平靜地躺著／我不知道如何面對它的寂寞／就讓它這樣躺著吧」（組詩《青海大地・青海湖》）這麼一種漫不經心且富有語感地對自然的抒寫，這種以心去體悟自然並將其充分情感化的抒寫，在青年民族詩人的作品裏並不多見。「讓我再依次凝視你／你的周圍是無邊無際的田野和草地／你靜靜遙望／腳下流淌著一條長長的河水／馬嚼夜草的聲音聽見了嗎／遠處火車隱隱的轟動聽見了嗎／使我的情緒，微微顫抖／是什麼讓我停下來／借助燈光慢慢前行的小孩／孤單，渺小」（《青海大地・昆侖山腳下》）這麼一種無比沉靜、孤曠的感受，它多了一種稍顯克制的個人視角，詩人的情感與自然完全融為一體，只有用心去感受才能有如此真切的描繪。

詩人曾認為：「我始終追求一種高度，始終認為寫作是個體對世界作出的一種反映」。[2]嘎代才讓現在可能正面臨他詩歌創作中的一個十字路口：是做一個眾人在約定俗成的理念中認可的「邊疆抒情」式的類型詩人；還是以此出發，成為一個以現代的、智性的視野反觀他邊疆生活經驗的前衛詩人？這個問題估計還會再有形無形地困擾詩人一段時間。詩人可能有很多的設想，同樣也有很多的慾望；表白複雜自然情感的想法和穿透一種極限慾望，作為一名用生命來表現真實生活的詩人，應該具有這種稟賦。

詩人在作品中以一種特有的靦腆的微笑和富有想像的抒寫，彷彿又在自然、不自然中表露著純正而不乏靈性的個性。微笑是一種詩人的稟性，雖然憤怒也造就了不少詩人，但作為自然人性的表露者，微笑或許比指責有更好的效應。如詩人的《荒原，想起寧靜的夜晚》，詩人在一種主觀色彩極濃的表述裏，努力拓展他情感的意象空間：

……

——在荒原滂沱的大雨中，我想起寧靜
想起夜晚，想起草原的鷹飛向大空
瞬間，我無法控制幻化為搖曳多姿的記憶

之後，黎明出現在漸漸衰老的容顏中
我似乎接近零點的鐘聲

---

[2] 嘎代才讓，《嘎代才讓詩歌及詩觀》，載《詩選刊》2006年1期。

身體舒展，又冷又硬的荒原
另一個喘息帶來大雪將至的詞語

寂靜，又成為一次落日後的廣袤遠景
我不敢想像躲在雨簾後面哭泣的少女
在這樣寧靜的夜晚，還聞見四周傳來的稻香
——踏過荒草，繞過河山後
我想起遠方：母親睡夢中的呼吸聲。

嘎代才讓的詩學理想是：一切企圖遠離大地的飛翔都將是蒼白無力的，因為它已經對我們的現實世界失去作用。詩歌要體現出一種精神承擔，這種承擔可以體現在人類精神的多個方面，一旦脫離，就表現為烏托邦式的空洞。我們能從嘎代才讓的寫作中，看出他追求詩歌高度的努力——意象的高度，思維的高度，表達的高度。

我還應該注意到這個生活在高原城市的青年，特別喜歡一些高過自己頭頂的事物，如寺院的塔尖、空氣中浩蕩的經幡，雨和彩雲，遠處傳來的歌聲，夜空中移動的星辰等等，這是對詩歌言說空間客體的拓展：「星辰居上／其下是歌聲／今夜青海，又大又亮」，「在秋天進入自由的一瞬／眾人夢見了隱身的齒輪／緊咬著這一刻，大地依然端坐」，「看不清什麼東西在凝視我／那時我獨坐在日月山上／仰望星空：看見一顆流星滑落下來的痕跡」，這些詩句顯然不僅是一種現象的描述，它與一個人的信仰有關——在看似單純的思維中，隱隱顯出一些形而上的想像。正像他自己所說，我們追尋的不是光芒，但一定在光芒背後。但並不因為如此，就使詩歌顯得過度虛靈化、空泛化。因為有了星空，當然就可以有草地，有在草地裏翻身的甲蟲。高深渺遠的事物與具體細微的事物，在詩歌裏是可以相互依存的。

不僅如此，因為有了個人生命對詩意現場的融入，這種存在感進一步加深了。嘎代才讓似乎從不將與自己無關的景象帶進詩歌。他的詩歌裏總是有「我」的存在。「草都綠了／經幡在空中浩蕩／我站住了」，「旁邊的一些甲蟲在翻身／草叢越來越像個人／這動搖的影子使我害怕極了」，「我對著天空說藏語／它含的是雨／我夢見了甘南」，類似於這種自我對環境的敏感反應，已經變成創作的無意識。對詩歌創作而言，一般在客體化的世界裏應隱瞞自己的感受，但若一些恰到好處的情感流露，反映了一個詩人的個體情感的甦醒，以及他對世界的純真體認。「我對著天空說藏語」，當然是要表達，甚至傾訴，是一種交流行為；但發現「它含的是雨」，就有些遲頓了，因為它沒有語言回應，只含著「雨」。就像你要跟人說話，她不回答，只含著淚。這會令人揪心，想起一些事情。所以「我夢見了甘南」，那曾經生活過的地方，經過「我」的體認，那天空中的雨已經不再是自然的「雨」了。

這裏有一個情感度量的問題，很多人濫於抒情對詩歌是有害無益的。嘎代才讓也認同這一點，他並不認為自己的眼淚比別人多就會感謝佛祖。他的不少作品是善於「埋住哭聲」的，如《憂傷始終沒有離開》：「聽著音樂／點了一根煙／幾分鐘後／接著點了一根／把窗子打開／看到了雲朵／一個只能在／草原能看到的雲／後來／又不小心點了一根」，這是典型的「苦悶的藝術」，雖然「憂傷始終沒有離開」，但為什麼憂傷，到底想幹什麼，詩人沒有明確，只是白描了一下，開始吞雲吐霧。並且，最後一根煙是「又不小心點了一根」。為這「不小心」將一個少年的率真、謙遜，以及行為嗜好上的特點透露給我們。所以一方面我們認同嘎代才讓的詩，覺得很有靈氣：另一方面，由這些詩傳達出來的品質，帶著真的聲音撲面而來，這是寫詩的質素。有人說，青春本身就是詩，那麼寫詩的青春，那是充分情感化的、敏銳的、憂傷而浪漫的歌吟。

當我們讀到嘎代才讓的詩歌，一種帶著濃郁而樸素的草原氣息撲面而來，如靈魂之浴。簡練的筆觸、神秘而充滿磁性的敘述方式，以及以草原為主展開的一系列獨特而唯美的意象，構成了他清新、靈動、神秘而深厚的詩歌審美空間。

第二節　表現未知而神秘世界中的情感訴求與牧歌式的家園夢想

嘎代才讓的詩歌具有精神維度，有對生命、存在、和自然的透徹達觀的認定，和對自我世界的穿透與體認，他的作品呈現出了澄澈與遼闊的質感，他沒有刻意的表現，然而在他詩歌的背後，有一種看似宗教氛圍不濃，實則具有宗教彼岸精神的特質。嘎代才讓的詩歌融合了兩個甚至更多民族的文化和思考方式，以傳統的西藏文化和生活方式作為依託，嘎代才讓發現了西藏的神秘性和現實性，並把二者結合，創造了自己獨特的抒寫方式。

嘎代才讓詩歌中的神秘感來自於其所置身的地域和民族環境因素。正如西方現代派中神秘主義的代表詩人馬拉美一樣，他對於自己詩歌的敘述方式有著獨特的處理。在《甘南印象》這一組較能夠體現嘎代才讓詩歌風格的作品中廣袤的草原、寒冷的冬天、潔白的馬匹、神秘的拉卜寺、舊橋以及一切圍繞草原展開的白描意象，似乎以一種神奇的方式融化在每一個句子中，它們顯得自然而淳樸，但又顯得那麼獨特、唯美而略帶感傷，喚起讀者無限的審美直覺及經驗。可以說，詩人展示給我們的是一個充分「物化」了的個體生命。

由於民族特定的文化氣質和文化秩序，在嘎代才讓或者說更多的藏族詩歌寫作者那裏，失蹤和出走不再是一個陌生的詩學話題，它們的存在和被引入彰顯出作為藏族詩人內心特有的表達需要和心靈痛感，這樣的話題因為美學的提升而變得具有了童話般的唯美。

> 我在一張破舊的甘肅地圖上
> 發現：風情萬種的甘南草原因一場大雨而失蹤
> 接著失蹤了正在趕羊的少年。
>
> ——嘎代才讓，《午夜前趕來的一場大雨》

在這首詩裏，「大雨」是一種排他性的藉口，「趕羊」成為托辭，只有這幾者的融合才構成了一場失蹤的產生，也由此完成了詩歌的虛擬事件的設置和美學構想，儘管這種構想顯得理想化。

語言學家索緒爾（Ferdinand de Saussure，1857-1913）認為，「一個人所瞭解的世界一切是由一切語言決定的」[3]。由此，我們認為嘎代才讓的詩歌一再映證了語言學大原則下的語言所造成的世界

[3] 沙・巴厘・薛施藹＆阿・里德林格合作編印，《普通語言學教程》，高名凱譯，岑麟祥、葉蜚聲校注，商務印書館，1985年，126頁。

的區域性，這個區域是特定的，是與語言緊密相伴的。我們同時可發現，他的詩歌內在的符號學意義，如「甘南草原——失蹤——趕羊的少年——失蹤」，這樣的所指更加符合詩歌傳達的需要。

個體隱秘的存在與群體話語的一致同樣是嘎代才讓詩歌元素的不可或缺的一部分，如此方可實現對民族話語本體的解釋和延續：「如果，靜靜的崗子上／一群人說著悄悄話的時候／我的靈魂也在期間說著同樣的話」（《血緣：家族秘史》），同時在某種程度上強調和宣佈了個體的獨立存在，這是一個十分值得關注的現象。相對於嘎代才讓詩歌的大母體（草原等）的寧靜來說，他的小母體（內心）是變動的，甚至是躁動的：「一聲馬蹄踏過甘南冬日的寂靜／它的蹄聲沉默，是一望千里的草原」（《甘南印象》）。這聲「馬蹄」我認為具有了隱秘性和私有性，是詩人心靈獨有的回聲。

由此形成的情感訴求和家園夢想使嘎代才讓在詩歌中顯得異常執著和恆久：「我聯想到——／草原是許多小草和無數牧歌組成的——／那匹白馬，最後不知去向」（《甘南印象》），這個牧歌式的物質家園和精神家園是他無法逾越的精神屏障，他一邊尋找和塑造著自己心中的家園，卻一邊對自己的判斷提出質疑，以至於迷茫，「那匹白馬，最後不知去向」，白馬在這裏代表了精神出路、情感標識以及一切可以象徵的理想狀態。對日常生活的大膽滲透顯示出這位青年詩人的寫作自信，在濃得化不開的藏族詩歌那裏，嘎代才讓的日常話語稀釋了濃厚的詩意，變得容易進入，做到了從易於模仿的習慣性寫作到偶然的難以控制的突發性寫作的轉變，因此增加了詩歌在寓意上的陌生化效應。

恍惚之中我碰見了那些熟悉的靈魂
詩歌或足球，音樂。
彷彿一級級臺階，降自地獄的爐口

——嘎代才讓，《自畫像》

對嘎代才讓而言，寫作是一種厲練，是一個漸進的過[4]程，所以他在缺憾中追逐著靈魂與表達之間的和諧與疼痛，在表達的過程中，又留下了許多缺憾。

在嘎代才讓的詩作裏有一些固執的投影式的寫作，如「日喀則的天空：一望無邊。／日喀則的大地：一塵不染。」，「經卷中的草原：默默無言。／經卷中的人類：歸入天空。」，「九層佛閣：早受時日。／九層佛閣歷經蒼桑。」這可能源於作者對詩歌結構的一種實驗，但這種實驗大致是蒼白與單一的。

詩歌語言的單向度和有待開拓的詩歌之路，詞語系統的適度開放與詞語內在編碼的繁麗是嘎代才讓詩歌缺乏的一個方面。在他的詩歌中，不難重複找到「草原」（這幾乎是一個基座）、「少女」「馬蘭」、「天空」等詞語，這些詞語在保證詩歌統一性和詩意需求的同時，極有可能陷入詩歌語言表現的單一性和普遍性的陷阱。對詩歌內蘊的過早和強行介入是嘎代才讓詩歌的一個缺陷，奧地利詩人霍夫曼斯塔爾（Hugo von Hofmannsthal，1874-1929）認為，「深層是隱藏著的。在哪裏呢？就在表層上。」語言學家、哲學家維特根斯坦（Ludwig Wittgenstein，1889-1951）認為：「神秘的不

---

[4] 轉引自賀驥，《從〈詩與生活〉看霍夫曼斯塔爾的早期詩學》，載《同濟大學學報》2006年2期。

是世界是怎樣的，而是它就是這樣的。……多少年來，我們被告知我們都是一個叫做「詩國」的子民。假如這個說法是真的，那麼現在我們該怎樣呈現它的真諦」。[5]我們總是在尋求某種隱藏著的、或者潛在的、或者設想中的東西，只要這些東西出現在表層，我們就要追蹤。我們的基本思維過程是通過每一個歷史時期延續留給我們的，嘎代才讓始終在他的詩中隱藏著一種神秘的存在。

要在漢語表達結構與藏文化心理結構之間和解和結合，需要加強反越位的思考與批判以及整體的詩學構架和詩學視野。嘎代才讓在詩中總是在排斥理性和邏輯，表現作者朦朧的感受和在憂鬱而神秘的世界中獲得情感的訴求。

第三節　詩歌語言符號和象徵符號的編碼——意象的設置與構建

在嘎代才讓的詩作裏來自西部元素性質的意象，如大地、草原、馬、格桑花等在詩歌中比比皆是，作者的體驗不僅僅是來自內心，或者可以說是一種神秘力量的召喚。嘎代才讓在《上午的陽光，以及草原和一群牛羊的主人》中寫道：「因為草原，這些牛羊群還可以往前趕／趕至草原上綻開叫不出名字的花朵那一刻／甚至，可以幻想的地方。／因為草原，這個陽光的存在／顯得有些自由」這些自然的語句構建的城堡，對自然母體的一種崇拜，這種自發性包容了一切幸福哀傷，而信仰本質就是恪守，否則信仰也就無法成其為信仰。

[5] 涂紀亮主編，《維特根斯坦全集》2卷，河北教育出版，2003年，26頁。

嘎代才讓的詩歌語言清新自然，華麗而不張揚。詩歌多以情感為主線貫徹詩歌的始終。在詩歌中，嘎代才讓彷彿陷入了悲傷的泥沼，在光明和黑暗的邊緣彷徨：「經歷過的一切／沒有在我身邊躺著一些死去的文字／這些文字將是速度加快的願望／是我抵達世界末日的最後期限／安靜並沒有給我帶來安寧了／最後我堅決地認為／光芒與黑暗是我身體甦醒的全部」（《上午的陽光，以及草原和一群牛羊的主人》）。嘎代才讓永遠在陷入和浮起之間抉擇，而前者占了上風，詩歌的結尾大幅度的降調，我在讀他的詩歌時，始終被悲傷繚繞。我總是不敢看到最後，傷痛好似毒藥，我總是忍不住去揭穿最後的秘密。我把它稱作「憂鬱的意識」。可以說這是作者整個詩歌歷程的創作基調。他用人為的憂鬱意識來確定客觀的意識，而作者又清晰這種憂鬱的形態，並總在詩歌中試圖和一些嘹亮的歌唱抵消，詩作《太陽》就是典型的例子。該詩歌的開頭是對太陽的讚頌，對美好的嚮往。隨著不斷的深入，個體的疼痛呼之欲出，並越陷越深到最後作者寫道：

太陽啊！我必須面對所有為我而痛苦的俗人
不是因為我攀登了所有高於自己的大山
眾多的恐懼擴大變厚，是恐懼的虛弱，毫無
意義的陷阱
我沒能改變周圍的一切，我沒能創造所想的一切
最後，連綿不斷的各自吞下黯淡的悔恨中央
我看見了你，是一次脫胎換骨的過程中
出現的太陽

結尾處作者沒有使「太陽」完全陷落，而是以一雙堅定和虔誠的眼睛來對未來世界進行美好的憧憬。而在整個詩歌的過程裏，作者的矛盾一浪壓著一浪，最終壓抑在沉默裏，越是接近，越是沉默。

> 在我之前不遠有一匹跛行的瘦馬。
> 聽它一步步落下的蹄足
> 沉重有如戀人之咯血。
> 對於我們，它沒有留下任何忠告
> 依然是草地。即使
> 最後一聲馬蹄在某個黃昏被消失
> ——嘎代才讓，《草原上出現一匹白馬》

詩歌創作是一個複雜的系統工程，每一首詩都可以看作一個由語言符號和象態符號有序化了的有機系統，這個系統大體上看又有三個層次。首先我們看到的是表層的語言符號系統，詞是語言最小的獨立的表意單位，因而詩歌的表層便是以詞語為基本構成元素的語言符號系統。又因漢語中漢字與意義、音節有一一對應的關係，有的詩人就把握這一特點，運用語言符號時分析到單個漢字，以創造詩歌某些特有的審美特徵。透過語言符號層我們可以看到深層的象態符號系統，即所謂「意境」。

意象是載「意」（情感和思想）的「象」（表象，客觀外物在人的頭腦中的映象），因此，一首詩就可以解剖出「意象」、「事態」、「詞語」等基本元素。詩人的工作就是運用這些元素進行有序化，即編碼過程。當代詩歌理論家孫紹振認為，「詩歌形象是生活特徵、自我感情特徵和藝術形式特徵的三位一體」[6]。概括的生活特徵和特殊的自我感情特徵組合成意緒結構之後，就要尋找表達藝術形式的特殊符號特徵傳達出來。正如艾略特（Thomas Stearns Eliot，1888-1965）所認為的「藝術形式裏表達情感的唯一方法是找到一種『客觀對應物』」[7]。在詩歌中這種「客觀對應物」裏，我們可以理解為「意象」的「象」和「事態」的「動作」，找到恰當的象態符號便成為具體的詩歌創作的開端。把握象態符號的特徵是正確運用象態符號的前提，物件態符號的選擇有著重要意義。如嘎代才讓的《下雨時候・轉經路》：

你我同時走在轉經路上
高原的太陽，從一朵花的纖細處
吸取前生的香氣，在我們周圍行走
遍及人類的燥熱
人們在骨子裏為自己祈禱
這時候，純淨而複雜的靈魂在空氣裏上升
像炊煙，嫋嫋而無華
包圍著再無惡意的思想
轉經路上，正午的風吹來
我的腳慢慢在風中走過寺院的紅牆
什麼煩惱也沒有，那麼容易地

[6] 孫紹振，《文學創作論》，春風文藝出版社，1987年，502頁。
[7] 〔英〕T・S・艾略特（1888-1965），李賦寧譯，《批評的功能》，載《艾略特文學論文集》，百花洲文藝出版社，1994年，65-66頁。

感覺到了自己沉默的雙唇
天空安靜了，這靜靜的轉經路上
……

高原、太陽、靈魂、祈禱、寺院、紅牆等等各種意緒資訊有不同的承載能力。選擇某一象態符號是將意緒結構轉化為象態符號系統的第一次編碼，即意境營造。第一次編碼是將象態符號系統轉化成語言符號系統的編碼，即語言表述的過程。在詩歌中，美感等意緒資訊是以意象和事態為載體，編組成「意境」這有機的象態系統，象態系統再通過語言的表述轉化成語言符號系統，完成詩歌創作。意境的營造，也就是將意緒資訊編譯成象態符號，組構象態符號系統的過程。

象態系統不僅有機地組織了各象態符號，而且其整體的意緒指向超越了單個象態符號之和，這是象態系統功能的表現，而且，其有序化程度越高，功能便越強。嘎代才讓這位憂鬱而浪漫的歌者，帶著我們一起走進那博大而神秘的高原世界。在詩人的筆下，那裏正為我們開啟著充滿活力的生命之旅。他已經完全融入一個很難被他人介入的神話般的、多姿多彩的、雪神命運連在一起的世界。

第九章

在理想與浪漫的追尋裏 心總是悲涼

第九章　在理想與浪漫的追尋裏心總是悲涼

——土家族詩人冉冉、冉仲景詩作的情感世界

情感之於詩，是精靈，是支柱。

文學是經常地、永遠地處於不安和激動之中，因為他能夠解決與說明的一切，應該是給人們帶來幸福，使人們脫離苦難，予人們以安慰的東西。

——托爾斯泰[1]，《托爾斯泰的日記》

作為心靈對象化的詩歌，必然是詩人內心世界的坦露和複雜情緒的聚合。年輕的土家族詩人冉冉和冉仲景在自己的詩作中創造了他們深情而憂鬱的主觀世界，他們以自己獨特的情感體驗，傳達了對自然、社會、時代和生活敏銳的感受。本文從兩位詩人在詩作中

1 托爾斯泰（Lev Tolstoy，1828-1910），19世紀末20世紀初俄國小說家，他的作品在世界文學中佔有重要地位。代表作有長篇小說《戰爭與和平》（1869）、《安娜·卡列尼娜》（1877）、《復活》（1899）等。

情感傳達這一角度，來說明他們對生活的獨特感悟和理解，剖析他們所構建的詩歌藝術世界，闡釋他們的詩學觀。

20世紀80年代初期，整個社會都處於一種遽烈變革和躁動不安之中，這種時代情緒也深刻影響了處於重慶市東南隅的土家山寨那塊封閉的土地。這種影響的意義，不僅在於對當地整個社會的政治和經濟，而且對當地整個的文化和思想都產生了前所未有的深刻影響。冉冉和冉仲景作為土家山寨上世紀80年代初期的大學生，他們看到了一個前所未有的五彩繽紛的世界。大學畢業後倆人都離開了故土，冉冉到了長江邊上的一座小城重慶的涪陵，冉仲景則去了川西北高原的康定。在異鄉，他們開始了自己詩歌世界的構築。冉冉先後創作了《奶奶死了》、《樹與河流》、《踏雪》、《濕房子》、《再次夢見楊》、《暗處的梨花》、《在鳥兒的眼裏》、《寫給朱冉》等，這些詩篇先後陸續在全國各刊物上發表，後結集為《暗處的梨花》，於1996年由成都出版社出版。冉仲景的大型組詩《雪原》、長詩《夢幻長江》、組詩《前夜十四行》和《導師》等作品，先後發表於《詩刊》、《星星詩刊》、《民族作家》、《青海湖》、《西藏文學》以《詩歌報》等刊物。

從他們這些作品可以看出，詩人對現實的憂慮、對人生的惆悵以及對理想的期待，使得他們將太多的憧憬置於自己所構建的主觀理想主義的情感世界之中。他們離現實生活的激流很遠，而離自己生活的世界很近，他們多以無比細膩和敏感的心凝視著生活的內部世界，成為寂寞人生旅程上的思想者；他們的詩從意象、語言、意境乃至氛圍和格調都在鑄造著寂寞又獨立的靈魂；他們將創作的凝聚點更多地集中於個人內心世界的自審與開掘，「詩本是最富於個性的藝術，離開詩人個體對世界獨到的觀察和感覺，離開詩人面對生活的心靈的顫動，離開詩人特有的藝術地掌握和表現生活的方式……詩就失去了真誠的魅力。」[2]因此，他們總試圖將自己在詩歌中所構築的情感世界作為透視外部世界——社會和自然的小視窗。

第一節 心靈裏無限的渴求總攙和著無盡的悲涼

從總體上看，冉冉與冉仲景的詩，都具有自然、清新、委婉、含蓄的特徵，總滲透在一種浪漫的憂鬱和一種恬美的酸楚裏，並飽含著濃郁的寂寞之情和無盡的憂鬱感。

作為長江邊小城裏的青年女子和身處異域高原的一介書生，他們本不該對社會和生活過多地奢求和過多地思考，可他們卻一味地敏銳和執著，於是這種浪漫的情感理想與滯重的現實碰撞，便濺起了無盡悲涼和憂鬱情感潛流的浪花：「雪原最燦爛的季節／少年懷抱一條河流自彈自唱／他潸潸掉下的淚水／點燃了大野／滿天便呼嘯生命的火光‖……‖等待多麼漫長／火光如此短暫／雪原是冷酷的／也是我們柔軟的婚床／愛人離家出走／把所有歲月和思想／留給我們承擔／雪原最燦爛的季節／少年和格桑滿懷惆悵／淘金的隊伍被風暴卷走／採藥人死於藥香」（冉仲景《雪原組詩・火光》），「無法從白頭翁那裏／打聽你的消息／我煢立大野雲頭／有鷹隼一樣孤寂的心境／這麼多個夏天／我沒有綠過也沒花過／只為等待你的駕臨／……」（冉仲景，《雪原十行・癡望》）。對

[2] 吳歡章，《回首朦朧詩》，載《文學報》（滬），1998年12月3日。

於冉冉而言，她更多的則是以女性特有的細膩和纖巧，創造了一個遠離現實，充滿著美麗憂傷而又深執幽遠的藝術世界。這在詩人的《青梱林回首》、《有星子的夜晚》、《梁祝》、《鄉村旅店》、《除夕夜》以及《踏雪》等不少詩篇中都有所體現。兩位年輕詩人的作品幾乎都染上了哀愁，他們的詩行裏都被寂寞和憂鬱浸透，他們的感覺是真切而又深沉的，這只有無比深情執著的情感和充滿無限渴望與希冀的靈魂，才會有如此的憂鬱和深沉。

作為年輕的女詩人，冉冉那顆孤寂、飄零和憂鬱的心，註定了她靈魂的沉重與悲涼，她永遠都在孤苦地尋求前方那個新鮮而神秘的世界：

我是藍色的嗎？當睡眠
像另一棵樹罩在頭頂
我是紅色的嗎？當太陽
像另一隻鳥兒將我張望
我是白色的嗎？當雪
像另一種遺忘四下擴散
哦鳥兒
當我向你回眸之時
我是棵光禿禿的鳴響的楓香
……

——冉冉，《在鳥兒的眼裏》

……

我看見雪中的姐姐

純潔的額讓人愛憐

她跟玻璃交談

寬大的房屋懸空輪轉

我看見我在冒氣

我在飄揚　姐姐

我們是鄰居

雪花之外　我整天歎息

飛揚飛揚

離開火焰

我們這些幻想的物質

成群結隊的雪落在瓦上

今年與往年不同

——冉冉，《坐在火邊幻想飛去》

詩人以無比清麗和委婉的筆調，創造出了一個充滿美麗憂傷而又深摯委婉的藝術世界。

冉冉是當今帶有強烈的主體意識和對人生社會十分敏銳的少數民族女詩人，她逃避喧囂浮華的世界，但同時又以無比細膩和真切的心關注體察著鮮活的生命和世界的真象。謝冕在評述中國打倒「四人幫」以後當代詩歌運動十年的總體風貌時指出：「詩人主體意識的恢復，使詩人對世界和心靈的思考具有了獨立的性質。詩人不再盲從，他敢於說出他所看到的世界的真象或投影……人們開始更加注重心理真實以及現代人的感覺。」[3]因此我們可以認為是時代情緒，賦予了冉冉這種獨特的詩學觀，使得她在創作時，將藝術的凝聚點更多地集中於個人內心世界的自審與開掘。即使她的筆觸涉及到外部世界的社會和自然，也往往使這些意象化成了內在情緒象徵的窗口。

不僅如此，冉冉還尤其注意追求把握世界和傳達內心情緒方式的獨特性。詩人的氣質傾向於內斂與含蓄，她避免將生活和感情直接入詩，努力把生活和感情昇華提煉為詩人獨自擁有的經驗，即把生活的真融化為藝術的真，「把感覺的真同藝術的真統一成一個至高至純的境界」[4]。我們在她的詩裏看到的不再是生活和感覺的因數，而是由這些因數凝聚、融化與昇華而成的獨特感受經驗鑄就的藝術世界，於是她那無限的渴求與無盡的憂鬱之情便總是潛流於她詩歌中那片獨特的情感天地裏。委婉細膩、依戀憂鬱、清麗溫柔，再加上刻骨銘心的情感體驗，創造出了一個深情的主觀藝術世界。

身處異域高原的土家族詩人冉仲景，同樣地始終以一顆無比敏感寂寞和憂鬱的心，在高原藏民族文化的積澱中去尋找智慧的源泉與思想的活力。從他的《雪原（三首）》、《雪原十行（組詩）》、《鄰村的歌謠（組詩）》、《草原十四行（組詩）》等作品中，我們可以看到詩人深切地體驗著遠古先民的情感波動和與冥冥之中的神祗對話。他在詩歌裏創造出了一派神秘莫測、寂寞飄逸的藝術世界，並且拌和了寂寞蒼涼的人生體味，帶上了厚厚的一層浪漫的感傷氣息：

---

[3] 謝冕，《巨變的解釋——詩歌運動十年（1976-1986）》，載《北京社會科學》1987年1期。

[4] 辛笛（1912-2004），《手掌集・序》，上海書店，1988年。

讓我沿著邦錦梅朵的道路
走進青藏高原腹地
看河流縱橫的大地怎樣上升
聽來自天空的聲音
如何賦予眾鳥以歌喉
讓我在雪山下停留
屏住呼吸，與高大的樹林一起
分享亙古以來的孤獨
除了一首歌
我只剩下沉默的嘴唇

——冉仲景，《雪原十行（組詩）・除了一首歌》

詩人始終在寂寞與蒼涼、尋找與期盼的痛苦裏，唱出發自內心深處憂傷的歌，他的渴求浸透著悲涼，他的理想帶著憂傷，他感情的波流拌和著憂鬱的低吟淺唱。冉仲景在他詩歌所構築的理想世界中憂鬱、孤獨而浪漫地尋求，他接受了異域文化的深刻影響，但卻始終難以忘卻故土文化（他在康定生活了10年後又回到故鄉，他後來曾與筆者多次談到，他忘不了故鄉的山山水水，他有難以解開的鄉愁情結），他詩中的故土戀情，民族關愛與浪漫主義水乳交融，難以分離。他在孤獨而憂鬱的心理背景中，傳達的是一種浪漫詩學的美學追求。

第二節　夢境中尋找溫馨的慰藉卻總是寂寞

現實中失去的理想，似乎要在夢裏才能得到補償，冉冉和冉仲景總在不斷地尋夢，他們以不同的聲音和色彩唱出了尋夢者的歌。冉冉幾乎是以唯美主義的理想來構建她心靈中的海市蜃樓，在《靜夜》、《今晚　我三次被照亮》、《蛇影》等作品中，她的夢帶著憂鬱的寂寞和透明的期盼，那靈魂的飛翔，那美麗的幻想，那銳敏的情緒，傳達了尋夢者無限的期盼和深深的惆悵。冉仲景在他的《月色》、《走向雪原》、《流經家鄉的河》等作品裏，將夢描繪得那麼的飄逸、那麼的美，在詩人的主觀世界裏，皎潔的明月、嫋嫋的炊煙、抽穗的莊稼、芬芳的美酒以及草垛、菜地、農舍、雪原時常化為了美妙的夢境。詩人將他的情緒在夢幻中朦朧化了，他在夢的編織中，將自己的感受暗示給了讀者，而不是描述給讀者。他詩篇中這些朦朧的意象構成了一個個可供讀者想像的空間，我們可以憑著生活和藝術的經驗走進這個空間，也可依賴想像去感知詩人的情緒和所傳達的情懷。

冉冉在《我和楊》、《再次夢見楊》、《香蕉林》、《無端地想起某個詞》、《星子一顆顆向窗口走攏》、《靜夜》、《綠翅膀的夜鶯》、《愛人》以及《濕房子（外二章）》等等詩篇中，美麗的、溫馨的夢的尋求和愛的懷想往往交織在一起，愛是夢的實體，同時又是詩人美好理想的象徵。冉冉在構織這些帶著溫馨和充滿依戀溫情的夢境時，其作品所傳達的最深刻和最本質的情緒，仍然是她對人生寂寞、惆悵和憂傷的感知。冉冉總是將愛塗上一層神秘理想的色彩，它像夢一樣的虛幻和飄逸，又像夢一樣的溫馨和難以捉摸。女性心靈的細膩使得她在狹小物件的世界裏體味到微妙的真實與憂傷。但無論她將愛的觸角伸向現實生活的土壤，還是伸向遙遠的歷史的記憶，她的痛苦仍映現了當代人的痛苦，她的寂寞仍是當代人體驗到的寂寞。詩人放逐在自我情感天地的時空裏，也賦予了這種情感普遍的時代意義。

詩，從本質上說，是一種「自我反映」的模式，正如黑格爾所說：「它（詩）所處理的不是展現為外在事蹟的那種具有實體性的世界，而是某一個反躬自省的主體的一些零星的觀感、情緒和見解。」[5]冉冉詩的創作可以說是這種「反躬自省」的情緒表現，完全真實地再現了詩人的隱秘的情感世界和內心世界。筆者與冉冉曾是長達九年的鄰居，比較瞭解她那種獨特的細膩和敏感所蘊含的內在情緒，她常常獨坐窗前，默不作聲，在自己主觀世界裏孤獨而艱辛地尋求。作為生活的探索和思考者、作為清高而敏感的人生跋涉者，她遠離了浮華而躁動的時代潮流，寂寞與苦悶幾乎成了她主要的心理特徵。詩人在這種心理背景下創造的藝術世界，與喧囂的時代生活是隔膜的。她獨自步入了另一個委婉、寂寞的世界，她傾力營造溫婉而美妙的夢幻，但過多透示的卻是失落和感傷。她的詩從意象的選擇、語言的錘煉以及意境氛圍的營造都在表述著寂寞而孤獨的靈魂。

從這裏，我們可以看出：現實的重荷在這位憂鬱而敏感的詩人心靈上留下的烙印。她在夢的吟誦中，躍動著一顆率真而無奈的心。她深情地歎息著愛的迷失：

---

[5] 黑格爾（Georg Wilhelm Friedrich Hegel，1770-1831），《美學・第二卷》，商務印書館，1979年，276頁。

窗臺上的花

已死去

萬山紅遍的花

相繼死去

現在不走什麼時候走

春風葉片一樣晃蕩

你感覺不到我手心的暖意

表達過那麼多　一起的日子

那麼久　玻璃窗下

醒來又睡去

……

——冉冉，《被胡琴充滿的日子》

在她的《草》、《有星子的夜晚》、《面對燈火》等作品中，還暗示了人生旅程中的憂鬱以及逃離寂寞的強烈情感。從她的《追憶戰火（組詩）》、《在鳥兒的眼裏》、《坐在火邊幻想飛去》、《今晚　我三次被照亮》等詩篇裏，我們可窺見她強烈的渴求與無限的期盼，同時也可深切地感受到她那顆傷感、疲憊和寂寞的心。

冉冉是敏感的、細膩的，同時也是憂鬱和寂寞的，她刻骨銘心的情感傳達，她在詩中對生活體味的深刻與視角的新穎，使得她的詩作在當代少數民族詩歌創作中呈現出了一種獨特的風格。

冉仲景的詩作，除了帶著尋夢之中的無比寂寞和憂鬱之外，還有一層浪漫與蒼涼。他在浪漫中飽含了寂寞，在寂寞之中滲透了理想主義精神和對無限的一種浪漫的渴望。美國藝術史家蘇珊・朗格

（Suzanne Lenglen，1895-1982）指出：「浪漫主義的基本特徵之一就是對無限的一種渴望。它從來不無保留地接受現在，它永遠在尋求另外的東西，而且永遠在發現有某種更好的跡象。」[6]冉仲景始終以一種深邃而深情的目光、一種執著真誠的精神關注著雪山高原以及那個古老而神秘的民族。他在詩中憂鬱而浪漫地尋找著凝聚在異域風土人情中一種永恆的價值、一種信念、一種生命支柱，從而來完成他對無限與永恆的渴求。

年輕的詩人由於離別故土，遠走他鄉，江河不語，大地無言，在孤獨與寂寞之中，他渴求一種情感依託，一種精神慰藉，更探尋著一種理想與信念。於是在難耐的孤寂和痛苦之中，他轉向了對生命本真的思考。在《長江八行頌辭》、《沿著一條河往上走》、《雪原小品（組詩）》等作品中，冉仲景把生命的考察推向了遠古，他在詩歌裏創造出了一派神奇迷茫的藝術世界，彷彿生命只有在遠古時代才能得到最充分最理想的張揚與體現。而《佛塔》、《袈裟》、《敘述》等詩在探入藏文化深層結構的同時，又把筆端深入另一個更玄乎更抽象的領域——宗教。他要在靜冥的宗教中去發現和昇華生命的美及生命的意義：

……

在生長紀念碑的高原上

人們的目光

有時也隨塔尖的方向上升

---

[6] 朗格（Friedrich Albert Lange，1828-1875），《十九世紀西方音樂文化史》，人民音樂出版社，1987年。

而滿山滿嶺的經幡
因為風的閱讀神奇地飄舞起來
直到夕陽西下
直到塔影漸漸斜向我的屋簷
靠近靈魂深處
我才悟出剛讀完的那本書
那些炙手可熱的段落

——冉仲景，《雪原（三首）・佛塔》

從折多寺的正面到反面
就是我的一生
紅塔
經幡上的文字不認識我
它們密集如雨點
洗劫了我的臉
我的心
在折多寺的背面
我遇見了花神
她的原型不是家中的妻
是妻的童年
女兒呢
四野一片寂靜
……

——冉仲景，《雪原組詩・敘述》

在這些富於民族文化意蘊的對生命本真的探尋中，詩人以寂寞憂鬱的情緒訴說著他的嚮往，他的生活理想與人生感悟。它帶給讀者的，既有無限的朦朧和憂傷，又有輕柔的浪漫。他與冉冉所不同的是，他在努力編織的溫馨夢境雖總是感到寂寞，但他在寂寞和憂鬱的情緒傳達中，卻更多地滲透了迷茫、超逸和浪漫。

第三節　狹小情感世界的深邃與丰采

從詩歌的審美選擇上看，冉冉與冉仲景詩歌情緒的委婉、潛藏和細膩是詩人審美意識的核心，他們在寂寞尋求的痛苦裏，唱出了發自內心深處憂鬱的歌。在這一點上，他們與當時詩壇上不少具有先鋒色彩的青年詩人的情感傳達是一致的，正如有的評論者所指出的：「他們更重視對人的情感和內心世界的揭示，通過對『自我』的情感心理內容的表現，傳達出他們對世界的情感體驗。」[7]在他們的作品裏，所傳達的情感世界是細膩、朦朧而又狹小的。但就詩人整個人生經驗和情感潛流的容量來看，它又是出自特有的廣闊和深邃的丰采。他們的詩篇在委婉、含蓄的情感表述中，浸透了詩人對民族文化、社會生活、人生理想深沉執著的追求和獨特的體驗，民族、時代、社會、人生的投影，透過他們詩篇裏那些狹小的情感視窗，得到較為充分和多彩的展示。

為了服從表現內心世界的需要，他們都十分注意調整自己的審美視角，即努力在被人們忽略了的平淡的日常生活裏發現詩情、

[7] 張嘉彥，《當代詩辯護——因當代詩的「窘困」論引起》，載《今日文壇》（黔），1986年1期。

在細微瑣碎的事物中發掘詩思。「發現這些未發現的詩，第一步得靠敏銳的感受，詩人的觸角得穿透熟悉的表面向未經人到的底裏去。」[8]這種「穿透力」表現出詩人在生活領域裏發現詩的敏感度。在冉冉和冉仲景的作品裏已經明顯地表現出了這種敏感：土家山寨青棡林裏的回首、山林裏穿梭的挑水女人、課餘吹著土造笛子的山村教師、三月裏放風箏的男孩；除夕夜大雪降落的高原、山坡上金黃色的油菜花、雪原裏憂傷的祈禱、神秘的袈裟等等。

他們努力凝聚自己的審美眼光，在微屑瑣細的事物中發掘富於詩意的對象，來構建他們所愛和所惡的世界，即使是無「詩」的事物也成了他們詩情的象徵性載體。然而，在微細平淡的事物裏發掘詩思，並不是將詩人的情緒降格到卑微的境地，而是詩人的敏感對生活深層蘊藏的詩美的宣洩與昇華。在他們飽浸寂寞憂鬱的詩中，我們可以真切地感受到詩人對現實深摯的關注，感受到他們對美好理想和溫馨情愫的深情呼喚，感受到他們那一首首精美詩篇中的深邃與丰采。

朱自清認為：「判別詩人還是寫詩者，要看他是否真誠地表現了當代社會生活的真實情緒；判別詩還是非詩，要看它是否獨特地傳達出詩人獨具個性的生活感受和內心經驗。（所謂生活感受，指的是詩人對時代生活脈搏的感應；所謂內心經驗，是指溶化和積澱在詩人的情感氣質等生理機制中的種種歷史的、民族的、時代的和社會的事物）。這個標準有兩個互相聯繫的內涵，其一是必須真誠地呼應生活的真實，其二是必須具有藝術表現和語言表達的獨創性

[8] 蘇光文、胡國強，《20世紀中國文學發展史》，西南師範大學出版社，1996年，247頁。

以及心靈感受和思想發現的獨特性。不能滿足這兩者的或只滿足一部分的，就是非詩，或劣詩。」[9]從這個角度考察，冉冉和冉仲景的詩，都以細緻入微的情感投入，以個人的情緒體驗，從平凡細微的客體中傳達出對生活的豐富而深刻的感悟。他們對詩歌情感領域的開拓，已達到了相當的深度，特殊的情感傳達方式和優美的語言，因而他們的詩是屬於時代也是屬於未來的。由於他們的詩浸潤了土家族豐厚的民族文化和民族風情，在尋求文化多元的今天更顯出其獨特的審美價值。

「空靈的白螺殼，你孔眼裏不留纖塵，漏到了我的手裏卻有一千種感情。」現代詩人卞之琳的這首《白螺殼》似乎可以借來說明冉冉和冉仲景在詩歌創作上的審美追求：以詩表現自身的感覺和情緒的世界，而不太重視對社會生活作直接的觀照和描述。在他們的眼裏，詩歌完全屬於內心世界。因此，追求詩歌表現內在生活的敏感性和深邃性，內在世界和外在世界的和諧統一，致力於完成「純詩」的建設，成為了他們詩歌創作的藝術走向。

長期以來，他們沿著這一目標進行了不懈的探索，他們在詩歌中所表現的是一種情感的傾訴、一種對藝術的機敏、一種個性的展現、一種對生活的真摯和深情，他們在詩中營建的情感天地是狹小的，然而透視的人生體驗卻又是獨特的豐富和深邃。但從另一方面看，兩位詩人的特點和優勢，又可能恰恰是他們的弱點和局限。他們所特有的內向和孤寂、細膩和敏感，他們詩作題材的狹小和纖細以及過份地內審，都制約著詩人放眼更廣闊的藝術領域。他們出於對詩作審美價值的竭力追求，拉遠了與現實生活的距離，使得他們

[9] 朱自清（1898-1948），《新詩雜話》，作家書屋發行，民國36年初版。

始終在自我的天地裏困苦地徘徊與艱難地跋涉。但作為具有探索精神的詩人，一切都屬於未來，我們真誠地祝願他們以不懈的努力，以他們特有的敏感和獨特的詩學追求，為中國當代少數民族詩歌創作做出更大的貢獻。

第十章
中國當代西南地區民族詩歌創作的現代意識

第十章　中國當代西南地區民族詩歌創作的現代意識

詩人應該通過作品建立一個自己的世界，這是一個真誠而獨特的世界。

——北島[1]，《關於詩》

20世紀80年代以後，西方異域文藝思潮在東方古老的詩國裏在某種程度上產生了比「五四」時期更劇烈、更深刻的影響，它使整個當代中國詩壇產生了根本變化。正如當代詩歌理論家謝冕所描述的：「過去崇尚的對於現實或對於觀念的直接解釋和說明，轉向了寫意，其式是以間接的暗示達到某種象徵的效果；過去由詩句充當生活的說明的『手工業方式』開始弱化，不是依靠個別閃光的詩眼警句，而是渾然的整體感給人以不可分割的綜合性啟迪，所謂『整體象徵』效果的追求；過去『大體整齊』的章句均衡的格律化被破壞，由於意象的隨意性組合，造成了句行結構的不規則化，

[1] 北島，原名趙振開，中國20世紀80年代「朦朧詩」派代表詩人之一，出版有詩集《北島詩選》，後轉向小說創作。

這種破缺美的追求帶來了自由體的勃興；過去由線型的敘述方式造成的平面結構得到改變，詩的多義性受到注意，高層空間的建構的成立，使多層次的立體化的內在結構，成為引人注意的新的審美特徵。」[2]20世紀整個80年代，新詩就是在這種對傳統的變革以及自身的躁動不安中度過的。在短短的十年時間，詩壇迅疾而又全面地演繹了西方經由數百年文化準備才得以形成的現代主義以及後現代主義的詩學和創作，當時幾乎整個中國詩壇都或明或暗地投入到了這一潮流之中。

當時中國西南地區不少少數民族青年詩人與全國其他地域的少數民族詩人一樣，正是在這種背景下步入詩壇的。這是他們的詩歌創作有史以來第一次經受歐風美雨的洗禮，此時期西南地區許多年輕的少數民族詩人開始了他們通向世界的現代之旅，如四川的藏族詩人遠泰（范遠泰）、列美平措、吉米本階、阿來、桑丹（女），彝族詩人吉狄馬加、倮伍拉且、阿蘇越爾（蘇啟華）、俄尼·牧莎斯加（李慧），羌族詩人何健、李孝俊，白族詩人栗原小荻；重慶苗族詩人何小竹，土家族詩人冉仲景、冉冉（女）；貴州苗族詩人彭世莊、石崇安，水族詩人石尚竹（女），侗族詩人蔡勁松，布依族詩人楊啟剛、陳亮；雲南白族詩人李芸（女），景頗族詩人沙忠偉、晨宏，傣族詩人柏樺、莊相，傈僳族詩人祝發青、密英文；西藏藏族詩人嘉央西熱、維色（女）、白瑪娜珍（女）等，他們面對開放的世界和時代，接受了多種文化和詩學的薰陶、影響。他們以執著的現代思辨精神，勇敢地超越了民族的心理、文化和歷史，站

2 謝冕，《傳統的變革與超越——詩歌運動十年（1976-1986）》，載《社會科學戰線》（長春），1987年1期。

在較高的藝術觀照層面上，審視民族的精神和文化，從而來尋求和構築詩歌的再生之路。

第一節　現代精神化的物質與神話譜系的重建

當中國向世界不斷開放，當現代生活越來越普遍地改變著我們的生存方式，人們精神世界的構築經受著前所未有的衝擊，而反映時代最敏銳的詩歌，無疑也會被一種深刻的矛盾刺激和折磨著。當詩所表現的觀念內涵處於一種深刻的矛盾之際，作為內容的載體——詩的藝術形式也將發生重大的變異，以擺脫它同樣深刻和備受矛盾折磨的命運。

中國當代詩歌自20世紀80年代以來所發生的這種變化，也直接影響到了少數民族詩歌的創作。在詩歌藝術的這種嬗變和剝離的過程中，藏族的列美平措、遠泰、阿來、維色（女），彝族的吉狄馬加、倮伍拉且、阿蘇越爾（蘇啟華），白族的栗原小荻，羌族的何健，苗族的何小竹、彭世莊，布依族的楊啟剛、陳亮，土家族的冉仲景、冉冉（女）等詩人以一種清醒的自我意識站在民族的前沿，深刻地審視著民族的歷史，他們使自己的思想融入時代的河流，敏銳而深沉地感悟著民族的精神、文化，他們試圖打破民族傳統的精神模式，重建一個他們理想中的神話譜系（myth system）。

如苗族詩人何小竹的組詩《鬼城》，已不是我們在眾多的詩歌中常見的那種對民族精神、歷史體系作渺小的複寫或改寫，而以他構築的個體撞擊神話、拆解歷史，卸下歷史給詩人的重壓：「……我的祖先叫何子達／葬的是懸棺／上不沾天／下不接地／那扇門向著虛空半開著／我往哪裏走／我傾聽風聲／從一扇一扇的門吹過／已經是午夜三點／只有靠自己了／我跟著一隻母狼的腳印／去到城外／那一片曠野／尋找天門／星座無限深處／一條狼尾巴橫在天外」。將那些已沉睡多年的神話和歷史喚醒，並用現代意識的理性之光去燭照它，使它反射出奇妙詭譎的光彩，是何小竹詩歌創作一個顯著的追求。詩人感興趣的是那些作為民族精神載體的沉澱物：古寺、神龕、虎骨、棺木、灰牆、魚紋、弓箭、獸皮、青油燈等等，他將這些都納入了自己的藝術視野，並且成為了精神化物質的象徵體。

詩人在詩中構築了一種物質與精神、生命與文化的渾融體，在他對民族的神話、歷史、語言以及文化智慧、生命體驗等元素的解構（deconstruct）和重建中，我們感受到了詩人一種強烈的主體意識的照耀，他在詩篇中表述的載體和附著物，是萌生創作靈感一剎那間偶然的刺激物，他在抽象化的描寫中獲得了更加廣闊的藝術天地。神話，也許是一個永恆的文學主題，它在現代主義的詩作中往往表現為一種超越現實困擾的精神崇拜，或者是對人類存在本質的超歷史說明，或者是對人類現實存在的一種整體把握和無限的開放。但是超越歷史表象和現實社會關係制約的精神、本質和某些無限的東西，究竟是什麼，則很難言說，尤其是要以詩歌的情緒體驗來闡釋和表現它們的時候，更是如此。如果以一種絕對化和非理性的認識態度來建構和崇拜這些永恆的東西，便走向了帶有宗教色彩的神秘。這一點在藏族詩人列美平措的創作裏表現得十分明顯，他的詩作在一種濃郁的宗教氛圍裏，浸透了悲涼和孤寂，詩人始終都在一種清醒的現代意識的關照裏尋求著民族精神的歸宿，這正如當代藏族小說家意凱撒仁所認為的：「詩人沉默中的萌動，實際上是在尋找一種意識，這就是一個具有宏觀的時代目光的『藏人意識』」[3]。學者張華所認為的詩人「從總體上很好地把握了藏民族的民族精神和藏民族的民族性格」[4]，對於這一點，列美平措幾乎是以一種蘊含著民族精神物質的種種具有寓意色彩的神話譜系來完成的。犛牛、草原、雪山、廟宇、雕樓、星辰、聖地，祭師等等，這些極具民族精神特質的載體，是他詩歌民族精神的物質構成，它們造成了一種神話與現實渾然一體，完美結合的境界。

列美平措的心是憂鬱的，他的靈魂和精神也是孤寂的，詩人以他的那種孤苦無依，以他的那種浪漫的憂鬱和自由的靈魂構建了一個灑滿了高原的陽光同時又瀰漫著神秘和玄妙色彩的神話：

> ……／哪裏是我的歸宿　哪裏是我的聖地／無數努力設想的美好境地／始終不能在我的心中顯現出來／抵達的目的終不是我旅途的終極／留下的只是久久不散的惆悵／這樣的周而復始　渴望仍舊是虛幻的／在任何一處久住之後／總嚮往更加遙遠的地方／人在路上總想渴求奇遇和輝煌／無法安定的不是我的雙腳／而是那顆永遠難以寧靜的心／……
>
> ——列美平措，《聖地之旅・第二十六首》

為了那心中的神靈，同時也為了還原那些精神化了的物質，列美平措他像許多藏族詩人那樣，在廣闊的雪山世界神遊、徘徊，他關注所有的生靈、生命、存在與虛幻，因此他在那些融入了強烈的主體

---

[3] 轉引自耿予方，《藏族當代文學》，中國藏學出版社，1994年，86頁。
[4] 轉引自耿予方，《藏族當代文學》，中國藏學出版社，1994年，87頁。

精神的詩行裏，以一種超然的神性，真誠地向塵世中的親人們發出了誠摯的呼喚。

應該說，詩在表現那些古老、神奇的神話或歷史時，在那些神秘、玄妙的精神世界裏，可使作品在整體的設計和寓意上，找到一種更高的依託，獲得一種具有通體象徵色彩的普遍的暗示。詩對於神話而言，並非在於詩人要去崇奉一種古老神秘的信仰，而在於揭示一種物質與精神、歷史與神話的內在聯繫和循環往復，具體的、短暫的現象，個體的際遇、命運與某種永恆觀念之間的聯繫，也即在一種精神化的物質和神話譜系的破譯（interpret）和解構（deconstruct）中，使現實與歷史相關照、相疊印，並寄寓詩人對現實生活的未來發展的某種理想和預言。

羌族詩人何健正是以這樣的視域，滿懷深情地表述羌人的遷徙遊歷和發展演變，並在其中透視其民族精神的特質：「……／你這爾瑪人的後裔／何時從黃河之源流放到岷江兩岸／銀龍盤舞的江水／拴住粗獷豪放的性格／　尾神翎響箭／釘穩遊蕩的腳跟／……」（何健，《羌民》），「……／你發現，沿江兩岸／有白色之石被羌人所崇拜／任你撿起一塊／或丟掉或砸爛或作為一件藝術品／而我不能／被血漂白的石頭會燙傷我的手甚至心／白石頭裏困居著我民族的驍勇與悲壯／亙古不變的岷山可以作證／……」（何健，《困居在白石頭中的神》）。在何健所設置的詩歌話語裏，古老民族的歷史是那麼的悠久和漫長，耕種、圍獵、遷徙和繁衍，鑄就了羌人的靈魂和性格，而在羌人的生命河——岷江之畔，那被詩人賦予神秘色彩的「白石」——這羌人精神物化的載體，既是那個古老民族的崇拜，又是詩人的神話。

關於上述這種在詩歌中對精神化的物質與神話譜系的闡釋、解構，從而使詩歌在過去與現在的溝通裏，獲得一種具有通體象徵色彩的普遍暗示，這在吉狄馬加的詩中表現得更加突出，詩人曾在《吉狄馬加詩選・一種聲音（代後記）——我的創作談》[5]裏曾滿懷激情而又無比深切地宣稱：「我寫詩，是因為我相信萬物有靈。我寫詩，是因為我知道，我的父親屬於古候部落，我的母親屬於曲涅部落。他們都非常神秘。我寫詩，是因為我的部族的祭師給我講述了彝人的歷史、掌故、風俗、人情、天文和地理。我寫詩，是因為希望它具有彝人的感情和色彩，同時又希望它屬於大家。我寫詩，是因為為了表達自己真實的感情和心靈的感受。我發現有一種神秘的力量在感召著我。」正是基於詩人的這些認識，他在詩中才會有那些充滿了寓意色彩與包容性的神秘情緒體驗。

對於尋找精神化的物質與重建某種神話體系，對於西南地區一些具有現代素質的少數民族詩歌創作而言，大概可歸納為兩層意思：一方面，它指通過詩歌中的想像、比喻、象徵對歷史的超越能力，在作品中復原出民族、地域文化中的一個物質精神力量；另一方面，它指從現實生活關係的基礎之上，升發一種宏觀的、超然的、橫亙於真實生活之上的理想精神，亦即當代人企圖超越現實和歷史規範桎梏的自由。

如白族詩人栗原小荻的詩歌創作，可以說是上述這種意義的典型表現。他的《白馬在門外》、《背水歷程》以及《疼痛》等詩集以虛幻、眩人、抽象、神秘等表現形式來構建詩人心目中的神話譜

[5] 吉狄馬加，《吉狄馬加詩選・一種聲音（代後記）——我的創作談》，四川文藝出版社，1992年，280-281頁。

系，從而去完成他對民族精神意識的尋求。所以他詩作裏的神話、寓意在詩人的解構中，不斷分裂、衍變，並且不斷被賦予生活的隱喻和象徵的內涵：

> ……／我就是我／我的詞典裏／體現了民族精神／最透徹的詮釋／我的符號裏／貫穿了人類運動／最基本的特徵／我就是我／我的血液裏／沸騰的是生命之泉／最原始的意志／我的呼吸裏／濾瀲的是時空之間／最恆久的真諦／我就是我／我把戰爭的烽火／變成溫順的母鹿／我把毒梟的胚胎／變成美麗的尤物／我就是我／你們在夢幻中／經驗到的甜蜜與詳和／就是我的心間／放飛的一群靈感信鴿／而在煙雲深處／我常年累月／總是駕著一葉／桑木的扁舟／苦苦地採集妙藥／療治先王的疤痛／狠狠地開鑿磐石／磨礪劈山的鬼斧
>
> ——栗原小荻，《真相》

在詩中作者對神話的構建與一種民族精神特質的尋求，本身就是重新探尋，發現一個悠久的民族，一塊古老地域的人們的精神、心靈的本真和原型。栗原小荻詩作中所表述的，一面是針對著過去，不斷地回溯和復原著古老而神秘的記憶、想像；另一面是向著未來，不斷試圖超越現實規範的束縛，煥發一種自由、超然的精神。

總之，神話作為人類物質精神的一種原初現象（Urphanomen），它所表述的是宇宙、世界的起源（即精神化的物質）與人類的命運，以及二者之間的某種神秘聯繫，這是榮格所謂的「集體無意識」（collective unconsciousness）的結果，它潛藏著一個民族、一個地域的精神心理原型，是集體無意識和心理的胚胎與萌芽。而作為人類最古老的文學樣式——詩歌，對神話的介入和建構，其意義在於通過現實與歷史，詩人主體與客體世界的觀照，它不僅體現出處於遠古與當代這歷史兩極的人們在對於世界和人生理知上的意識差異，更重要的是在對遠古人類這種精神化的物質現象的探尋中，獲得一種對人類與社會的哲學啟示，使當代人領悟到更多的生活真諦。

第二節 民族文化傳統的重新審視與現代思考

20世紀80年代以後，中國西南地區少數民族詩人的詩歌在對民族文化傳統的重新審視，中國當代少數民族詩歌創作幾乎是處在這樣一個座標上：橫向是西方現代藝術及漢文化的影響，縱向是民族古老文化傳統的本質規範和潛在制約。在這相反相成的兩極邊限中，他們不斷地尋求詩歌藝術的再生之路。他們在時代的視點和藝術根基之上，對樸質深厚的足下土地、神秘博大的民族精神，投入了更誠摯的愛和更深邃的目光。他們執著的探求，彙聚了啟人心智的現代思辨精神和悠遠深邃的歷史穿透力，是較高層次上的歷史反思和藝術觀照，以此求得東方文化傳統、民族心理構架與現代藝術表現的融合。

四川的藏族詩人遠泰、列美平措、蔣永志、桑丹，彝族詩人吉狄馬加、馬德清、倮伍拉且，羌族詩人何健、徐耀明；重慶的苗族詩人何小竹，土家族詩人冉冉、冉仲景；西藏的藏族詩人嘉央西熱、維色、達娃次仁；貴州的苗族詩人彭世莊、潘俊齡，侗族詩人楊文奇；雲南的白族詩人李芸、哈尼族詩人哥布，傣族詩人柏樺、莊相，景頗族詩人金明、沙忠偉、晨宏等人，隨著20世紀80年代遽烈的社會變革，躁動不安的時代情緒以及西方文藝思潮或多或少對他們的影響，使得他們覺醒了的自我意識，在審視民族的精神、文化和歷史的過程中，找到了一個更高的藝術視點，主體對客體的直接把握也獲得了更深沉、博大的背景。

任何人的創作，都不可能擺脫本民族文化傳統對他的制約和規範。嘉央西熱、維色、達娃次仁、遠泰、蔣永志、列美平措、桑丹等藏族詩人；吉狄馬加、馬德清、倮伍拉且、阿蘇越爾（蘇啟華）等彝族詩人則更是以其深厚誠摯的民族感情，清醒透徹的現代意識，開掘民族精神文化的積澱，表現為一種時代、社會和藝術自身發展之必然的民族文化意識的覺醒與強化。

西藏藏族女詩人維色的《病，和病中的季節》、《混血兒》、《四月》、《紫色的歌手》、《1990年的沐浴》、《階段：獻給夢中白殺的人》等作品，可以說是她心靈和神話世界的強烈反照：「在打雷的時刻／在下第一滴雨的時刻／點上僅有的、褐色的香／這幻影憧憧的時刻是我的時刻／我的時刻呵，聲音之中最寂靜／最長的指甲上顯靈了／最極端的私語，這回天之術／可能從哪一個寺院緩緩而至／我脫去衣裳，側耳聆聽／……」（維色，《1990年的沐浴》）。在四川藏族詩人蔣永志的詩作裏，他則努力將目光投向養育過他的川西北神奇的土地和壯美的山河，詩人以一種清醒的冷峻和浪漫的憂鬱，審視著雪域高原藏民族的歷史和文化，他的詩篇裏所著力表現的是藏民族的精神特質：「……周而復始的只是歲月／無法挽回的是地老天荒／孤寂又有何妨／哪怕無盡的廝守長夜蒼茫／……」（蔣永志，《草地月》）。詩篇中所表述的是藏民族那種堅韌無畏、豁達超然、勤勞勇敢的民族精神。

對於彝族詩人而言，他們那種強烈的現代意識，更多地表現在對古老民族的生存狀態以及神秘的原始物象作深入的審視。他們以一種充滿了強烈寓意色彩的方式，構織了一種神奇、幽遠和充滿夢幻般的藝術世界：「想起記憶中的人／目光清晰／年老的雪是黑色的／用石頭計算空間／淚水是光的淚水／時間在森林裏多麼瑩潔／汽笛聲從此由近而遠／黑的雪張開遠大的靈魂／吞噬石頭上溫暖的一切／……／雪是黑色的鷹是黑色的／石頭在潔白之鄉寫下零／你聽我說，我便說／這個零與我們相依為命／這個零與雪有關，只是今天／鷹用奇醜無比的死亡承認雪／惟有雪穿過寞冷之翅／在石頭和鷹的頭頂盤旋／我們齊聲朗讀神靈／……」（阿蘇越爾，《聽一位老人談雪》）。在詩人的筆下一切都是那麼凝重和神秘，他幾乎是以一種充滿了強烈主觀寓意色彩的方式去觀照客觀世界，將人最本質的精神與靈魂抽象為現象的還原。

冉冉是一位具有較強的自我意識的土家族女詩人，在她的詩作裏，以「我」這鮮明主體形象介入了她的作品中，以她覺醒了的寂寞而又獨立的靈魂，孤苦而又執著地尋求著前方那個新鮮而神秘的世界：

> 今晚　我三次被照亮／首先是電燈　然後是蠟燭／最後是劃燃的火柴／黧黑的面孔三次出現／緬懷　我在暗處哭泣／燈光是打開記憶的拉鏈／讓我沉湎於往昔吧／讓我在舊事裏挑選／重新活過　再來一次／苦難的大燈掃過生命的路面／人影幢幢　那些變換的面孔是誰的／還得我牽掛了多年／……
>
> ——冉冉，《今晚　我三次被照亮》

只有我倆在傾聽音樂／這靜謐的夜晚／月華如水　身軀紛紛離開地面／失聰的耳朵　滿天漂浮的耳朵／一萬張啞嘴在合唱／只有我倆在傾聽音樂啊／靜謐的夜晚／還是那一支曲子　冬去春來／鳥夢見大雨　清風奔向異地／時間是衣裳　我們日日更新／……

——冉冉，《靜夜》

詩人以她覺醒了的靈魂，以一顆無比細膩和真切的心體察著她周圍的世界，以她那種無比細膩的直覺和感知審視著時代與社會的真象。當代詩歌理論家謝冕在評述打倒江青等人的左傾集團以後，中國當代詩歌運動十年的總體風貌時指出：「詩人主體意識的恢復，使詩人對世界和心靈的思考具有了獨立的性質。詩人不再盲從，他敢於說出他所看到的世界的真象或投影……人們開始更加注重心理真實以及現代人的感覺。」[6]我們可以這麼認為，是變革了的時代與開放了的社會，促使了這位年輕的土家族女詩人自我意識的覺醒與強化，使得她在創作時，更多地將藝術的凝聚點投向了個人內心世界的自審與開掘，並在那些極具民族地域特徵的背景中，找到傳達她那獨特的情感體驗的抒發點，冉冉以她那特有的內斂和自審意識，創造出了一個深情而委婉的主觀藝術世界。

詩，從本質上說，是一種「自我反映」的模式，正如黑格爾所指出的：「它所處理的不是展現為外在事蹟的那種具有實體性的世界，而是某一個反躬自省的主體性的一些零星的觀感、情緒和見

[6] 謝冕，《巨變的解釋——詩歌運動十年（1976-1986）》，載《北京社會科學》1987年1期。

解。」[7]貴州苗族詩人彭世莊與雲南傣族詩人柏樺可以說是這種「反躬自省」的情緒的較典型的表現。他們在詩作中將覺醒的自我意識附麗於民族傳統的文化心理背景之中，通過兩者完善的詩性組合，來表達他們對生活的那種「反躬自省」的感悟、情緒和認識：

> 當鳥兒銜來風信的時候／心與夢就嫣紅了／你突然發現花兒爬滿腰肢／綠葉如衿／風中有裙裾飄動的聲音／在隨後來臨的雨季／露水與雨滴漫過發端／苦蕎花　依舊亭亭孑立於荒野／綠葉搖曳如歌吟／稠密的乳汁　花瓣顏色的乳汁／終於張開你纖瘦的乳房／於一個古老的黃昏／流進一隻隻饑渴的唇／日月依舊　夢與花瓣依舊／源自泥土的想像／飛不出幽蔽的荒原／苦蕎花　我看見你眼眸瀅瀅／倚著一片苦味的葉／期盼千年／……
>
> ——彭世莊，《故鄉印象（三首）‧苦蕎花》

> 當年擰不乾的愁緒／留一片痕跡在衣角／誰把心弦揉碎　綿綿長長／扯成一根繩／陽光白花花地刺眼／舊衣裳面孔瘦小弱不禁風飄在風裏／往事　拒絕鮮豔／長長的日子就象／長長的辮梢／在井沿　繫著溫柔／井水潔淨豐盈／映亮在表姐的新衣裳上／紅紅的梅花圖案／相愛的細節濕潤芬芳／一瓣比一瓣／清晰／……
>
> ——柏樺，《鄉村人物素描‧表姐的那件棉布花衣》

---

[7] 黑格爾（Hegel，1770-1831），《美學‧第二卷》，商務印書館，1979年，276頁。

詩人們以民族傳統的審美心態，擷取了極富特徵的自然物象，來抒發他們的情感，這些詩作所傳達出的心理節奏，感官情緒都是十分細膩、內蘊而委婉的。他們將自己內心的感受描繪得那麼的溫馨、憂鬱和充滿著期盼。

別林斯基（Vissarion Grigoryevich Belinsky，1811-1848）說過：「詩人是按照時代的精神塑造形象和自我的」[8]。時代趨向成熟和複雜化，同時也必然使人們的思考由平面趨向立體，由簡單趨向複雜。對於複雜生活的思考使得人們在頭腦中形成了多層次的、豐富的意識結構。因而，作為心靈對象化的詩歌，也必然在詩中謀求和建立與之相對應的多層意象組合空間，這是詩歌現代表現的本質。

作為深受外來文化影響的西南少數民族青年詩人們，他們的詩歌創作正是在這一點上，契合了我們關於「現代」的標準，它不是平面的單向複寫，而是借助於神話、歷史和文化這些象徵性的外殼，在詩歌中營造飽含思想的意象空間。這個空間是熔鑄自然本能、感受現實、文化反思、歷史意識等一個多層次的有機複合體。它致力於人們內心世界的開掘和複雜經驗的聚合，因而造成了自覺的縱深感、綿延的時間感和深邃的空間感。

筆者認為對於西南少數民族具有現代色彩的詩歌創作的意象空間由三個層面構成：一是民族精神、歷史文化以及現代意識，是按詩人內在尺度的自由組合來完成；二是由這種自由組合外化成一整套象徵體系時，由這種舊有經驗的創造性聚合而產生新經驗，這種新的經驗的產生帶來巨大的審美快感；三是在閱讀過程中，讀者進

---

[8] 轉引自錢中文，《現實主義和現代主義》，人民文學出版社，1987年，363頁。

行分解破譯以上兩個層面，發揮潛在的抽象思辨能力，通過感悟而達到某種哲學境界。

通過以上的分析，我們可以這麼認為，對於深受外來文化影響帶上了現代色彩的西南少數民族的詩歌創作，在他們作品裏貫注了強烈的自我意識，他們常常把外部世界的固有形狀和正常的時空秩序打碎或變形，隨心所欲地根據自動方式和瞬間的邏輯情感，去恣意擺弄意象及創造語言，他們不僅根植於民族傳統文化的土壤，而且站在了更高的藝術觀照層次上，來審視民族的文化和精神，從而在他們對民族文化傳統的重新審視中，貫注著一種清醒透徹的現代意識。

第三節　生命意識的終極叩問與重新發現

作為少數民族詩人，由於他們更貼近自然，更遠離物質世界對人類精神的異化，所以他們更能直觀、深切地體驗生命的本真，深刻地思考生命的存在意義，他們總是試圖尋求被現代社會隔絕了的自然與生命的原生形態。只要我們對西南地區一些少數民族詩人的作品進行整體考察和梳理，便不難發現它那種鮮明的「生命哲學」的思維軌跡。他們對生命的思考把人生引向了非理性的直觀外化，一個由人到世界的宣洩，這使他們的作品由此而帶上了深邃博大的宇宙觀念以及蒼涼憂鬱的人生體會，而這種對生命意義的終極叩問與重新發現是他們現代意識覺醒的一個顯著表現。

嘉央西熱、維色、列美平措，遠泰、阿來等藏族詩人們幾乎成為了民族精神的朝聖者與人類生命意識的探尋者。當他們神馳於雪山高原上的廟宇神龕，面對那些由祖先輝煌的文學符號所傳授下來的典冊文獻時，他們覺得那已不是用符號書寫的紙冊，而是一部心靈的秘史，人類只有進入了這個領域，才會感到生命的真實。因為無邊廣大的宇宙空間，將人類反襯在一個渺小得難以覺察的尷尬位置，人的這種確鑿真實的孤獨，這種人與自然不可迴避的較量的鐵的規範性，註定了生命永恆的喘息狀態以及靈魂的孤寂、苦悶。

於是列美本措無不憂鬱地唱道：「憂鬱的時候／總是／盼望著靜夜／獨自一人／把走過的旅途／擺在案頭／細細回顧／然後用紅筆劃出許多／本不該發生的故事／而你回溯當時／你卻感到／你別無選擇」（列美平措，《憂鬱的時候》）。人生的孤寂與命運的不可知是詩人的普遍情緒，而這種情緒對置身於雪域高原那種神秘的宗教文化語境中的藏族詩人而言就更加強烈，在他們的生命中，更加充滿了遠古時代種種神話般的幻想，更加具有了一種博大而深沉的民族精神內涵：

> 忽然，靈感從想像的盡頭／將早已沉澱的沙，久遠的夢／呈現，又消逝／我夢寐以求卻尋不到的過去／在大海的最深處。我！／大海裏出生，雪山上長大的／一隻蒼鷹，假若還有鷹在飛翔／我的孩子在哪裏？／在魚神徜徉的水域，沒有他的／影子，在晝夜交替的大地／又無法辯認。一個過路老人／道：太陽就是你的孩子／……
>
> ——嘉央西熱，《生命本源》

> 當漸漸稀薄的花朵攀登在我的額頭／使自己的靈魂皈依平靜／你是這個時刻我心中長眠的歡樂／面龐的容顏，紙的利器／圓

> 滿全部的憂患／想到一種痛苦與尊嚴／草木當歌，這蕭瑟的困於秋風的酒／而我能看見的／只有這些凜冽的故事／一枚飄零的人生／什麼時候，人間將重現這珍藏的祭式／……
>
> ——桑丹，《沉寂之潮‧回歸》

> 我坐在山頂
> 感到迢遙的風起於生命的水流
> 大地在一派蔚藍中猙獰地滑翔
>
> 回聲起於四周
> 感到口中硝石味道來自過去的日子
> 過去的日子彎著腰，在濃重的山影裏
> 寫下這樣的字眼：夢、青稞麥子、鹽、歌謠，
> 銅鐵，以及四季的橋與風中樹葉……
> 坐在山頂，我把頭埋在雙膝之間
> 風驅動時光之水漫過我的背脊
> 啊，河流轟鳴，道路迴轉
> 而我找不到幸與不幸的明確界限
> ……
>
> ——阿來，《群山，或者關於我自己的頌辭》

由此我們可以領悟到若沒有生命痛苦的煎熬，就決不會在詩中有如此深切精微的體驗。在充滿神秘的宗教色彩的藏族高原人看來，人的生命在空間和時間中根本沒有確定的界限，它擴展於自然的全部

領域和人的全部歷史。生命內部這一古老的蛋白質所具有的原動力與強健的生命活力，在被隔阻了原野森林之風的現代人身上已很難找到，或者被異化為另一種形態了，而處於雪線之上的高原民族他們卻以其獨特的人生體驗和生命意識，更深刻、更真實地感受了生命的本質，他們是從神秘而深邃的宗教意識和玄妙的東方文化藝術之中去重新認識生命真正存在的價值。

在不少彝族詩人那裏，他們對生命的體驗是依附於自然的客觀存在，高山、江河、森林、曠野、雄鷹、猛虎這些自然的物象，成為他們對生命的勃發、誕生和延續進行歌詠與禮贊的載體。俄尼・牧莎斯加（李慧）在他的《河水把我照耀》一詩的題記中曾這樣寫道：「……尋找一生，啊，我／真的沒有找到再比淚水／更具激情的美麗河流——／在你的呼吸以及淚光中／我是魚兒，我的生命／隨時與你的存在相繫為命……」這位以河水照耀生命激情的彝族青年詩人，他呼吸著青山碧水的靈性氣息，在一種神秘而浪漫、率真而熱烈的情緒裏，傳達了對民族生命元氣的執著追求，從總體上看他的詩作洋溢著一種奔放、勇敢、浪漫、自由的生命活力。

吉狄馬加以彝民族深厚悠久的歷史、文化為背景，在那些古老、神秘而陌生的世界裏，挖掘生命更輝煌、更壯麗的空間。在彝人的生命意識裏，更充滿了遠古時代那種神話式的、太陽般燃燒的激情，他以一種古老而年輕的精神狀態，作用於現代人鈍化了的心理，並在其靈魂深處引爆。在那種相對原始和相對封閉的群落裏，所產生的那種獨特的生命形態和生態氛圍，這對於文學而言是十分珍貴的資源，也是文學最本質的表現對象。於是吉狄馬加十分動情地描繪生命裏最本質的顏色：

……於是——／我轉過身／看見一顆古老的太陽／太陽的影子裏／有我命運的形象／這時我放下了槍／在那死亡的最前方／當然從那一天以後／生命的交響／又將充滿整個大森林／我會看見那顆子彈上／開滿紫色的花／我會聽見那槍筒裏／大自然和人對情話／而我，半聽見命運的呼喚／走向——／永恆的群山／聽一位老人說在那裏／沉睡著的是我的祖先

——吉狄馬加，《夢想變奏曲》

我知道，我知道／死亡的夢想／只有一個色調／白色的牛羊／白色的房屋和白色的山崗／我知道，我真的知道／就是／迷幻中的苦蕎／也像白雪一樣／畢摩告訴我／你的祖先／都在那裏幸福地流浪／在那個世界上／沒有煩惱，沒有憂愁／更沒有陰謀和暗害／一條白色的道路／可以通向永恆的嚮往／……

——吉狄馬加，《白色的世界》

在吉狄馬加這些從民族的歷史、文化、宗教，從人類作為一種主體功能在與原生質自然界的碰撞中，來把握人類自身。人、文化、符號，這三者三位一體，勾勒了人與大千世界關係的一個總體結構，這就要求作家和詩人們通過沉積在作品文本深處的文化層面，來傳達一種對於自然、生命、文化、歷史的深刻體驗與理知。吉狄馬加的詩歌無論是從物相攝取，還是從意象的設置上都與民族的精神文化有著割不斷的聯繫，而他詩歌中的那種人類意識與生命意識還與民族的精神文化、心理素質深深地疊印一起了。

也許由於詩人所生活的文化背景不同，貴州侗族詩人蔡勁松與重慶土家族詩人冉仲景則以一種超然、豁達、幽遠和深沉的情懷來感受生命的真諦。在他們那些憂傷，深摯而又委婉的藝術世界裏，他們的詩行被寂寞、悲涼、寧靜與安詳所浸透，他們以一種無比細膩的觸角和一種特有的敏感與惆悵來體驗生命的蒼涼：

迎來生命中的大雪，冬天正濃／這一切都是大地的神話／徹底響起，靈魂的樂音／風吹開了／一隻羔羊的安眠／風吹開了／顯露天空的眼睛／……

——蔡勁松，《大雪》

無法從白頭翁那裏／打聽你的消息／我煢立大野雲頭／有鷹隼一樣孤寂的心境／這麼多個夏天／我沒綠過也沒花過／只為等待你的駕臨／聖山貢嘎拉／我還未到達生命的邊緣／便一望三十年

——冉仲景，《雪原十行‧癡望》

伸出我們幻想的手／在廣大的雪原，無論從前和以後／除了一行行默默流淌的詩歌／我們什麼也沒有／紮聶琴巳摔進了大地深處／我們的血管琴弦一樣／顫動著那古老而堅韌的憂傷／接受了雪花落進心窩的事實／也就接受了／我們不斷尋覓的苦難／秋天太高，高到了空曠／我們的懷裏／抱著朝聖途中誕生的患病孩子／抱著乾癟的麥穗和羔羊／……

——〔土家〕冉仲景，《鄰村的歌謠‧憂傷的祈禱》

冉仲景、蔡勁松這兩位民族詩人，他們由於受到了系統正規的高等教育（倆人分別於20世紀80年代末和90年代初畢業於四川南充師範學院中文系、西安交大自動控制系），他們深受漢文化與西方文化的影響，所以他們能以較清醒的自我意識關照本民族的歷史、文化和心理，以深廣的人類意識思考著生命的本真。對於這兩位異鄉的遊子（冉仲景難奈川西北藏區高原異鄉的孤寂，於1997年又回到了他的故鄉重慶酉陽縣），對生命本真的探尋是他們詩歌創作所表現的一個重要主題。

他們以一種依戀憂鬱，清麗溫柔和委婉輕盈，表現了一種憂鬱浪漫並且充滿了感傷情緒的生命意識。他們始終都以一種深邃而深情的目光，以一種執著真誠的精神關注著生命這個古老而又年輕的話題。他們努力地在對異域或者是對故土風土人情的表現中，去尋找一種價值、一種信念、一種生命的支柱，從而來完成他們對無限與永恆的渴望。

總體看來，對於中國當代西南地區少數民族詩人這個特殊的群體，他們以一種特殊的心理、特殊的情感歷程和特殊的藝術視野，以一種原生的文化形態和一種尚未被現代文明異化的藝術直覺，在覺醒了的現代意識的觀照下，重新審視民族的精神、文化，從而尋找民族生命本體裏那些神秘而博大的存在，並透視了一種神奇的嚮往。他們在詩歌的主題、題材、手法、語言等方面都延展和更新了傳統，他們以一種嶄新的詩學觀，開啟了民族詩歌一種更高、更新的藝術境界。

第十一章

中國當代西南地區民族詩歌創作的文化解析

第十一章　中國當代西南地區民族詩歌創作的文化解析

文化制約著人類，中國新時期文藝是否有很大出息，一個關鍵是在怎樣的程度上表現文化這一絕大命題。

——阿城[1]，《文化制約著人類》

在中國我可以預言，最傑出的詩人將產生在更接近於自然和具有獨特文化的地域上，將產生在文化衝突反差大的地方。因為在今天，我們的詩人除了具備應該具備的條件外，現在更需要的卻是那種來自本源的衝動。在十分廣大的「泛文化」（姑且讓我暫用這樣一個詞）地區，詩人缺少的正是這種要命的衝動。

——吉狄馬加[2]，《火中的獨白及片斷》

[1] 阿城，原名鍾阿城，祖籍四川江津，生於上海，中國當代小說家，著有《棋王》、《孩子王》、《樹王》等小說。

[2] 吉狄馬加，生於四川昭覺縣，彝族當代詩人，著有《初戀的歌》、《一個彝人的夢想》、《羅馬的太陽》等詩集。

作為民族眾多，並且相對封閉和獨立的中國西南區域，其少數民族詩歌創作，有其獨特的文化生存背景。本文分析了這一區域的詩人們在種種具有隱喻、具有象徵和寓意色彩的民俗風情以及古老文化的歷史積澱中，以詩的意象舒展著個性生命，從整體上體現了詩人對自然、人生、歷史、倫理、情欲等基本主題，從而完成了他們詩作文化寓言設置的精神旨歸。

文化是外部世界對文學發生影響最豐富的仲介系統（mediasystem），同時它也是文學中現代主義抽象化主題表現的重要內容。尤其是當瑞士心理學家榮格（Carl Gustal Jung，1875-1961）的「集體無意識」（collectivc unconsciousness）理論和文化人類學興起以來，文化已成為了文藝家們自覺的表現對象，他們試圖將人重新納入遠古的自然文化序列，以解決文明的精緻和自然的粗礪這日益劇烈的衝突，以及在這種衝突中所導致的現代人的心理危機。葉芝、艾略特、康拉德、福克納是如此，拉美的魔幻現實主義（magical realism）也是如此。這對於覺醒了的對本族文化帶有依戀情結的新一代中國少數民族詩人而言更是如此。他們在對民族的精神和文化進行清醒而痛苦的反溯裏，認識到了詩的意義絕不僅在其本身，而在於由它所觀照的民族精神文化心理素質，以及它所折射的人類意識，於是他們在審視民族文化的過程中，甦醒了的審美意識找到了一個更高的藝術視點。在他們的詩作中，作為外部形態的民族、地域的文化環境和風情，被詩人們與相應的文化心理特徵聯繫起來，從而通過詩歌的話語體系復原出了有生命的文化形態，將詩歌的審美特質昇華到了一個新的水平。

第一節　文化作為集體意識的結晶潛藏著一個民族最本質的秘密

文化不僅是文學與客觀世界或經濟基礎之間的仲介，它與文學還存在著互涵互動的密切關係，它與文學所反映的主體對象——人，更是密不可分，「文化包含了思想模式、情感模式與行為模式」，它的「核心意義……首先被列入此中的是人類活動的重要部分：宗教、政治、經濟、藝術、科學、技術、教育、語言、習俗等等」[3]。作為人學的文學原本是文化的一種形態，從來沒有無文化的文學，也沒有無文學的文化。文學是在文化的映照中延伸和發展的，這一點對於詩歌也無例外。認識中國20世紀80年代中期以後的文學，已由過去「從屬」政治回到了文化本位，由政治反思轉向對文化與人本身的反思。

與漢文化有著密切聯繫的西南地區當代少數民族詩人，他們在創作中無疑也受到了文學創作這種向文化轉向、尋根的深刻影響。一旦他們接觸到本民族那種原生的文化形態，他們就獲得了比在一種「文明的精緻」裏編織自己的夢幻的不少漢族詩人一種更大的優勢。他們從本民族那種相對獨立，仍然保持著本真的文化形態中，為詩歌的藝術表現找到了一個更高的藝術視點，他們以渾厚誠摯的民族情感，清醒透徹的現代意識，開始了關於文化與人的哲學思考。

[3] 菲力普・巴格比，《文化：歷史的投影》，文化藝術出版社，1998年，93、95頁。

「我們從哪裏來？我們是誰？我們往哪裏去？」這個斯芬克司之謎具有永恆性，即使在遙遠的未來，人本身仍然是最具魅力的哲學問題。但每個時代的哲學、文學都在頑強地試圖給出一個滿意的解釋，儘管答案本身未能夠超越歷史，但至少對自己的時代是具有魅力的。20世紀人類對自己的認識觀照顯得更為全面，應該說，文學呼應和讚許了哲學對人的基本認識。如果我們從以往的文學觀念（乃至整個哲學觀念）上超越一步，不僅僅把人當作打上社會印記，被政治、經濟所直接制約的產物來認識，就會發現人實際上更直接、更深刻地受到特定文化規範的困擾和制約，人創造了文化，反過來又是文化把人塑造成今天這個樣子。

因此，與其像亞里斯多德那樣認為「人是政治的動物」，不如說「人是文化的動物」（政治也不過是文化的一種組織形式而已）更準確。如果這樣理解，至少是和近年來詩歌對於人、生命、自然、文化、死亡等主題的開掘和表現是相吻合的，儘管由於詩人們各自的審美傾向與藝術敏感點不一樣，但以覺醒的主體意識獲得一種對民族文化精神的深切的感悟，已成為了他們詩歌創作的藝術生命之源。

以吉狄馬加、倮伍拉且、俄尼・牧莎斯加（李慧）、阿蘇越爾（蘇啟華），邵春生、崔籬、陳韻等為代表的川、雲、貴彝族詩人，他們對民族精神情緒的感悟與傳達，對民族文化心理的深刻揭示，在某種程度也為民族文化的哲學沉思提供了一定的參考值。「它們有著彝族人的臉形／生活在群山最孤獨的地域‖這些似乎沒有生命的物體／黝黑的前額爬滿了鷹爪的痕跡‖（當歲月漫溢的情感穿／過／了所有的虛幻的季節／望著古老的天空和熟悉的大地無邊的夢想／速離的回憶只有那陽光燃成的火焰讓／它們接近於死亡的睡眠／可是誰又能告訴我呢？／這一切包含了人類的不幸）‖……」（吉狄馬加，《岩石》）。詩中彝族的形象被抽象，濃縮在了詩人賦予的具有民族精神文化特質的象徵體——「岩石」裏，這既是神秘的文化寓言（fableofculture），又是一種充滿了哲學沉思的認定。「……／／躺下成為山脈起伏／躺下成為河流／沉沉睡眠中／有夢嘩啦啦喧響／鳥鳴在空穀飛起同樣的回聲／樹林野草以及莊稼／在風裏的姿態是同樣的／同樣的／無論多少年已經過去／／……」（倮伍拉且，《大涼山，大涼山》）。詩人試圖以個體的靈性去感悟大山的厚實、深沉，試圖提煉一種大山的品格，大山的氣質昇華出一種大山的精神文化特質，從而為彝民族完成一個具有大山意識的哲學命題。

即使遠離大涼山這個特定的彝文化背景的雲南彝族詩人崔籬，也同樣以一種具有相似的哲學沉思品格的心理，傳達著他的深切感受：「很想做你那份永恆／靠近太陽的另一面／如此冰冷／黑夜裏鴉翅在飛／是誰看見了他的大憂傷‖會傾聽的不一定會說話／從不訴說的是高天最嘹亮的／回聲／……」（崔籬，《靠近太陽的另一面》）。這些同一民族而不同地域的詩人，他們都以相同的或相似的心態和意識，以詩歌那種極具靈性的傾訴深刻地表現了特定的人類文化情結是如何規範和制約著詩人的藝術傳達的。

人的本質，不外乎是一種文化的過程和結果，而不是形而上學的先驗原則和實體性的生物本性。首先，文化是一個獨立的世界，是人類的第二自然，文化是一個系統的功能整體，不斷為人類開拓新的領域；它又是一個自我相關的怪圈，不斷地把人束縛起來，使人在規範中墨守陳規。其次，人類在文化中觀照自己，人從第一自然（即自然世界）通過勞動進入第二自然（即文化世界），從而獲得了自己的本質。

一個民族、一個時代都是從自己的文化和歷史中，透視它的風貌，因此文化成了一種預言，一種泛文本，它包容了民族和時代的人，一方面文化是人的作品，反過來人也是文化的作品。每一種具體的文化形式——語言、神話、歷史、宗教、哲學、藝術和科學等等，都各自開啟了一個新的世界並且向我們顯示了人性的光輝。因此，從這個意義上說，人與文化是深深地疊印在一起而不可分離的，文化成為了人的一切創造活動不可替代的背景。

關於上述這一點在雲南傣族詩人柏樺、白族詩人栗原小荻，貴州侗族詩人楊文奇、苗族詩人彭世莊，重慶苗族詩人何小竹、土家族詩人冉仲景，西藏藏族詩人維色、達娃次仁，四川藏族詩人列美平措、阿來，彝族詩人吉狄馬加、倮伍拉且等人的詩作中都有所體現：

> 記憶中的大黑山頂／長年不化的冰雪如同神話裏遺落的／潔白草帽‖山間／外婆彎腰割草的姿勢／被朝暉定格／成為一種世人難以描畫的／經典‖……‖外婆漫不經心把一串串／貯藏已久或剛剛收割的動人傳說／隨手扔進火塘‖爆米花一樣／它們嗶嗶叭叭說話／玉米杆臥於火塘憨笑／臉龐紅又亮／坐在外婆補釘壘成的／膝蓋上／我夢見天堂‖……
>
> ——柏樺，《鄉村人物素描・茅草房裏駝背的外婆》

> 月亮露出雲層／飛滿你們古銅色的雙頰／在你們的銀飾上／折射出世上最美的光芒／星光和雨點乘著月光之羽灑落你們中間／藍色的天使繞過你們的裙角／像一朵朵狂放的花魂／……
>
> ——楊文奇，《月下》

在這裏我們不難發現，詩人們以一種深切的情感體驗，在人與民族文化的交融、疊印裏，完成一種對人生和民族精神的個性言說。在上述詩人的不少詩篇裏，與其說是一種對充滿民族地域風情的生動展示，對蘊藉深摯的民族情感的盡情抒發，還不如說是他們透過民族精神的和文化的物象，對人的本質，對民族文化心理所進行的藝術把握，他們以詩歌的意象，在對文化與人的再現中，完成了一個個極富民族秉性與氣質的藝術世界的營造。

時代的風雨剝蝕著青藏高原那神秘的歷史文化古堡，在不少藏族詩人那裏他們更是以一種沉鬱而深廣的人類意識，在對人與文化的沉思裏精心營造了一個虛幻的極具象徵色彩的神話寓意，並通過這些極具民族精神特質的詩歌意象，詩人們昇華了一種超然、博大而神秘的，橫亙於真實生活之上的民族文化精神，尤其是他們那種深切的人本關懷也同時滲透在他們的那些充滿了民族精神文化特質的詩篇中。「最初的鐘聲／淒切而震凜地撞擊／在黃河岸邊升起的炊煙／苦難者不僅是這個民族／還有民族的靈魂和土地／死亡之血／塗抹著稻香的季節／剝落了豐腴而清純的顏色／我們的腳／找不到一塊敦厚的踏實／只好以一葉扁舟／於臨水的淨土之上／燃一簇希望的微火／……」（遠泰，《背影》）。「……／選擇冬季就是選擇一種幸福／大地堅實，藍天明澈／冬季能使高原凝固／卻無法凍結一個民族熾熱如火的血液‖……」（蔣永志，《高原的風》）。「……／地層深處石化的魚群紛紛醒來／和著青草鑽出地面的聲音唱歌／河道邊稀疏的枯草每每躬下身子／想掩住散落草棵的白色骸骨／那些骸骨總在黑色的黎明裏哭／在炊煙緩緩指向雲層的閃光／想說一些隔得很久的事情／卻被風雪鑄起的高牆接住」（吉米平階，《歷史》）。「我騎馬路過西藏的一座高山／那上面什麼也沒有／去年沒有人到過這裏／明年也不會再有人來／這一點我清楚得很／我似乎下不去山了／用不著喊叫／沒有人也不可能有人向山頂張望」（嘉央西熱，《山上》）。由此我們不難感覺到，藏族詩人們已將他們那種覺醒了的自我意識、將詩歌的表現視域伸向了歷史的深處，發掘出了千百年歷史積澱下來的民族的魂靈，關注人、關注本土、關注自然和宗教、關注所有的生靈、生命乃至存在與虛幻，這一切決定了他們能夠在詩歌創作中主動融入自己的感悟，進而退居其後，在混沌中完成某種超自然的創造　神性的創造。這充分表現在對人與民族文化的思考和重新認識裏，這批世紀末的追尋者已經站在了民族與現代世界的交叉點上。

對人與民族的精神文化作本質的審視和探尋並通過透析那些世代相襲、泥古不變的民族心理和民族文化的精神稟賦，以清醒的現代意識，站在更新、更高的角度，去審視民族性格的秘密和那些最隱秘的符號，這是以吉狄馬加為代表的新一代彝族詩人以覺醒了的主體意識來完成他們的詩歌藝術世界構建的一個明顯的標誌。「我要尋找的詞／是夜空寶石般的星星／在它的身後／占卜者的雙眸／含有飛鳥的影子／我要尋找的詞／是祭師夢幻的火／它能召喚逝去的先輩／它能感應萬物的靈魂／……」（《吉狄馬加詩選・題記》）。可以說這是年輕一代彝族詩人的寓言，他們以這種清醒的自我意識介入詩歌的藝術世界裏，透過他們所構建的文本，一個陌生世界的帷幕被掀開了——神秘、古拙、荒茫、蒙昧、苦難、陣痛，在爭取精神文化的轉化、昇華與生命實現的艱難搏擊裏又表現得精深、博大、柔韌和抑制不住的生機與希望。

文化作為一個民族集體意識的結晶，它潛藏著一個民族、一個地域最本質的秘密，在某種程度上制約著文學未來的發展和表現方式，這正如有的評論者所指出的：「文化是外部世界對文學發生影響最豐富的仲介系統（mediasystem）。這個仲介不是外在的，它同時體現著主體與客體的性質，內在地參與了文學的建構活動，文化建構、制約、驅動著文學的建構。文學只能在文化中建構其體式，並不斷發生演進。」[4]因此文化對文學（包括詩歌）的介入和構建體現了作家（詩人）以更深邃的目光，透視著生活的本質，他們在對千百年積澱的文化心理進行反省和重新營建的過程中，以更理性主義的精神，憧憬著未來。

第二節　在民族文化的觀照裏傳達對自然與人生的深刻體驗與認知

文化是人類特有的創造成果，美國人類學家艾・克勞伯指出：它「包括了各種外顯的和內隱的行為模式」[5]，其內涵極其豐富，外

[4] 林繼中，《文學的文化建構初論》，載《東南學術》1999年4期。
[5] 忻劍飛，《世界的中國觀》，學林出版社，1991年，30頁。

延極為廣闊。從廣義上說，它包括人類社會歷史實踐過程中所創造的全部物質的和精神的財富；從狹義上說，則主要是指社會意識形態以及與之相適應的制度／組織／結構等。文化又是社會現象，它構成人類群體所取得的一切成就，是社會既有的發展程度的表徵，也是人類社會繼續發展的基礎和前提。因此，考察、研究人類任何活動，都難以離開文化這一根本範圍。

作為人類最古老的文學樣式的詩歌，它在對永恆的文化主題的表現時，常常顯現為一種超越現實困擾的精神崇拜，或者是對人類存在本質的超歷史說明，或者是向人類現實存在的一種整體的和無限的開放。但對於超越歷史表象和現實社會關係制約的精神、本質和某些無限的東西，卻往往又難以清楚地言說，如果我們進一步以一種絕對化和非理性的認識態度在文學作品中來建構和崇拜這些永恆的東西，即走向了宗教式的神秘。

這種對文化的神秘主義的體驗，是西南地區少數民族詩人介入對民族文化的重新審視的一個十分重要的視閾。在一些詩人們看來，「人們的『內宇宙』和『外宇宙』都存在著一些未知領域，它們彷彿是冥冥之中對我們的命運和生活發生某種影響的難以蠡測的力量」，「而新時期現代主義由於在文藝的物件上從客觀轉向了主觀，從歷史轉向人本，在主題上走向抽象化和感覺化，便尤其希望同這些神秘莫測的未知世界建立不僅是認識論上的，也是本體論上的精神聯繫。認識論上的表現為創作過程的直覺主義，本體論上的聯繫則是在對永恆主題的追求中承認超自然神力的制約，承認人類認識的有限性。」[6]於是當他們讓自己的靈魂直接面對茫茫無限的世界時，大都不得不承認「我們在世間所能感到和所能理解的，僅僅是事物的一端，而事物只能夠藉此一端，才呈現在我們面前，影響我們的官能和心靈，至於其他一切，則伸入到了無窮的黑暗中」[7]。作為詩的藝術，就像宗教一樣，不可能迴避，甚至更是十分樂意介入這黑暗的未知世界，或者把有限的事物置於無限中來把握，或者把不可能的東西當作可能來對待。於是這類詩人的創作，在對民族文化、歷史、心理的審視和把握中，常常就籠罩在一種神秘的氛圍裏。

由於特定的社會政治制度和文化背景，特定的自然環境以及民族特定的心理因素，對這種神秘的體驗在不少藏族詩人們那裏表現得十分明顯：「……／土屋裏塘火滅了／木柴上繚繞最後的青煙／霧從河面升向山崗／松脂香潛入人們的睡眠／高的風攀過山口／低的風捲動廢棄的紙張／祖先們在這樣的夜晚從天上歸來／他們趟過牛奶般新鮮的月光／撫摸壁畫上自己的面孔／／……／他們寬大的衣氅架滿百禽的羽毛／呼吸像明亮秋陽的淡淡溫暖／醒來，我們看見／一些乳房像圓潤的石頭／滿天星星像眼睛一般／這樣的夜晚／我們相信四周充滿祖先的靈魂／額頭上有他們塗抹吉祥的酥油／聽到自己血流旺盛而綿遠／……」（阿來，《靈魂之舞》）。這裏對死亡的神秘表現顯得十分的清冷、陰幽，是從一種更潛在和更沉凝的民族文化心理層面，傳達一種孤寂和愴然的情懷。

---

[6] 降邊嘉措，《雪域文化鑄造的民族之神》，載《民族文學研究》1994年4期。

[7] 《羅丹藝術論》，沈淇譯、吳作人校，人民美術出版社，1978年，99頁。

而西藏女詩人維色，則在對死亡的終極體驗裏，注入了更多的、更熱烈的主觀情感，在詩篇中她具有別人少有的神性之光的神秘燭照，她在一種具有濃郁的民族文化氛圍背景裏，在那些充滿了情緒化和神秘色彩的表述裏，使人體悟到了靈魂超脫肉體後的安詳：「這部經書也在小寒的凌晨消失！／我掩面哭泣／我反覆祈禱的命中之馬／怎樣更先進入隱秘的寺院／化為七塊被剔淨的骨頭？／飄飄欲飛的袈裟將在哪裏落下？／我的親人將在哪裏重新生長？／三柱香火，幾捧墳塋／德格老家我願它毫無意義／我願它無路可尋？／一萬朵雪花是否另一條哈達／早早地迎接這個靈魂／在人跡不至之處，仙鹿和白蓮叢中／最完善的解脫！／……」（維色，《德格——獻給我的父親》）。該詩是詩人因其父猝然病故而寫下的，對於父親的死，詩人沒有心理準備她無法接受，但冷靜下來她認為這也是一種「命中註定」，因此生與死在詩人意識裏就變得是那麼的神秘莫測。又由於藏民族的宗教觀念對詩人的深刻影響（詩人皈依了佛教），她在極度痛苦中的超脫，也源於宗教神秘力量的撫慰，於是在一種超越現實困擾的精神尋求裏，父親的亡靈便進入了那種神秘的極樂世界。

對於列美平措這位孤獨而憂鬱的探索者，他更是以一種超然、神秘而又充滿了寓意色彩的情緒體驗，為我們設置了一個蘊含著藏民族精神文化特質，詩化了的形象——半人半牛的形象。「假如你的思維隨我的步履行進／你就會感受我半人半牛的經歷」。列美平措在他的詩作《節日》裏，道出的這兩句寓意深刻的話語，不能不使我們想起古希臘斯芬克司留給人類那個獅身人面獸永恆的謎語。在列美平措所構置的那些神秘的話語裏，他把世界劈成了兩半——

感性的和理性的、物質的和精神的、現實的和可能的、今生的和來世的、此岸的和彼岸的。對這種始終困惑於這兩個世界的神秘的追尋，無疑具有本體論的意義。由此我們可以深刻地認識和把握神秘的雪域高原文化以及藏民族的整體形象。

在白族詩人栗原小荻那裏，那種神秘的體驗已不在於人本身的未知領域，而在於內宇宙（ex-cossmic）的無限與永恆，在於他對這種永恆無限的深刻體驗和追求，也正由於詩人的這種努力，才使得他的詩歌創作出現了高度哲理化和抽象的傾向，使得他的詩歌具有了較大的包融性和較強烈的寓意色彩，並且在他詩中那些有關「人、文化、符號」的設置中，使詩人所構置的話語體系產生了一種神秘主義（mysticism）的審美傾向：

> 一夜　雞鳴狗吠／一夜　蟋蟀糾鬥／撞醒／地球之東／火山／一夜岩漿噴湧／一夜　烈焰熊熊／亙古的莊園／四圍驟燃／赭黃的塵垢／捲起龍圖／以及破爛的咒符／和暗藏的屍／在空中哀嚎／鹹腥的灰燼／聲色勵懼／……／神龕　粉碎性斷裂／祖師　病毒性骨折／夜鶯的啼血／徹透地洗亮／亞細亞　這一條／光芒的　大運河／……
>
> ——栗原小荻，《臨界點》

在詩人的許多作品裏，在那些神秘的文化代碼中，在一種抽象的話語體系裏，栗原小荻以堅韌、沉鬱而又孤獨的生命體驗，來感悟人類情感的無限性和多元的人生價值取向。他在詩作中顯示了一種高度抽象、玄妙和神秘的色彩。

以一種宗教式的神秘來關照民族的精神和文化，從而獲得一種普遍的人類意識，來傳達一種對於自然、人生和歷史深刻的體驗與認知，這是重慶苗族詩人何小竹詩作一個明顯的特徵。在詩人的作品中曾多次出現「祖母」這個母性原型，他賦予了「祖母」一種不亞於苗人對女媧這個原始意象的崇拜意義。但這個「迷信祖母古銅錢」的「巴國王子」並不在乎「女媧兄妹亂倫」這個圖騰（totem）的民俗學意義，而感興趣的是祖母「推著石磨唱的盤歌」和「祖母之死」的深切懷念：「除了祖母／我已忘卻了山外的鐘聲」（何小竹，《黑森林》）。因此，詩人筆下的「祖母」絕不是個人血緣上的遺傳親本，而是一個種族賴以繁衍進化的情感象徵。

對「祖母」的依戀，也就是對遠古母性圖騰的膜拜，是一種現代性的戀母情結的變格形式，尤其是南方文化的母性模態潛在的神秘支配。如巫術受孕在詩人的《草神》中被描述為：「……／於是那些草莓子／代替我的母親（那個四月受孕的女人）／裝扮我成為／草野中的王了」。巫術文化的傳播在他的《羊皮鼓》中被想像成一種勞動的形式：「祖母扮成老巫婆的模樣／扛著老鷹鋤／栽種神話」。對月神（女性原型）的好奇心，在《黑森林》中被想像成：「祖母像一彎新月／坐在楓樹上」。而更具有巫術色彩的是那首《輓歌》，既有一種「神秘的互滲」，又有一種遺傳的感應：「我不崇尚暴力／我周身的魚骨排列著蠻族柔情的文字／那產卵的尾巴／在河流為女兒們造出紡織嫁妝的樓臺」。在這裏詩人決非簡單地重複巫術本身的咒語形式，它有著現實的文化價值指向，對於詩人如何擺脫現存的非藝術的干擾，並擴展想像的時空，提供了無限的可能。

雖然何小竹明白苗族文化作為純粹的地域文化已經失去了它「輝煌」的時代，正如更早時期巴國文化的神秘消逝一樣。但他卻深切地認識到自己的血液裏，苗族祭祀歌舞裏，大自然中的山石草木裏，依然大量沉積著它們的原生生命，他不願意擺脫那個「情結」，正如他不否認自己潛意識中依然甦醒著那些曾經使這個民族存在並壯大過的文化基因一樣。而現在他不是有意識地唱起祖母的「輓歌」，而是無意識的衝動使他用語言自然而然地參與到一個更大的文化實體中，去幻想著一個種族生生死死命運的神秘。

20世紀80年代以來，西南地區具有現代意識的少數民族青年詩人們，充分感到了橫亙在自我和歷史之上的文化系統的巨大的整體性和包容性，並試圖從中獲得從總體上把握人和把握生活的啟示，於是他們對文化認識和表現的範圍、層次頓然擴大和加深了，生活表象的迷人外殼不同程度地被掀開，文化塑造和養育成形的社會心理世界在人們面前展示出更為眩目和沉重的色彩。對於這種永恆的文化主題的表現，他們的詩作不僅僅是複寫和再現歷史或神話，而是通過這些象徵的框架結構灌注強烈的現代意識，使它成為一種氣象深遠博大的歷史折射和宇宙觀照。

第三節　尋求東方文化傳統、民族心理構架與現代藝術表現的融合

中國當代少數民族詩歌創作幾乎是處在這樣一個座標上：橫向是西方現代藝術及漢文化的影響，縱向是民族古老文化傳統的本質規範和潛在制約。在這相反相成的兩極邊限中，他們不斷地尋求詩

歌藝術的再生之路。他們在時代的視點和藝術根基之上，對樸質深厚的足下土地、神秘博大的民族精神，投入了更誠摯的愛和更深邃的目光。他們執著的探求，彙聚了啟人心智的現代思辨精神和悠遠深邃的歷史穿透力，是較高層次上的歷史反思和藝術觀照，以此求得東方文化傳統、民族心理構架與現代藝術表現的融合。

四川的藏族詩人遠泰、列美平措、蔣永志、桑丹，彝族詩人吉狄馬加、馬德清、倮伍拉且，羌族詩人何健、徐耀明。重慶的苗族詩人何小竹，土家族詩人冉冉、冉仲景。西藏的藏族詩人嘉央西熱、維色、達娃次仁。貴州的苗族詩人彭世莊、潘俊齡，侗族詩人楊文奇。雲南的白族詩人李芸，哈尼族詩人哥布，傣族詩人柏樺、莊相，景頗族詩人金明、沙忠偉、晨宏等人。隨著20世紀80年代劇烈的社會變革，躁動不安的時代情緒以及西方文藝思潮或多或少對他們的影響，使得他們覺醒了的自我意識，在審視民族的精神、文化和歷史的過程中，找到了一個更高的藝術視點，主體對客觀的直接把握也獲得了更深沉、博大的背景。

任何人的創作，都不可能擺脫本民族文化傳統對他的制約和規範。嘉央西熱、達娃次仁、遠泰、蔣永志、列美平措、桑丹等藏族詩人，吉狄馬加、馬德清、倮伍拉且、阿蘇越爾（蘇啟華）等彝族詩人則更是以其深厚誠摯的民族感情，清醒透徹的現代意識，開掘民族精神文化的積澱，表現為一種時代、社會和藝術自身發展之必然的民族文化意識的覺醒與強化。四川藏族詩人蔣永志的詩作裏，他則努力將目光投向養育過他的川西北神奇的土地和壯美的山河，詩人以一種清醒的冷峻和浪漫的憂鬱，審視著雪域高原藏民族的歷史和文化。他的詩篇裏所著力表現的是藏民族的精神特質：「……

／周而復始的只是歲月／無法挽回的是地老天荒／孤寂又有何妨／哪怕無盡的廝守長夜蒼茫／……」（蔣永志，《草地月》）。詩篇中所表述的是藏民族那種堅韌無畏、豁達超然、勤勞勇敢的民族精神。

對於彝族詩人而言，他們那種強烈的現代意識，更多地表現在對古老民族的生存狀態以及神秘的原始物象作深刻的審視。他們以一種充滿了強烈寓意色彩的方式，構織了一種神奇、幽遠和充滿夢幻般的藝術世界：「想起記憶中的人／目光清晰／年老的雪是黑色的／用石頭計算空間／淚水是光的淚水／時間在森林裏多麼瑩潔／汽笛聲從此由近而遠／黑的雪張開遠大的靈魂／吞噬石頭上溫暖的一切／……／雪是黑色的鷹是黑色的／石頭在潔白之鄉寫下零／你聽我說，我便說／這個零與我們相依為命／這個零與雪有關，只是今天／鷹用奇醜無比的死亡承認雪／惟有雪穿過寞冷之翅／在石頭和鷹的頭頂盤旋／我們齊聲朗讀神靈／……」（阿蘇越爾，《聽一位人談雪》）。在詩人的筆下一切都是那麼凝重和神秘，他幾乎是以一種充滿了強烈主觀寓意色彩的方式去觀照客觀世界，將人最本質的精神與靈魂抽象為現象的還原。

冉冉是一位具有較強的自我意識的土家族女詩人，在她的詩作裏，以「我」這個鮮明的主體形象介入了她作品中，以她覺醒了的寂寞而又獨立的靈魂，孤苦而又執著地尋求著前方那個新鮮而神秘的世界：

> ……／我是藍色的嗎？當睡眠／像另一棵樹罩在頭頂／我是紅色的嗎？當太陽／像另一隻鳥兒將我張望／我是白色的嗎？當雪／像另一種遺忘四下擴散／哦鳥兒／當我向你回眸

之時／我是棵光禿禿的鳴響的楓香／……

——冉冉，《在鳥兒的眼裏》

我來向你告別四月／紛紛揚揚的江鷗／會再一次覆蓋著我嗎／讓我沉默／讓我沉湎於你氾濫的紅毛葉／現在，我守在樹下／發放船隻／所有的船都分開曙色／駛向你／在你掌上顛簸不息／……

——冉冉，《白輪船》

詩人以她覺醒了的靈魂，以一顆無比細膩和真切的心體察著她周圍的世界，以她那種無比細膩的直覺和感知審視著時代與社會的真相。當代詩歌理論家謝冕在評述打倒江青等人的左傾集團以後，中國當代詩歌運動十年的總體風貌時指出：「詩人主體意識的恢復，使詩人對世界和心靈的思考具有了獨立的性質。詩人不再盲從，他敢於說出他所看到的世界的真相或投影……人們開始更加注重心理真實以及現代人的感覺。」[8]我們可以這麼認為是變革了的時代與開放了的社會，促使了這位年輕的土家族女詩人自我意識的覺醒與強化，使得她在創作時，更多地將藝術的凝聚點投向了個人內心世界的自審與開掘，並在那些極具民族地域特徵的背景中，找到傳達她那獨特的情感體驗的抒發點。冉冉以她那特有的內斂和自審意識，創造出了一個深情而委婉的主觀藝術世界。

---

[8] 謝冕，《巨變的解釋—詩歌運動十年（1976-1986）》，載《北京社會科學》1987年1期。

詩，從本質上說，是一種「自我反映」的模式，正如黑格爾所指出的：「它所處理的不是展現為外在事蹟的那種具有實體性的世界，而是某一個反躬自省的主體性的一些零星的觀感、情緒和見解。」[9]貴州苗族詩人彭世莊與雲南傣族詩人柏樺可以說是這種「反躬自省」的情緒的較典型的表現。他們在詩作中將覺醒的自我意識附麗於民族傳統的文化心理背景之中，通過兩者完善的詩性組合，來表達他們對生活的那種「反躬自省」的感悟、情緒和認識：

當年擰不乾的愁緒／留一片痕跡在衣角／誰把心弦揉碎　綿綿長長／扯成一根繩／陽光白花花地刺眼／舊衣裳面孔瘦小弱不禁風飄在風裏／往事　拒絕鮮豔／長長的日子就像／長長的辮梢／在井沿　繫著溫柔／井水潔淨豐盈／映亮在表姐的新衣裳上／紅紅的梅花圖案／相愛的細節濕潤芬芳／一瓣比一瓣／清晰／……

——柏樺，《鄉村人物素描・五、表姐的那件棉布花衣》

當鳥兒銜來風信的時候／心與夢就嫣紅了／你突然發現花兒爬滿腰肢／綠葉如衿／風中有裙裾飄動的聲音／在隨後來臨的雨季／露水與雨滴漫過發端／苦蕎花　依舊亭亭孑立於荒野／綠葉搖曳如歌吟／稠密的乳汁花瓣顏色的乳汁／終於張開你纖瘦的乳房／於一個古老的黃昏／流進一隻隻饑渴的唇／日月依舊　夢與花瓣依舊／源自泥土的想像／飛不出幽蔽

[9] 黑格爾（Georg Wilhelm Friedrich Hegel，1770-1831），《美學・第二卷》，商務印書館1979年，276頁。

的荒原／苦蕎花　我看見你眼眸瀅瀅／倚著一片苦味的葉／期盼千年／……

——彭世莊，《故鄉印象（三首）・苦蕎花》

詩人們以民族傳統的審美心態，擷取了極富特徵的自然物象，來抒發他們的情感，這些詩作所傳達出的心理節奏、感官情緒都是十分細膩、內蘊而委婉的。他們將自己內心的感受描繪得那麼的溫馨、憂鬱和充滿著期盼。

別林斯基（Vissarion Grigoryevich Belinsky，1811-1848）說過：「詩人是按照時代的精神塑造形象和自我的」。[10]時代趨向成熟和複雜化，同時也必然使人們的思考由平面趨向立體，由簡單趨向複雜。對於複雜生活的思考使得人們在頭腦中形成了多層次的、豐富的意識結構，因而，作為心靈對象化的詩歌，也必然在詩中謀求和建立與之相對應的多層意象組合空間，這是詩歌現代表現的本質。

作為深受外來文化影響的西南少數民族年輕的詩人們，他們的詩歌創作正是在這一點上，契合了我們關於「現代」的標準，它不是平面的單向複寫，而是借助於神話、歷史和文化這些象徵性的外殼，在詩歌中營造飽含思想的意象空間。這個空間是熔鑄自然本能、感受現實、文化反思、歷史意識等一個多層次的有機複合體。它致力於人們內心世界的開掘和複雜經驗的聚合，因而造成了自覺的縱深感，綿延的時間感和深邃的空間感。

---

[10] 轉引自錢中文，《現實主義和現代主義》，人民文學出版社，1987年，363頁。

筆者認為對於西南少數民族具有現代色彩的詩歌創作的意象空間由三個層面構成：一是民族精神、歷史文化以及現代意識，是按詩人內在尺度的自由組合來完成；二是由這種自由組合外化成一整套象徵體系時，由這種舊有經驗的創造性聚合而產生新經驗，這種新的經驗的產生帶來巨大的審美快感；三是在閱讀過程中，讀者進行分解破譯以上兩個層面，發揮潛在的抽象思辨能力，通過感悟而達到某種哲學境界。對於深受外來文化影響帶上了現代色彩的西南少數民族的詩歌創作，在他們作品裏貫注了強烈的自我意識，他們常常把外部世界的固有形狀和正常的時空秩序打碎或變形，隨心所欲地根據自動方式和瞬間的邏輯情感，去恣意擺弄意象及創造語言。

第十二章

中國當代民族戲劇創作中的象徵主義

第十二章　中國當代民族戲劇創作中的象徵主義

最難理解的莫過於一部象徵的作品，一個象徵總是超越它的使用者，並使它實際說出的東西比他有意表達的東西更多。

——阿爾貝・加繆[1]，《西西弗的神話》

在當代一些少數民族劇作家的作品中，超時代、超社會的時間空間，死、美、堅忍、命運、英雄主義、信仰與愛等主題，風格化的舞臺演出，詩化的語言，這些可以說是象徵主義戲劇的一般特徵，在劇作中，它們和諧地觸為了一體，創造了一個神秘的精神世界。尤其是劇作中的反理性、反情節與反傳統的戲劇藝術，更多的運用直覺、直感和象徵的方法逼視人的潛意識深處，並盡力使其得到充分的體現。這種與民族傳統迥異的藝術表現，使得中國當代民族戲劇藝術走向了一個更為自覺的階段。

[1] 阿爾貝・加繆（Albert Camus，1913-1960），法國小說家、戲劇家、評論家，劇本主要有《誤會》（1944）、《卡利古拉》（1945）、《戒嚴》（1948）和《正義》（1949），小說《局外人》（1942）、《鼠疫》（1947）與哲學論文集《西西弗的神話》（1942）等。

無疑在中國當代少數民族文學創作中，戲劇是一個十分薄弱的環節，而對於深受本民族藝術傳達方式的影響，其藝術視野與戲劇表現方式相對單一，與自成體系的中國當代民族劇作家而言，要他們接受西方現代主義戲劇藝術的影響，改變自己傳統的藝術言說方式，這是一個具有挑戰性的問題。

但當中國向世界不斷開放，當現代生活越來越普遍改變著人們的生存方式與審美方式，人們的精神世界經受著前所未有的衝擊，對相對較為封閉並有著自己獨立的文化形態、存在狀態的中國當代少數民族的戲劇創作產生了前所未有的影響。尤其是一些年輕的少數民族劇作家，吸收了許多具有西方現代主義藝術特徵的表現手法，形成了他們完全迥異於本民族戲劇藝術傳統的表現形式，從而使中國當代少數民族的戲劇藝術，形成了與當今世界戲劇藝術交融與對話的格局。而在少數民族劇作家對西方現代主義戲劇藝術接納的過程中，其創作中體現出來的象徵主義藝術傾向是其顯著的特徵。

這類具有代表性的當代民族劇作家如：回族的沙葉新、霍達；滿族的趙紀鑫、金行健、吳雲龍；藏族的普華傑、貢卜扎西、阿瑪次仁；蒙古族的孫德民、超克圖納仁，彝族的克惹丹夫；朝鮮族的李光洙；侗族的梁維安、普虹、揚成林；土家族的張子偉、宋聲錦；傣族的蕭德勳；白族的張繼成、楊明、栗原小荻；納西族的和漢中；布依族的王廷胥、孫紅兵；仫佬族的常劍鈞、賴銳民等等。他們以一種清醒的自我意識站在時代的前沿，試圖打破民族傳統的戲劇藝術模式，而重新構建一個民族戲劇藝術的新天地。

第一節　具體的社會與歷史衝突在消失，抽象的是人類普遍的靈魂

在象徵主義戲劇中，幾乎沒有具體的社會與歷史的衝突，而往往只有精神力量、思想觀念的衝突，具體的社會與歷史衝突在消失，而抽象出的是一種人類普通的，以及充滿了魔力的精神與靈魂。

19世紀90年代，象徵主義戲劇在歐洲興起，在許多方面，它與當時盛行的現實主義戲劇完全不同。現實主義戲劇專注於對利欲主義的社會進行政治上、道德上的批判，而象徵主義戲劇則對改造社會已感到絕望，它逃避現實社會，企圖從精神上、藝術上超越它。象徵主義戲劇的種種努力，開始了戲劇的現代主義進程。

在象徵主義者看來，藝術不僅僅是要再現生活，更重要的是要揭示生活的本質。象徵主義戲劇的代表人物莫里斯·梅特林克（Maurice Maeterlinck，1862-1949）認為，生活是某種原始的、枯燥的、無聊的東西，我們再去重複它沒有任何意義，「人有許多領域比他的理性和聰明更加聰明、更加豐富、更加深刻、更加有趣……」[2]這就是隱藏在理性生活背後的人類普通的、寧靜而充滿魔力的靈魂，對於我們被認識論弄得「衰弱的眼睛來說，我們的靈魂經常顯得是一切力量中最瘋狂的力量。」[3]象徵主義戲劇大師葉芝也指出：「一切藝術分析到最後顯然都是戲劇，戲劇藝術講究獨特，

[2] 梅特林克（1862-1949），《日常生活中的悲劇》，載《外國現代劇作家論劇作》，中國社會科學出版社，1982年，206頁。

[3] 梅特林克（1862-1949），《日常生活中的悲劇》，載《外國現代劇作家論劇作》，中國社會科學出版社，1982年，208頁。

講究靈魂根據自身規律表現自己，讓靈魂按自己的格局佈設天地，好像撒在鼓面上的沙，隨演唱樂曲而千變萬化。」[4]梅特林克一語道中了象徵主義的美學主張：「凡是由內在需要產生並來源於靈魂的東西就是美的。」很明顯，象徵主義戲劇追求的是一個神秘的精神世界，並把它作為理想，來與平庸的現實世界相抗衡。關於這一點，在仫佬族的常劍鈞、彝族的克惹丹夫、白族的栗原小荻以及布依族的孫紅兵等人的劇作中有所體現。

如廣西仫佬族劇作家常劍鈞的話劇《老街》就頗具象徵色彩，作者要體現的是一個很有時代意義的主題：「老街」是一個坐落在九萬山麓中的小城鎮，有數千居民，一千多年歷史，是一個「最擔心被歲月遺忘」的地方，是「一個生長『黑色幽默』的地方」；這裏的人民面對20世紀最後20年中國經濟的轉型以及隨之而來的體制、文化轉型，內心充滿了困惑、激情與希望。全劇旨在表現這種包含了豐富歷史內涵的戲劇性的內心狀態，把這種狀態變為劇中人鮮活言行展示在舞臺上，呈現於觀眾前。寂靜的大山、淤積著死水的野塘、停滯的時間、微弱的燈火、灰暗的天空……每一個景象各具意蘊，又形成統一的話語系統，我且稱之為「意象群落」，群落內的單個意象相互連接、和諧依託，卻構建一個並不和諧的氛圍。整個劇作的主色調也正是通過這一系列意象群體逐漸瀰漫開來，正如劇作直接表明的那是一種心靈的痛苦、快樂與憧憬。劇作中的死亡是生命的終結，同時它也是虛無的象徵。

常劍鈞在劇作中，由於他為了使作品獲得對從一般意義上的對時代意義的表現，概括出社會生活的本質，於是他虛構了時間、地

---

[4] 《外國現代劇作家論劇作》，中國社會科學出版社，1982年，44頁。

點這些物質環境，企圖達到一種永恆性——即抽去了作品的特殊時代性與地域性，使其具有了普遍的意義，這也是他作品的象徵性。

四川白族詩人栗原小荻的電視劇詩《血虹》其故事並不複雜，但具有濃郁的象徵色彩。作品通過海的女兒苔阿媛與山的兒子達爾韃的戀愛為線索，透過這個故事的表層，作者象徵地傳達出了他對人類命運的終極關懷，對人與人之間相親相愛的大同世界的熱切嚮往。作者在第一樂章「創世豪唱」中作了這樣的概括：「熱愛世界和平／匡扶世間正義／發揚民族精神／珍視個體生命」也就是希望人間出現這樣一個令人神往的境界：「世間極為友好／沒有械鬥發生／也無權利爭吵／繁衍生息／各有樂趣」。在《血虹》中，這種超越時空的對人類命運的終極端關懷是與作者獨特的民族精神融為一體的。在劇中，作者以滿腔的激情歌頌了中華民族歷史上的一個偉大人物：「舉世無雙的駿馬之神——成吉思汗」。在他建立的大國裏，民族興旺，人民安康。實際上在詩人浪漫主義筆觸下，成吉思汗是中華民族民族精神的一個象徵——永遠賦有創造激情，與生命力的高度象徵。作者藉對成吉思汗的謳歌，象徵地傳達了他對這種民族精神的無限神往，在劇中作者強調的是一種精神力量，努力使觀眾離開現實，進入他所創造的神秘而崇高的精神世界，從而使他的作品獲得了一種超越歷史與現實的美。

四川彝族劇作家克惹丹夫在他的電視劇《山神》中抽象出的同樣是一種人類普通的，以及充滿了魔力的靈魂，而現實生活中的矛盾衝突被淡化，作者展示的是一個理想化了的藝術世界，努力逃避著現實社會，並企圖從精神上、藝術上超越它。作品著力關注的是大畢摩沙瑪達也的心靈世界，在一種帶有強烈宗教色彩與神秘的彝族文化氛圍的渲染中揭示一個神秘的精神世界。

從傳統的視覺看，戲劇性是戲劇美學最基本的問題，戲劇性也是戲劇藝術最基本的特徵，傳統戲劇美學認為戲劇性根源於現實生活，它是現實生活事件的再現和反映，它的「任務一般是描述如在眼前的人物動作和情況來供表象的意識觀照」[5]。與之相反，象徵主義是一種表達思想和感情的藝術，但不直接去描寫它們，也不通過具體的意象、明顯的比較去揭示它們，而是暗示這些思想和情感是什麼，運用未加解釋的象徵使觀眾在頭腦裏重新創造它們。在彝族的克惹丹夫、仫佬族的常劍鈞、布依族的孫紅兵、白族的栗原小荻等中國當代一些民族作家具有象徵主義色彩的戲劇中，他們反理性、反情節、反對傳統戲劇奉為神明的表現形式，而更多地運用直覺、直感和象徵的方法直逼人的潛意識深處最神秘、最深層的地方，並盡力使其得到顯現。他們的努力使得中國當代民族戲劇藝術走向了一個新階段。

第二節　充分表現生命意識與存在的意義，建構起理想化的藝術世界

具有象徵意義的劇作，往往追求深邃、神秘而開闊的意境。神秘而富有表現力的原始圖騰、自然物象、宇宙星辰是人類最早具有獨立意義、最能賦予象徵色彩的具有獨立的審美形式的創造。因為

---

[5] 黑格爾（Georg Wilhelm Friedrich Hegel，1770-1831），《美學》第3卷下，商務印書館，1982年，247頁。

當劇作家將客體物件作為具有象徵色彩的藝術關注對象後，並且它們擺脫了物質上的束縛，能夠超越實際的空間和時間而獲得更大的包容性，因此藝術家也就能更充分地表現自己所追尋的生命意識和生命意義，建構起理想化、心靈化的藝術世界。

彝族劇作家克惹丹夫編劇、四川涼山州歌舞團演出的大型民族歌舞劇《月亮部落》，藝術再現了彝民族山一樣重的歷史，它在給予我們賞心悅目的藝術享受的同時，使我們的心靈受到了極大的震撼。為了生存，為了尋覓傳說中月亮女兒居住的月亮壩，一群彝族先民開始了艱苦卓絕的跋涉，當他們盡情品嚐了月亮壩賜予的歡樂與甜蜜之後，他們不滿足於已有的美好而企盼更新生活的時候，對權力、地位以及情愛的本能慾望，導致兄弟反目，部落分裂，於是他們只能以人類最寶貴的鮮血和生命為代價來完成對生存狀態的選擇。透過一個部落的命運走向，我們看到了一個古老的山地民族興衰沉浮的歷史在藝術的演繹中昇華流淌，並引領我們不得不去思考生命、存在、死亡、宇宙與自然等這樣一些具有普遍人類性的課題。

該劇具有強烈的象徵色彩。如劇中有這樣的情節：月亮女兒紅雲，安詳寧靜地隨著明亮的月牙，裹著薄薄的雲靄，緩緩從山巔升起，第一個亮相，整個部落人群為之驚呼「阿一波！」，紅雲教姑娘們織毯，她穿梭於五彩繽紛的霓虹絲帶間，伴著優美的歌謠，她就是美好的象徵；蕎花少女們迎著晨曦舒展著枝葉，紅雲和拉諾在蕎花叢中吹著口弦，唱著情歌，她沉浸漫遊在幸福的愛河之中。月亮部落打敗了來侵佔草場的黑山部落，活捉了沙鐵。勇士們一片「殺！殺了他！」喊聲，紅雲急切、深情、沉痛、婉約地唱出：

「看眼前，捆著同胞兄弟……」力主融仇化冰再作親兄弟，放了沙鐵。大旱天災，紅雲苦勸從黑山部落引水修渠被拉諾斷然拒絕。皮鼓陣陣，長髮急舞，祭詞聲聲，火把高舉，拉諾決心為部落生存而獻身，柴堆即將點燃。昏厥的紅雲掙扎起來踉踉蹌蹌奔向山頂，對天呼號，揮臂急舞，拼命轉旋，感天動地，喜雨從天而降。拉諾用皮鞭鐵鏈對待投靠他的黑山部落人群，沙鐵之子木呷帶領黑山人反抗奴役、械鬥與拼殺。紅雲悲痛已極，高歌急呼，制止無效。亂刀雜劍的慘烈拼殺中，紅雲被狂怒的拉諾刺中胸膛，倒在血泊中的紅雲，用盡全力給拉諾說出最後一句話：「部落和睦，才能強盛」。靜穆的群山迴盪著紅雲悲切的聲音。在帶有神秘而強烈的象徵色彩的戲劇氛圍中，人物與主題獲得了深刻的表現與統一。

克惹丹夫的電視劇《山神》也極富象徵色彩。該劇表現的是畢摩的兒子沙馬達，在其父死後繼承父業也成為一個大畢摩，為完成其父沒有完成的事業而毅然辭別母親，去大山的後面尋找一塊沒有痛苦、沒有災禍、沒有鬥爭、沒有仇殺、和平溫馨、美麗而幸福的樂土的坎坷經歷。劇中對於圖騰宗拜、祖靈崇拜、自然崇拜、習俗祭典、神話史詩以及畢摩形象的描寫，尤其是多次出現瞎眼老人吟唱史詩《勒俄特依》情景等都具有象徵性。克惹丹夫在劇中還將沙瑪達塑造為對整個漫長的彝族奴隸社會的文化和歷史，進行反思和總結的象徵性形象，應該說這是相當宏大的設想，劇作者也初步達到了預期的目標，因為劇作者通過一個畢摩的人生之旅，象徵地顯現了一個民族在歷史長河中的精神探索與文化覺醒。

黑格爾（Georg W. Hegel，1770-1831）認為：「在藝術表現中，抽象的觀念常常無法為自己找到一個吻合的感性形象，於是，這種抽象的理念在諸多自然現象中徘徊不定，騷動不安。它最終只能將自己勉強粘合於某形象上，甚至不惜歪曲、割裂、誇張形象的自然形態，從而使它提升到理念的位置」。[6]黑格爾對象徵思維的論述深刻地揭露了這種思維方式的特徵。象徵主義注重表現一種心靈狀態的深化，象徵主義所提出的文學藝術是心靈對客觀物的感應、改造和象徵的原則，揭示了文學藝術本質特性的重要內核。克蕙丹夫在《山神》中完成了這種超越生命的自然規定性的象徵活動，使人們獲得自救，尋回一條返回生命最深源泉的途徑，喚回這個時代文明的匱乏和殘缺，使現代人與遙遠的原始意象相交融，從而複歸於生命的原始境地。

河北蒙古族劇作家孫德民的話劇《聖旅》表現的是西藏第六世班禪佛爺從邊陲雪域東行至熱河，朝覲清朝大皇帝並祝賀乾隆70大壽的故事。該作以詩的激情再現了18世紀清初的兩位歷史偉人心儀已久的歷史性會見，在藝術上追求一種神秘而開闊的意境。劇作中神秘而具有獨立審美特徵的自然物象、宇宙星辰往往成為了具有表現力的文化符號；尤其是始終搖著轉經筒並不與班禪一行人處在同一個現實時空中的藏族老阿媽，頗具象徵色彩，她在一個詩意空間裏傳達了六世班禪佛爺的藏族信徒們遙祝班禪佛爺一路平安的美好心願。她的出現使作品建構起了一個理想化的藝術世界，她象徵著人類由於其渴求感、使命感和理性精神，勇於探索蘊藏在宇宙和自然中的生命意志、堅毅精神和智慧品質。

「尋找」（Looking for）是歐洲文學的原型性主題之一，也是歐洲近現代文學的獨特結構模式。但丁《神曲》中冥遊三界，終而在道

---

[6] 黑格爾（Georg Wilhelm Friedrich Hegel，1770-1831），梁志學等譯，《自然哲學》，商務印書館，1980年，167頁。

德和精神上接近上帝的模式；歌德《浮士德》中的五次追求，貫穿永不滿足現狀、不斷追求探索的自強不息精神，都是這一藝術模式的成功之作。這也許正是象徵主義藝術大師梅特林克在他的劇作《青鳥》中象徵性的表現追尋理想與現代文化的主題。人類由於其渴求改變自身處境的自由意志，帶著強烈的使命感，在理性的指引下，自強不息，勇於探索，方可實現自我，有所作為，這正是現代人類精神的自由之路。一些民族劇作家在他們的劇作中鮮明地體現了這一特徵，如侗族的吳定國在他創作的《侗女神韻》、土家族的張子佛在他創作的《黑空傳奇》以及白族的栗原小荻的《血虹》等作品中都得到了不同程度的表現。如《血虹》劇作所表現、所尋求並努力去建立的正是一種對人類命運的終極關懷：苔阿媛是海的女兒，達爾韃是大山之子，兩人所傾訴的內心情感，或稱之兩人的靈魂，正是追求一種符合本質的人性美與和諧感。女方的背後有「先王」魂靈牽制著，她要解脫歷史的藩籬，與男方結成一種新的人際，編織新的美麗的愛情錦畫。所以她從內心深處呼籲出：「先王呵／我籲請你／別怪我的莽撞／為了整個人類的生存境遇／我不能不違拗／你從前的囑託和意志／我要跟你仇敵的後裔／再一次地結為同盟／共創世紀新的文明」。慾望的渴求、理想的指引促使她完成追求的過程。作品突出渲染了自然的神秘和與人類的對抗力量，並賦予自然存在以靈性、智慧等品質。「尋找」意象在作品中得到了充分闡釋，作者深切地探索和追求美好的未來，這正是對人類的警示和對人類前景的無限憧憬，作品以此建構起了一個理想化、心靈化的藝術世界。

第三節　以強烈的對抗意識表現人生的虛無與荒誕，表達超驗的心靈感應

表現人生的荒誕與命運的無常，除運用暗示、隱喻等表現創作主體的內心的感受之外，表達超驗的心靈感應，回歸自我意識，也表現出對主體的回歸和超越。象徵主義戲劇所表現的人生虛無與荒誕的主題，其中有著強烈的對抗意識，即通過對抗進行批判，也就是通過非理性與信仰危機的反作用力去加固理性與信仰的傳統情結。所以當理性變為非理性，作為一種異己的力量橫陳在信仰面前，窒息著人的信念、扭曲著人的生命形態的時候，人就將對現實與存在進行否定與反抗。

上海回族劇作家沙葉新的話劇《耶穌・孔子・披頭士列儂》，其主題的象徵意蘊展開在不同文化、哲學背景的比較上而使該劇具有較為開闊的視野。該劇將沙葉新的喜劇性的世俗趣味和對人生社會的宏觀思考協調在一起，顯然，耶穌、孔子和列儂已經超越了形象本身的意義而被賦予了不同的哲學文化色彩。承載文化思考和敘事性層面的是一個熙熙攘攘如市井的天堂，若有若無幻景般的月球以及金人國和紫人國，劇作以絢麗的想像和哲理意識完成了一種寓言式的構造。天堂裏，上帝已經忘記了他的誓約，而人類事實上在拋棄上帝以前已經被上帝遺忘。自古以來，人為了擺脫災難，都借助神力，神已經疲勞不堪了。人，早就長大了呀，他還要依靠神嗎？但是，人卻在「瀆神」的歧途上邁向邪惡。

對真實的注重與強調，是西方文學由來已久的價值觀，它源於西方文化的基本特質，與西方理性主義傳統密切相關。劇作運用理性的思考對社會現實作了深入的剖析，作者通過人類社會中不同價值觀的對立，通過對拜金主義和極權主義傾向的諷喻，揭示「人如何完善自己的生活，什麼樣的社會才是健全的社會」的命題，呼喚超越時空的理想存在。不過，劇作由於主題性象徵的意蘊過多地流失於淺顯層面，因而缺乏一種維繫全劇的戲劇張力。神子耶穌、聖哲孔子和披頭士列儂因為承載了不同的文化、哲學背景而較多地具有理性色彩，但是，他們又經常被淹沒在具有世俗色彩的喜劇性情趣中，於是，主題性的整體象徵意蘊散失在局部的、充滿機趣的喜劇性場面中。但通過作品人們仍可深切地感受到只要真誠尋覓、勇敢探索，那麼人類獲取並領悟自然的智慧資訊終將是可能實現的。從這個意義上，該劇通過人與宇宙靈魂的對話，敘寫了一部現代精神預言。

雲南納西族和漢中的劇作集《詩心尋夢》除收集了作者獲獎的劇本外，還有電影文學劇本《西南酋傑》、《被人遺忘的王國》、《遙遠的女兒國》等。作者的不少作品的表現方式都是現實而傳統的，但在這種主體藝術表現形式之外也同時不乏象徵的色彩。他對主題的表現、對人性的把握與張揚，都緊緊圍繞對人生命的關注與叩問，圍繞對人類靈魂的呈現與展示而進行。人類由於其渴求感、使命感和理性精神，運用其自由意志勇於探索蘊藏在宇宙和自然中的生命意志、堅毅精神和智慧品質，這正是象徵主義所強調的藝術表現方式。和漢中的劇作在對真、善、美的充分張揚中，表現了一種強烈的對抗意識，並通過對人生社會充滿哲理的思考，對現實與存在進行了否定與批判。

與此相關的還應予以關注的另一問題是當代康巴藏戲中的象徵色彩。在神秘的宗教色彩與濃郁的民族文化氛圍中，主要運用暗示、隱喻等表現創作主體的內心的感受，力圖獲得內心世界的最高真實，創造純粹詩的境界，表達超驗的心靈感應，展示一種人與命運強烈的對抗意識。劇中所出現的王宮、仙山、魔穴、江河、湖海、農家、牧居等，瞬息之間，互為轉移，而在一種帶有神秘的宗教色彩的籠罩下，宇宙彷彿成了一座象徵的森林，這林子黑森森，灰濛濛，神秘而恐懼，幽昧而恐怖，幽靈時現，盤踞著原始的生命和神秘殘酷的命運。劇中的人物多被這片森林中的鬼魂、地獄、黑井，烏黑的沼澤層層圍住，無論他們怎樣奔波、掙扎，也逃不出這怪圈一樣的牢獄的殘酷煎熬。再伴之演出時面具、臉譜、服飾、道具的運用，人物的虛擬等虛實結合，各種手段的綜合運用，構成了康巴藏戲的象徵色彩，獲得了人們的認可。在這裏有深刻的象徵意義，它不是關於人類認識自然、征服自然的主題，而是當代康巴藏戲中所獨特展示的動植物之靈性、果敢、智慧、生命力等品質，和作為尋找它、掌握它的人類之間關係的象徵。人類必須直面這種神秘和對抗，方可獲取生命的真諦。

總的看來，我們可以這樣認為，中國當代少數民族劇作家在一種勇於探索蘊藏在宇宙和自然中的生命意志與精神特質的同時，更隱性地傳達了他們的哲學觀、自然觀以及他們對人生社會的深刻體察。他們通過心靈、情感、思辨等重新組合物象，而一系列物象又共同表現一個主題。他們通過暗示、烘托、對比和聯想等方式，由此及彼，由表及裏表現出作者所欲創造的意境。中國當代戲劇創作中象徵主義的出現，這既是少數民族劇作家對民族戲劇傳統的背離，又是他們面向新時代的開始。

第十三章 意識形態、主體建構與中國當代少數民族報告文學

第十三章　意識形態、主體建構與中國當代少數民族報告文學

我們知道，獅子比馴獅者更有力量，而且馴獅者也知道這點。問題是獅子並不知道這點，很可能文學的死亡會有助於獅子的覺醒。

——伊格爾頓[1]，《當代西方文藝理論》

代表少數民族最高成就的「駿馬獎」已經成功舉辦了八屆，評選出了若干有分量的報告文學作品。可是少數民族文學並不是市場

[1] 特里・伊格爾頓（Terrey Tagleton，1934-　），當代英國最有代表性的「新左派」文藝理論家和批評家。主要代表作有：《批評和意識形態——馬克思主義文藝理論研究》（1975）、《馬克思主義與文學批評》（1976）、《瓦爾特・本雅明或革命批評》（1981）、《文學原理引論》（《審美的意識形態》（1990）等。伊格爾頓對於審美意識形態和文學生產理論的深入研究、對「英國文學研究」的精闢分析、對現代西方各種文化理論的適時批判，以及對包括後現代主義在內的當代西方各種文學現象和文化現象的分析，使他成為當代西方最具國際聲譽的馬克思主義文學批評家和文化理論家之一。

經濟時代的熱點文學話題，報告文學尤其如此。本文要做的並不是去評論文學以及少數民族報告文學的興衰問題，而是從意識形態理論的角度為我們提供一個看待當代少數民族報告文學的方式。在這個意義上，少數民族報告文學成為了我們的文化研究文本。

要談到意識形態理論與中國少數民族報告文學的關係，就不能不先談到阿爾都塞的意識形態理論與主體性建構問題。

第一節　意識形態召喚與主體建構

法國哲學家、「結構主義馬克思主義」的奠基人，路易士・阿爾都塞（Louis Althusser，1918-1990）[2]擺脫了以往單純評價意識形態真假與否的爭論，從社會結構出發，使其作為一種實踐性的構造活動，完成了社會再生產的要求，從而解決了意識形態如何實現維護現實機制的問題。他強調社會為了發展，意識形態必須製造維持社會秩序的主體。他說，「意識形態『表演』或『起作用』的方式是，它從個體（將他們全都進行轉換）中『徵召』主體，或者通過我稱作『質詢』或招呼的準確操作將個體『轉換』成主體。」[3]在這個問題上，阿爾都塞還借鑒了拉康的鏡像理論，將個體如何被詢喚為主體的具體過程，即自我如何從想像界轉入象徵界做出詳細說明。拉康將語言在自我認同與他者的過程中的關鍵性作用凸顯出來

[2] 路易・皮埃爾・阿爾都塞（Louis Pierre Althusser，1918-1990），法國著名哲學家，「結構主義馬克思主義」的奠基人，主要著作有《孟德斯鳩、盧棱、馬克思：政治和歷史》、《閱讀〈資本論〉》、《自我批評》等。

[3] 〔斯洛文尼亞〕斯拉沃熱・齊澤克，《圖繪意識形態》，南京：南京大學出版社，2002年，124頁。

了。所以，文本的結構方式與作家的主體意識有著深刻的關聯。文本的語言顯示出了作者的無意識慾望的結構，有助於我們分析作家的精神世界。

意識形態對文學創作的滲入與影響有多種方式，其最典型的一點莫過於通過對作家的主體性建構來完成。但是，那畢竟是外部環境的研究。如果依據伊格爾頓的觀點，把創作文學的活動本身看成是意識形態的實踐性活動，看成是一種意識形態生產的話，那麼最好觀察作家的主體性的文化身份建構的視角就是他們的文學作品了。

首先，阿爾都塞認為，社會結構或意識形態先在於個體。福柯認為「話語給不同的社會群體預設了和他們階級一一對應的主體地位，他們存在方式、行為模式甚至思維方式都已被預置，一旦為相應的場景啟動，主體就在給定的位置執行言語行為。」[4]當我們對於少數民族報告文學進行意識形態話語分析後，可以發現在部分作品中顯示的共性。

作家彷彿先在地、集體性地建構了一個修辭話語並且為主體貼了標籤，具體說來，就是要塑造一個怎樣的人物，人物怎樣被最塑造，即怎樣被「召喚」為主體形象。然後再輔以局部的修辭話語，強調政府和黨在自我處於「想像態」時發揮的作用。最後完成話語參與主體的精神建構，即人物的自身與鏡中的形象同一化了，進而作為主體的形象確立。

---

[4] 錢圓銅，《批判性話語分析向度的主體建構》，載《中南林業科技大學學報》，2011年，第2期。

這尤其體現在毛澤東時期，如回族穆青等人的報告文學《最鮮豔的花朵——草原英雄小姊妹龍梅和玉榮》，報導了「內蒙古達爾漢茂明安草原新寶力格公社蒙古族社員吳添喜的女兒雖然沒有革命身份，但是文本中特別強調了她們從小受「集體主義思想教育」，並且有父親的教育批評。她們與父親最終達成認同，認為「『公社的』和『我們的』是同一概念」等等話語。而2000前後滿族周建新的《飛天驕子——楊利偉》在第一章就清楚地指陳了楊利偉的身份——「航太英雄」，接著從他的出生回憶起一直到他當上宇航員的一生經歷。從看電影《林則徐》，寫作文《周總理接見了我》等典型故事的敘述，到「國境線」（男女生桌子上的界線），「簡直是打日本鬼子的飛機一樣過癮」（擊落蜻蜓）等的修辭話語的凸顯，楊利偉作為愛國英雄的主體形象塑造就完成了。但同時，個體的主體意識也有一定的自由空間。文中也有非常私人化的一面，比如春天愛放風箏，畫畫愛畫月亮等，豐富了對楊利偉的主體建構。

其次，意識形態的召喚往往是通過直接「命名」來實現的。拉康認為，這種命名使個人被「大人」詢喚為某個符號，也就是說，命名是主體建構中的一種重要方式[5]。如蒙古族蕭乾的《萬里趕羊》）通過一個老漢的話：「可是你們各位做的是咱們政府的工作」來「召喚」送羊的隊伍的意識形態主體形象的建構。文章結尾有了這樣的思想認識，「可是共產黨的幹部比石頭還要硬」。在20世紀80年代，一部分作品還是延續了這樣的敘事邏輯。壯族韋明

[5] 轉引自羅西鴿，《當代少數民族作家的身份建構與小說創作》，上海：復旦大學博士論文，2011年，4期。

波的《她的心》報導了廣西防城縣峒中公社供銷社副主任陳玉英的先進事蹟。在這篇報導中，也有這樣的語句：「我也是個『小蘿蔔頭』，好歹是個副主任，不算『頭』，也是共產黨員，還是民兵副排長哪，我能往後挪？」這樣的方式正如同阿爾都塞所說的「打招呼」或「命名」的方式，一再追認著人物是誰。

再次是敘述方式和話語修辭符號背後的對立結構模式的普遍使用。敘述的事件的背後核心是人物的精神世界的改變。雖然表面是線性敘事模式，但深層次的是人物精神改變前／改變後的靜態的對立模式。在線性的敘事背後實際上隱藏著一種類似進化論的思維模式，由此完成了人物身份的更替——或者由過去不夠強大的普通人變為了堅定的共產主義者，或者由邊緣的少數民族身份走向了融入社會生活的主要參與者。「修辭作為意識形態權力關係的展示，還表現在新舊意識形態概念的二元對立關係上。意義產生於對立。……建立起一套鮮明的二元對立的政治辭彙系統。」如在京族李英敏《五指山上飄紅雲》一文中，先是講到黎族人民被國民黨污蔑為「長尾巴的野人」，後來領導者王國興積極要求加入中國共產黨，解放後當了五指山黎族苗族自治州州長。另外，該文在場景修辭上也十分典型：「在茫茫的霧海中看到燈塔一樣，像在深沉的黑夜裏見到火光一樣，像在沙漠中走路發現泉水一樣」，這些話語極具寓意。霧海、黑夜、沙漠都是黑暗的一面；相反，燈塔、火光、泉水和王國興夢到的紅雲都是光明的象徵。

事實上，阿爾都塞本人充分肯定了意識形態的社會必要性，「意識形態是個體與其真實存在條件的想像性關係的一種『表徵』」[6]。所以，它支配著個體對於自身生存狀態的判斷，即是說它也是弱勢群體維持身心生存的需要。新中國成立以來，一方面，國家對少數民族的身份核定以及對作家創作的外部環境的構建都旨在將少數民族納入整個國家的社會大生產中，使其成為民族國家的重要組成成員，構造「想像的共同體」的政治文化意識以便維護現存社會秩序的正常運作。這種狀況尤其適宜於建國初期。因為我國各個民族發展的情況差異較大，複雜性強，所以，這種邏輯一直延續至今，而且它對於漢族人群同樣適用。另一方面，少數民族自身也受到了政府的「感召」，自覺地進行自身的主體建構。對於少數民族而言，同樣需要確立自身在社會秩序中的位置。

第二節　症候式閱讀與民族意識的建構

阿爾都塞將拉康的精神分析方法運用到文本的閱讀中，認為一個文本並不僅僅在說它表面看似要說的東西，那些「顯在話語」（explict discourse）背後還隱藏著「潛在話語」（silent discourse）。「潛在話語」不能從字面上理解，也不以作者的清楚的思想意圖為指歸，而是將文本看成是一個非透明的、可疑的對象來看待，它是無意識的症候。這就是「症候式閱讀」的思想要領。閱讀法的關鍵是發現雖然蘊含在文本中但未被發現的問題框架。運用「症候式閱讀」的技巧，在文本中查看「斷裂和沉默」的地方，找到新的問題框架，從而揭示作家的無意識心理。「當代西方馬克

[6] 〔斯洛文尼亞〕斯拉沃熱・齊澤克，《圖繪意識形態》，南京：南京大學出版社，2002年，117頁。

思主義批評的諸多流派，在進行具體的文化批評時，傾向於將文學文本看成各種意識形態話語衝突、妥協與交匯的場地，從而分析某些話語要素、某個關鍵字的多義性背後的意識形態問題」[7]而一旦揭開了意識形態問題，那麼主體的建構的複雜性就凸顯出來了。如果我們承認「主體」的持續建構的能動性，那麼通過分析無意識在文本中的呈現以及文本背後的無意識慾望，就可以發見更積極也更隱蔽的主體建構方式的存在。

首先，阿爾都塞一再強調意識形態只有在統治階級掌握中才能構建主體，意識形態詢喚與主體構建是一體兩面，但事實上，這樣的詢喚方式是各種意識，包含民族意識進行主體構建的共通方式。詢喚，就是「阿爾都塞所說的『日常生活中意識形態認識的物質儀式實踐」，在這個儀式中發生了一種「自然而然的意識形態互指功能」。[8]所以，在文本中人物互相指陳的名字以及命名方式就成為了我們觀察少數民族作家主體的民族意識的最好視角，因為前者就是後者的表徵。

如蒙古族布仁巴雅爾的《良心》中作者有過這樣的「命名」記錄：「活潑聰明的烏雲——株美的蒙古族名字」，在回族馬泰泉的《牛街故事》中，第一章特別談到民警對回族的風俗、禮節如數家珍，如民警對群眾道一聲「您封齋好」。平時他們不喊「大爺」喊「大伯」，並道聲「色倆目」。如果說這些還比較顯性的話，有些話語則更富隱蔽且更富意味，壯族蘇方學的《祖國的翅膀》中

[7] 孟登迎，《意識形態與主體建構》，北京：中國社會科學出版社，2002年，115頁。

[8] 張一兵，《阿爾都塞：意識形態理論與拉康》，載《學習與探索》（黑龍江），2002年4期。

有這樣一段話：「戴副總師是回族，他的家鄉在哪兒？不是在吐著花兒的祁連山北麓，更不是在萬馬奔騰的鄂爾多斯，而是在揚州古城的瘦西湖泊。何必考察回族的祖籍！他們像星火撒遍祖國的天地。」作者並不沒有直接說出他的家鄉，而是展現了他的揣測以及後來放棄揣測的過程，其實這正是民族意識與國家政治意識之間在進行協商的真實寫照。而另外一篇蒙古族孟馳北的作品《塞北傳奇》中兩位主人公再次相逢的場景是這樣描寫的，「起初幾秒鐘，兩人你看我，我望你，都有點陌生了。」，而後來經過回憶，「異口同聲叫起來：『阿不都拉弟弟！』『哈力克哥哥！』」這個過程正是一種認同的儀式化的展現。而結尾黨委第一書記王恩茂同志在祝詞中這樣稱呼：「哈力克、閻飛同志，祝賀你們的團聚！你們兩人的經歷就是民族團結的象徵。」其中展現的國家意識不言而喻。

其次，民族意識的潛在張揚體現在以下五個方面：

一是民族文化意象的隱喻本能。在大部分報告文學作品中，民族文化意象的出場屢屢可見。

如壯族岑隆業、韋一凡的《百色大地宣言》中，作者特別講到了村莊與兩種「極有氣勢」的植物——「木棉樹」和「劍麻」之間的聯繫，用換喻的方式實現了精神的張揚。回族納鶯萍《尋找生命的飛翔》開頭第一句是「他像是一叢駱駝蓬」。還有藏族次仁朗公《草原女英雄》開篇就寫到當地人民戰勝自然環境，彷彿「書寫著一篇篇『和氣四瑞』——由大象、猴子、山兔和錦雞四種動物組成的傳統吉祥圖案。這種民族圖騰的話語插入是用隱喻的方式表現出來的，具有一定的隱蔽性。之所以說是本能，是因為即使在國家意識形態居於主導地位的十七年時期的報告文學作品，我們依然可以觀察到這種根喻的存在。如蒙古族蕭乾的《萬里趕羊》中開篇對羊的讚譽充滿了民族崇拜，而哈薩克女人——男孩——雪白的羔羊構成的場景也是對羊的民族根喻的生動呈現。

二是民族話語權的闡釋框架。很多作品看似在講一個現代化意識形態框架下發生的故事，比如航太事業，生態經濟發展、古跡保護、領導來訪等問題，但與漢族作家不同的是，少數民族報告文學作者卻把他們對這些問題的思考和闡釋框架進行了逆轉，利用民族的視角進行了解讀。

如壯族蘇方學的《祖國的翅膀》中開篇用了7個段落介紹「戴著花頭帕的索瑪阿支」「期待金鳳凰亮翅」和「身披察爾瓦的麥吉爾鐵」「盼望玉孔雀開屏」。而新型火箭被作者譽為「光之鳥」，火箭升空就是「光閃——那是金鳳凰展翅」、「亮堂——玉孔雀開屏」。壯族岑隆業、韋一凡的《百色大地宣言》的開頭也同樣令人玩味。「引子」寫的是永常村一個農民的故事。他叫韋克強，他的孫媳生下了一個孩子，於是他按壯族風俗盼望來一個貴人為自己的孫子「踩三朝」。孩子的哭聲代表著生命，代表著當地的民族希望，於是，有了意境。這樣的描寫看似只是典型的時間、地點的交待，甚至有些偏離主題，但它恰恰暗示了江總書記來訪這件政治事件在當地民族群眾的眼光中的意義。

三是「生命」視角的批判意識。事實上，一個報告文學作品對事件的解釋必然帶著作者主觀的意見，作家的價值觀往往決定了他的觀察視角和敘述重心。

如土家族田天《田天報告文學選》中的報告文學作品《白頭吟——寫給一億中國老人》雖然是「全景式」的結構，裏面也有很多生物學、社會學對「老年人」定義的探討，有大量第一手的採訪記錄，還有調查資料和私人日記，在形式上非常創新，但是，作者真正的獨特性在於它對老人的精神狀態乃至生命意識的高度尊重和極富文學魅力的書寫。這種基於民族意識的生命視角支配了創作。而生命平等的背後是萬物有靈論或者說是泛神論，這一點在蒙古族郭雪波《科爾沁沙地綠色啟示錄》中更明顯。第一部分就談到了草原破壞實際上是違背了「薩滿教」「拜萬物自然為神靈」的宗教信仰；當然，它也對應老莊「天人合一」的思想。回族穆青的《為了周總理的囑託》中的結構方式也是以我們對自然的呼喊來構成的，其意為周總理與大地萬物一樣，生命有靈，精神永恆。

四是時間的延宕和空間的詩意。很多少數民族報告文學都是按照故事發生時間的先後順序來敘述的。當然對作家來說，既然是敘述時間，他們自然有一定的選擇自由度，他們可以決定是否進行倒敘、插敘或者補敘；除了這些結構安排之外，作家對某個事件發生地的歷史追憶往往構成了一種慣性的力量來打斷當下的時間進程，造成了時間的延宕。這不僅僅是以更寬廣的歷史視野來看待事件，大多數情況下它與作家有意書寫民族歷史的自覺意識緊密相關，甚至很多事件的選擇本來就是為了回憶民族的歷史。

彝族張昆華的《獨龍江公路交響曲》開篇就明確了「這條公路與一個民族的命運緊密相連」。第一篇就以「獨龍江居住著古老而年輕的獨龍族」為名回憶了獨龍族的歷史。蒙古族的薩仁圖婭《尹湛納希》也是直接回憶了蒙古族的文學巨匠尹湛納希，書寫了民族的歷史和精神信仰。另外，打斷敘述時間的還有描述，這些描述往往脫離時間序列的連續性，強調內涵上的自由聯想，近乎夢的語言，創造出一個充滿情緒、充滿象徵的想像世界。如藏族加央西熱的《西藏最後的馱隊》中，作者表面寫的是自己參與馱鹽的經歷，但實際上處處都在引出馱鹽的歷史；當作者通過當雄縣城，看到馱鹽古道上大批的馱牛組成的方陣時，下意識地說道：「彷彿格薩爾大王爭奪鹽湖的大軍不停地重現」。此外，還寫了很多馱鹽的風俗，如家庭座次、鹽語與禁忌、傳說、儀式、信仰等等。

如果說，時間有著某種天然的霸權，空間意味著阻止時間的向前，還原著完整的現場資訊，把自由的解讀權力還給觀眾。在達斡爾族孟和博彥的《足跡》的結尾，作者飛馳在科爾沁草原上，自然景物突然引起了他對歷史的感悟：「不管歷史的秒針在以怎樣的速度運轉，它總要給自己留下足跡的」。滿族趙正林的《眾多的學生記著她，這是最珍貴的》中寫到師生共同出遊時，特別描寫了一段大草原的美麗景致引起了胡老師的身心淨化的詩意感受：「眼睛和心是給聖水浸過一般。……彷彿漫漫人生旅途上的一切，都不曾發生過。」由此與人生的感悟聯繫在一起，也與真實聯繫在一起。

五是英雄情結和神話、夢中的大地根喻。雖然報告文學是離現實最近的文學表達樣式，但是，在少數民族報告文學作品中，英雄命名的情結和「神話」、「夢」等辭彙或者隱喻卻頻繁出現。

如「草原英雄小姊妹」、「草原女英雄」、「航太英雄」、「英雄的首都」、「英雄兒女」（滿族理由的《揚眉劍出鞘》），「長使英雄淚滿襟」（回族霍達的《國殤》）等等。其實，「英雄」既是對國家、民族意識形態的身份的認可，又蘊含著作家乃至讀者（少數民族人民）自我主體意識的張揚，作家通過這個指稱獲得了對自身主體的想像性構建，在自我實現中完成了一次精神的淨化與升騰。就連頑強與癌症奮鬥的普通人群也在滿族作家柯岩的筆下被命名為「癌症明星」（見《癌症≠死亡》），這些治療癌症的病人支援的中國氣功並不被主流的科學觀所容納，作家把他們當作「明星」，就是承認了他們的自我的反抗意識和選擇意識。事實上，以「夢」為名或者直接在文中提到夢的作品也很多，如滿族穆靜的《飛天之夢》的開篇就是藝術家常書鴻的一個童年時期的夢；他雖然如妻子所說身在文明的巴黎，但是，他卻夢見了仙女這個中國的意象物。而全文也以圓夢來解釋人物的行為，這其實是祖國文化的根在人物潛意識中的表現。而《天堂夢》中的「天堂」的名字其實就源自一個祖先的夢——神宮仙女翩翩起舞，京族李英敏《五指山上飄紅雲》中的夢也是黎母娘娘的托夢，壯族蘇方學的《祖國的翅膀》中戴副總師也曾在孩提時代做過以新月做舟的故事，後來作者又有意味地敘述了一句，他「懷抱彝山的『月亮』」。所有這些夢都是少數民族追求民族現代發展與文化自覺的夢，也是民族的文化之根對現代文明提出隱性質疑的夢。

第三節　多元意識形態與混合文化身份

實際上，我國的少數民族長期與其他民族保持著良好的交流態勢，受主流文化、漢族文化甚至是世界文化的影響很多。民族文化身份的建構過程本身就伴隨者各種意識形態的影響。建國以後，尤其是改革開放以後，國家意識、民族意識、現代意識和世界意識等都融入到了少數民族報告文學作家的主體建構意識中。在一個多元文化並存的社會中，單一的族群身份已經事實上不存在了，少數民族作家只有以積極的、參與的、富於智慧的方式才能持續不斷地在這種複雜的環境中建構自己的文化身份——混合文化身份。

可以觀察到的是，越來越多的作品超越了迎合國家「主導意識形態」的敘述焦慮。它們從民族意識出發，與現代化、國際化意識相接軌，理性地思考並大膽地表達了符合中國現代化的民族國家的發展訴求。在一些重大的政治、經濟、社會民生等問題上都有客觀的報導和富於深度的思考。如土家族田天的《田天報告文學選》、回族霍達的《國殤》、《萬家憂樂》等都極具批判意味。彝族作家楊佳富的長篇報告文學《中國大緝毒》、滿族作家江浩的《盜獵揭秘》等都為我們打開了少數民族邊遠地區關於毒品和盜獵鬥爭的一幅驚心動魄的圖畫，實際上，開創了一條用現代主流表達方式書寫少數民族題材的報告文學表達之路。毒品與盜獵都是現代化進程中的負面產品，值得關注與深思。還有一些報導新型經濟發展思路的作品，如蒙古族郭雪波《科爾沁沙地綠色啟示錄》等也值得讚賞。

另外一類作品同樣值得關注。如土家族張心平的《發現裏耶》、彝族倮伍拉且的《深山信使王順友》、蒙古族薩仁圖婭的《尹湛納希》、佤族袁智中的《遠古部落的訪問》等已經超越了以往報告文學的敘述模式。它們不再是在敘述中隱蔽地實現話語權，而是以民俗學、人類學的眼光重啟民族的敘述方式，完整地展現民族的價值觀、審美觀，從而以一種平等對話的姿態融入現代文明世界。衡量一個民族的作家是否自信、成熟，關鍵要看他「是否在紅塵萬丈的現代社會中堅持本民族的思維習慣和表述方式，是否可以針對這個時代提出本民族的看法和闡述立場。」[9]而今中國依然有建構社會主義意識形態的重任，這其中多元意識形態的滲入和融合是必然的趨勢。

可以預見，中國當代的少數民族報告文學將呈現出更加多樣化的發展態勢，而少數民族作家的主體建構也將會是一個持續動態的發展過程。

[9] 劉保昌，《民族文化精神的再現與重鑄——土家族文學創作實際與困境》，成都：西南民族大學學報2008年12期。

第十四章

中國當代西部民族散文的意識流手法

第十四章　中國當代西部民族散文的意識流手法

意識流是指一種特殊的敘述模式，這種敘述模式在敘述人不介入的情況下再現了某個人物內心的全部意識領域及其流動過程，在該意識領域中，人物的知覺和他的意識、前意識、記憶、期盼、情感和隨意的聯想交雜在一起。

——艾布拉姆斯[1]，《探討文本》

在我們原以為空無一物的心靈這個未被探索、令人望而生畏的黑暗中，卻蘊含著何等豐富多彩的寶藏而未為我們所知。

——普魯斯特[2]，《什錦與雜記》

---

[1] 艾布拉姆斯（M.H.Abrams，1912-　），美國當代文學理論家，著有《鏡與燈：浪漫主義文論及批評傳統》（1953）、《自然的超自然主義：浪漫主義文學中的傳統與革新》（1971）、《相似的微風：英國浪漫主義文學論集》（1984）、《探討文本：批評和批評理論文集》（1989）等。

[2] 馬塞爾・普魯斯特（Marcel Proust，1871-1922），法國意識流作家，著有《追憶似水年華》（1915）、《讓・桑特依》（1952）等。

在中國當代民族散文創作中，不少民族作家利用意識流手法表現主體的心理活動範圍與過程，在這一過程中，人的感覺、經驗、情緒與意識的或半意識的思想、回憶、期望、感情以及瑣碎的聯想都交融在一起，使其表達的內容與深層意蘊與文本形式更加契合。展現出人物意識活動的多層次性、複雜性、隱秘性，增強了散文的層次感與立體感。也使中國當代民族散文創作由過去多表現為載道、言志與記事的單一文化意識形態，轉向了文學審美獨立性與藝術自主性的傾向，使中國當代民族散文創作步入了另一種審美視野。

隨著回族的張承志、霍達、馬瑞芳；仡佬族的潘琦、包曉泉；藏族的扎西達娃、唯色、央格、色波、多傑才旦、章戈·尼瑪；苗族的第代著冬、楊明淵；土家族喻子涵、溫新階、楊盛龍、阿多；蒙古族的特·賽巴雅爾、鮑爾吉·原野；撒拉族的聞采；哈尼族的諾晗；侗族的潘年英等人的散文創作的各種嘗試與開拓，中國當代西部民族散文在藝術上取得了矚目的成就，為中國民族文學的現代化進程與新發展做出了重要貢獻。中國西部民族作家的散文以其表達方式的自由與靈動，開放多元的結構，銳意創新的手法以及厚重的思想內涵，對以抒情為主體的散文傳統形成了有力的衝擊與挑戰，為中國20世紀80年代以後的散文文體變革與建構注入了新的意義，開始改變長久以來散文創作「繁華與遮蔽下的貧困」狀態。

中國西部民族地區獨特的地域風光與多元的文化背景、邊地的生存狀態與心靈體驗，為作家的創作提供了豐饒的土壤。無論是張承志的獨語體散文、阿來的自傳體散文、還是唯色、霍達等人以故鄉旁觀者的姿態所作的言說，以及楊盛龍、潘琦、第代著冬、聞采、潘年英與鮑爾吉・原野等一些年輕的民族作家更多的傾注了內在的體驗與自省，精神的困惑與焦慮表露其外，他們的創作出現了「向內轉」的傾向，對民族歷史與傳統文化的重審以及個體生命的超越意識，構成了散文的整體，而靈動飄忽的意識流動，與熱切直呈的情緒奔湧，使得作家們難以避免並且不由自主地選擇將意識流的手法納入到散文創作中來。

「意識流」原本是一個心理學術語，是由美國實證主義哲學創始人，心理學家威廉・詹姆斯（William James，1842-1910）於1884年首次提出來的。詹姆斯在論述意識流的特點時，把意識流看成是一種川流不息的狀態，認為這是一種不間斷地「流程」。意識流文學從詹姆斯的心理學中不僅得到了最貼切的名稱，而且找到了一定的理論依據，加上後來柏格森（Henri Bergson，1859-1941）的直覺主義和佛洛伊德（Frend Sigmund，1856-1939）的精神分析學說，由此形成了一種獨特的創作手法。它的主要特點是從心理結構表現整個意識範圍，尤其強調發掘潛意識領域，描寫意識流活動的非理性內容，常常運用自由聯想、內心獨白、回憶、夢境、幻覺、瞬間即逝的片段印象等手法來表現變幻的意識流程。意識流作為一種文學創作技巧，最早源於西方的意識流小說，以普魯斯特的小說《追憶似水年華》、英國作家伍爾芙《牆上的斑點》、以及喬伊絲《尤里西斯》最為人們所熟悉，主張文學應該真實地反映生活，展示人物的主觀感受、印象和各種意識的流動過程，作家只應表現人類內心的衝突和心靈深處亙古至今的真實情感。意識是不受客觀事實制約的純主觀的東西，是自我的表現形式，意識流文學通過內心獨白與感官印象等手法來表現潛意識和無意識，這就必然帶來意識流動的超時間性和超空間性，從而打破了傳統文本的結構框架，拓展了文本的開放空間。

在散文創作中，作家利用該手法來表現主體的心理活動範圍和過程，在這一過程中，人的感覺、經驗情緒與意識的或半意識的思想、回憶、期望、感情和瑣碎的聯想都融合交雜在一起，依感覺與情緒順勢成文，使其表達的內容與深層意蘊與文本形式更加契合，展現出人物意識活動的多層次性、複雜性、隱秘性，增強了散文的層次感與立體感。也將散文由載道言志的單一文化意識形態而轉向文學審美獨立性與藝術自主性的傾向。

中國西部民族作家張承志的《牧人筆記》、《風土與山河》，扎西達娃的《聆聽西藏》、《古海藍經幡》，阿來的《大地的階梯》，唯色的《以心為祭》，色波的《你在何方行吟》，鮑爾吉・原野的《善良是一棵矮樹》、《跟窮人一起上路》、《培植善念》，諾晗的散文集《火塘邊的神話》，聞采的《駱駝泉流淌的傳說》、《藏家父子》、《謁尒勒莽墓》等都彰顯了這樣的特徵，為散文的自我表達打開了新的視閾。意識流的手法讓作家輕鬆自如地表達自我，使散文的肌理與骨架密切融合，用意識中心來記錄心理活動與人生體悟。用具有先鋒意義的筆法從而展示出作為個體的人的潛在的意識流動，將內在深沉的愛欲、情欲、和生命慾望，以及生命感覺的存在、想像中的追尋等內容切入到散文中，並使得文體語言暢達自然。

第一節　向內轉：靈魂的書寫與生命的喟歎

中國西部民族散文都難以迴避對西部人與自然的觀照，對西部邊地瑰麗的風景與民俗風情的描摹，即便如此，對西部地區人文自然地理進行對話之前，作家著筆的起點依然是內在的情緒與意念，是經過荒寒粗糲所錘煉過的生命體驗，而不僅只是簡單的某一地區、某一民族的代言人與記錄者，他們的筆鋒「向內轉」，是追逼靈魂的自我書寫，包含了個體生命在求索過程中所經受的苦難與迷惘，對民族歷史文化的認同與悖逆，主體精神的遮蔽與張揚，以及詩意的激情。

張承志在當代民族散文的創作中是頗具特色的作家了，從他上個世紀80年代的小說《黑駿馬》開始到《一冊山河》、《以筆為旗》、《牧人筆記》等散文集出版，他都在追尋心靈的皈依，就他精心設置了一個孤獨騎士的理想旅程而自言，這是他「一個人的尋索歷史」，「努力拒斥這一種或那一種框限，無止境地追求心靈的闊大，尋索足以容納這追索的對象，並藉以將自我期許對象化」[3]。他總是試圖通過對自我的拷問來抵達外在的文化之旅與內在的心靈苦旅的某種契合。

在張承志的散文中，從湟水到六盤山，從黃土高原到遊牧草原，不斷把自我投入漂泊中。伊斯蘭宗教文化與現代都市文明的雙重乃至多重視野奠定了張承志書寫心靈史的獨特立場，承受著靈魂被撕裂的痛楚，在《二十八年的額吉》中寫道：「如同你，蹣跚走

[3] 程秋瑩，《為草原而歌——評張承志散文的理想主義精神追求》，載《開封大學學報》2007年3期。

完自己的路，哪怕一生窮愁潦倒。不去向世界開口，追逐著水草變移和牛羊飽暖，逕自完成自己的生命。我並沒有解決關於文明發言人的理論，不過我想，也許我用一生的感情和實踐，為解決這個問題提供了參考。」[4]這是張承志藉額吉所作的提問與回答，表達了他內心的矛盾與疑慮，主體對精神家園的尋找和文化命題的思考，他的散文是一個理想主義者浪漫而執著的精神之旅。藏族作家阿來的散文則是毫無遮蔽地直訴內心的孤獨體驗。從馬爾康高原大地到岷江河水，阿來行走的步履不斷加快，終極關懷與自我救贖的熱情卻始終執著，他以略帶傷感的筆調，將內心的深刻體悟直呈於紙上。坦露心胸、縱橫議論而又揮灑自如，在《大地的階梯》中他直言其心靈深處的不安惶惑以及難以逃脫的宿命感：

> 我看那些山，一層一層的，就像一個一個的梯級，我覺得有一天，我的靈魂踩著這些梯子會去到天上，故鄉在我已經是一個害怕提起的字眼。那個村子的名字，已經是心上一道永遠不會癒合的傷口。而我的卡爾古村並不是一個絕無僅有的例子。卡爾古村的命運是一種普遍的命運。所有坐落於我在這本書裏將涉筆的大渡河流域、岷江流域、嘉陵江流域的村落，沒有任何一個可以逃脫這種命運。
>
> ——阿來，《大地的階梯》

江河無語，大地無言，這位來至青藏高原的作家，以他獨特的心靈體悟與獨特的生命感受抒寫自我、歷史與現實，他始終在寂寞與蒼

[4] 張承志，《文學作品選集散文集》，海南出版社，1995年，106頁。

涼、尋找與期盼的痛苦裏，唱出發自內心深處憂傷的歌，人們在那些包含憂鬱與蒼涼的心理獨白裏，可以深切地感受到他渴求一種情感的依託與一種精神的慰藉。

在藏族女作家唯色的散文中也同樣突出了面向內心，面向自我這一意識流文學的特徵，透過支離破碎的現實表達主觀的感受，表現出對文化的反思以及主體人格的重建、故土意識的突顯。唯色的邊緣文化意識與故土感情植根於她的腦際中，文化原鄉的指認與異族文化糾結纏繞，使得她的筆觸也無不合適宜地透露出焦灼與痛感，試圖找尋自我而又湮沒於民族文化記憶中，在《我的德格老家》中她如是說：「可不可以這樣說，它像一條隱蔽的河流，只有溯流而上，便能到達真正的老家或故鄉了」。[5]我們可見意識流作為一種藝術手法，致力於再現人物似水流淌的意識過程，但在散文中意識流並不僅是純粹的技巧和形式，而是一種自我內心觀照和身份體認的方式。

中國西部民族散文除了呈現出令人醉心的邊地獨特風光，都主動接近於邊地的生存形態與文化創造，以他者的身份書寫多重文化面影下的心靈真相，他們在故土與歷史的憑弔與依戀中，找尋到個體生命的價值，從而獲得一種自我完善感和靈魂的歸宿感。

在西部民族作家的散文創作中，他們脫掉了以虛構為體的藝術外衣，敞開胸襟，把生命的感知、理智和生活的動態形式納入散文的形式。在這種生命形式與藝術形式的異質同構體中，學術性的思考具有了文化內蘊，藝術直覺轉化為強烈的審美力量，生命體驗變成了理想的載體。

[5] 唯色，《西藏筆記》，花城出版社，2003年，13頁。

張承志、唯色、阿來、楊盛龍、潘琦、第代著冬等西部民族作家放棄了虛幻、間接的生活幻象，選擇了真實、直接的生命訴說。他們穿越了小說、詩歌與散文的界限，將小說所注重的內涵主題、場景構設以及詩歌所注重的哲理思考、意象營造注入到散文的創作中來，從而形成了更為自由與醇美的散文氣象。他們對生命的感性書寫，由於嫁接在生命意識的流程裏而呈現出嶄新的傳統理念與現代意識交融的生命觀，意識流於此成為一種表達的區域，它模糊了理性與非理性、邏輯與非邏輯之間的界線，在他們的散文中甚至在某種意義上可以認為意識流印刻上的是人性與靈魂最真實的模樣。

第二節　無定型：情緒的喧嘩與意識的流動

以感知覺交和意識、潛意識、思想、回憶、期待、情緒，以及忽東忽西的自由聯想是意識流手法的主要表現形式，比之於詹姆斯、喬伊絲、維吉妮婭．伍爾芙等的「正宗」意識流手法對潛意識、非理性意識活動的全面表現，西部民族散文則更多地表現於現實關係較為密切的顯意識領域，不確定的情緒的飄忽與喧嘩。

廣西壯族女作家岑獻青《永遠的魂靈》便體現了傳統的理性尺度進行消解和重構。不再是政治式的應證或傳統式的「載道」的散文，而是以人為中心的，以表現與刻畫人的心理、意識的真情文學：

在一個春日，我終於站在了壯鄉花山崖壁面前。

這便是我的先民麼？

> 上千個魂靈，簇擁一個無形的世界，帶著一個赭紅色的秘密，化作了大山的一壁。在那沒有五官的人形上看不清是歡樂還是悲憤，分不清是興奮還是沮喪。那平舉的雙臂，下蹲的馬步，是在歌舞麼？或是在挽弓？那光芒四射的圓狀物，是激越亢奮的戰鼓呢，還是主宰萬物的太陽神？還有那似奔似躍的小獸，是戰士的坐騎，還是祭祀的犧牲？
>
> 大山不語。
>
> ——岑獻青，《永遠的魂靈》

該文從對壯族歷史文化，帶有強烈主觀色彩的描繪中，多視角、多角度、多層次地展現人物的精神世界，它開拓了心理空間、縮短了人的精神世界和現實世界的距離，展示了人的豐富的精神世界與意識的流動，其表述的語言帶上了作者強烈的主觀色彩。

在《大地的階梯》中阿來以純美的語言、超拔的意象表現了追風流雲而又遼闊寂靜的高原生活。他把從成都平原開始一級級走向青藏高原頂端的一列列山脈看成大地的階梯，用深潛於靈魂深處的意識流筆法，以訴諸感官印象的描寫，讓文字與景色一樣氣象萬千。這樣的散文體式成為一種顯著的標識。顯然，這樣的寫作更能便利地直接傳達給讀者寫作者的動機、意圖、心理狀態，帶有一定的瀉泄、傾訴和釋放味道的「獨白」，更能切合作者的寫作心態。於是它不再是四平八穩、有條不紊地敘述或描寫，也不再細細地咀嚼，作無畏的掙紮狀，而變為一種抒情的浩歎和絮絮的傾訴，聽任情緒的一瀉無餘。

在張承志的作品《潮頌》中便寫了作者在甯寂中獨望漆黑的夜，思緒千軍萬馬而過，無寄情於任何的客體狀態，肆意的將過往的感知交疊，任萬端情思奔湧而出。從乃林高壁、汗烏拉峰到灰濛的原野、怒吼的海面，用意念來組接一幅幅場景與畫面。作者以獨白式的意識流動為結構框架，面對主體的探詢與駁詰，使得一種內省式的複雜語態代替了音調、誇飾性的抒情語態。也將當代散文文體的革新指向了一塊新的高地，徹底打破了聞捷、周濤等人題材寬廣、筆法自由、形散而神不散，足彰顯其志的散文體式，無定型的文章體式顛覆了傳統散文中完整的敘述模式與抒情調子，改變了散文的超穩定狀態，也將散文的創作指向了現代主義的潮流中。

不難發現在西部民族散文的創作中，作者刻意地離間了主客體對象，去認識和把握其抒情對象的方式，是在其意識深處與其產生一種精神實質上的共鳴，從而達到物我相融的狀態，從整體上本質上把握客觀世界，直覺或者說感覺便是交融的自然結果。柏格森（Henri Bergson，1859-1941）所言：唯有通過直覺才能認識生命之流，才能認識被表象遮掩了的本質。感覺在散文中便顯得尤為重要，在《北莊的雪景》中張承志的感覺成為流貫其中的線索結構：大雪迷，一派大靜，只有車在寧靜中行駛，一幅幅或「慘烈」或「寂靜」的雪景，如蒙太奇般閃現轉換。北莊的雪融入張承志的血脈之中，沒有始端和終結，相互延展，構成了張承志的生命衝動和心理感受。散文作為一種特定的表現和感知世界的方式，我們所見的只是非個人的抽象的一面，意識的流動是我們表達的載體。

物質與生命的文化疊影促使著作家去尋找生命的存在方式，寄興於紙筆，在散文這個帶有內省傾向和自由天性的空間中，張承志、扎西達娃、阿來等憑藉詩意的想像虛構，來表達對人類命運的終極思考與關懷，興之所至，思之所至，完全打破章法限制，摒棄邏輯關係與深層的理性思索，以心理時間取代了線性的物理時間。他們的思辨與感悟展示了心靈的自由圍度，將過去的時間與現時的經驗交匯，在無意識的潛流中瀰散開來，充分運用了意識流文學中的非邏輯性的「心理時間」敘說的手法。

在西方現代主義的理論中，時間分為心理時間和空間時間兩種。空間時間指各個時刻依次順延的時間，是表示寬度數量的概念；心理時間是表示強度的質量概念，將過去、現在、將來各個時刻互相滲透，在創作中一旦進入意識深處，空間時間便不再發揮作用了，人的內心深處的意識流無不包含著過去、現在和將來，不能按過去、現在、將來的先後順序來分割來描述意識的流動狀態。意識流使表面上不相關的意念用鬆弛的聯想將其聚攏起來，心理時間與空間時間常表現的不一致，甚至是相互衝突的，只遵循意識本身的規律。扎西達娃的散文創作便延續了他小說一貫的時空顛倒的風格，拋棄了按空間時序敘述客體和心理過程的傳統方式，在意識活動的深入過程中將對象本來的樣子呈現出來，體現出時空滲透交融的特徵。在他的散文集《古海藍經幡》中時間被不斷的鍛造、揉接，形成種種形態。

「心理時間」將過去、現在、將來交叉和重疊，呈現出非邏輯性和非理性，但在具體的作品中並不是毫無組織的一片混亂，回憶與期待並不是毫無依據，自由聯想也不是漫無邊際的。意識中每一個鮮明的意象都是浸染在圍繞它們流淌的活水之中，意識活動向四面八方發散又收回，作為觸發物的意象唯有在意識活動中才有意蘊現出。我們把作者任意切割、縫合過的時空，在具體的感知中有意還原成生活流、還原成原生態的話，將作者在散文中先置的意象轉化為感覺，使個人化的情感得到昇華。

如果把傳統的敘述稱之為線性敘述，那麼意識流式的敘述則可以成為「場性敘述」，藏族作家阿來對西藏的描述提供了這樣的範例：

> 我，一個牧羊少年的手，曾經為拿起了那飽蘸油彩的畫筆而顫抖過，因此我很奇怪，為什麼自己沒有最終成為一個畫家，而是操起了文字的生涯。也正因了這文字的因緣，在80年代中期，我循著當年運送卡車的忠字木所走的那條路線，第一次來到成都。所要尋找的目標，就是那座在卡爾古村人想像中比土司官寨，比布達拉宮還要巨大的建築。
>
> ——阿來，《大地的階梯》

阿來將現在的景象、情緒、心理活動與過去的回憶並置排列，中間沒有任何過渡性的語言，心理時空突破了客觀時空的限制，呈現出人物內在情緒複雜、隱秘的變化。意識流的手法讓作品的字裏行間裏或激蕩或流動著一種氣韻，形成一種整體的審美感染力。

第三節　新語體：語言的靈動與結構的自由

中國西部民族散文面向感覺的開放，向人本心理深處的掘進，情緒意識流動狀態的強化等趨向，不但拓展了新的表現領域，更帶來了散文語體上的別具一格。從上個世紀50年代起的很長一段時間中散文給人的語體風格是：說明性敘述語言，追求說明敘述的清晰準確，句子結構的完整與規範，簡單明瞭又往往是枯燥的準確。呆板的語體風格在西部民族散文中被徹底瓦解，「向內轉」帶來了語言表達的內心化、感覺化、情緒化，使張承志、阿來、楊盛龍、潘琦、第代著冬、岑獻青等人的語言靈動活躍起來。如張承志的「獨語體」散文，出於內心的複雜、隱晦，感覺的細膩、深致，而呈現出含蓄、朦朧、飄忽詩化的言語狀態。阿來、鮑爾吉・原野、阿多呈現為空間性的話語視角，詩性的語言表達和多角度的情緒流輻射。

聞采的散文《面向高原》，給我們呈現了這樣一幅內心圖景，面向高原的空間性話語轉換：

> 面向高原，世間一切的色彩頓然失去光澤；面向高原，人類所有的辭彙瞬間變得乾癟……七千萬年過去了！高原壽星，微眯聖哲的目光，審視腳下歷史的變遷，帝王的角逐，朝代的更迭，不慌不忙編寫著紀年史。世俗的眼光，愛把這方疆土同一些字眼連接起來，給人描繪出一幅幅死亡地帶的恐怖畫面。君不知：風多狂暴，雲多霹靂，氣候多變，這正是宇宙大手筆的奧妙所在。賦予其陽剛之氣，使其獨領風騷，絕世之勇者散發永恆的魅力。試問：一灣常年不見風浪的海面，對於真正的水手，還會產生什麼誘惑呢？
>
> ——聞采，《面向高原》

意識流就像一隻鳥兒，不停地變更著飛翔和棲息的節律，而語言的節奏也恰好表現了這一點，意識的大幅度跳躍，使得文字的排列是合乎詩的性質，而不是邏輯性的。

在具體的言語組織、語段轉換乃至整體結構方面，意識流的手法掘進其中，追求與心靈更為對應接近的言語形式，許多語段或意象在外在形式上根本連接不起來，而靠流貫於其中的意緒來串接。張承志的散文因為心靈性的書寫佔據主導地位，而顯得開放和自由；扎西達娃的散文以其獨行人的步履跳躍向前，深沉而又不失其張力；阿來的筆端細膩而又傷感，卻從不失其隨意與灑脫。如果說傳統的散文呈現的是一種靜態的美，常常在回憶之中或者是已經成型的文化現象當中去體悟和感受，在文本語言上也是靜態的，它是經過作者的審美過濾後的理性表達，那麼意識流徹底表現為動態的非理性。

意識流在散文中的非完整性、散漫性，在語言上與之相呼應，有的往往通篇都以散句構成，有的甚至一句話或一個詞就是一個自然段。意識流運用到散文創作中使得語言的表述疏朗大於細密、錯落大於平實，其在散文創作中的介入打破了傳統散文的書寫模式，更加擴展了散文表現領域的空間，加強了散文創作的開放性和自由度。

我們可以看張承志的《靜夜功課》，妻兒都已入睡的深夜，我獨自在黑暗中點煙思索。在眺望黑夜的冥想中，我想到了高漸離的故事，高漸離的盲眼，高漸離的築聲，又想到了墨書者魯迅、春秋的王公、民國的官僚，隨後又回到黑夜中的閉室，並生出了久久的感動。伴隨著意識的流動、情緒、幻覺的波動跳躍，呈現出靈動朦朧且不確定的詩的意蘊。不在乎情節框架是否完整，過程推進是否謹嚴，有意拆掉一些過度性場面細節，從而在段與段、層與層、甚至形象顆粒之間斷裂出一些空隙，以意緒化的結構來表達自我感思。

此外，在他們的散文中打破慣常語法規則，非常規的詞語組合、詞性轉換、褒貶顛倒的修辭方式都不鮮見，這也恰是意識流手法中的顛覆性、非邏輯性的表現形式。他們的散文大多以主體人為中心，以心靈世界為基點，因而在結構上，常以人的情感流動和情緒的宣洩為隱約線索，常表現為無所謂開頭、無所謂結尾的首尾全開放式的特點，往往開頭波瀾乍起，結束餘韻悠悠。蒙古族作家鮑吉爾・原野認為：

> 語言，除了語言之外，散文之中幾乎一無所有了。生活含量是散文的骨架，而語言是血液。如果不講究語言，散文中還有什麼東西呢？我們看到好的語言都富有生命感，即「活的」，同時它又是明淨的、有彈性的，滴溜溜轉的珠子。
>
> ——鮑爾吉・原野，《一些片斷》

因此，就散文本身的秉性而言，它應該是強烈地意識到自己的存在意義和價值的人們，從心靈深處所迸發出來的自由自在的宣洩，標誌著對於人性的解放和對其終極命運的熱忱探索。

參考文獻

1. Jacqueline De Weever, *Mythmaking and Metaphor in Blick Woman's Fiction*, New York, 1992.
2. James Kirwan, *Literature, Rhetoric, Metaphysics: Literary Theory and Literary Aesthetics*, London, 1990.
3. Samuel R.Levin, *Metaphorical World: Conceptions of A Romantic Nature*, New Haven: Yale University Press, 1988.
4. M.H.艾布拉姆斯，酈雅牛等譯，《鏡與燈：浪漫主義文論及批評傳統》，北京大學出版社，2004年。
5. 安納・傑弗森等著，陳昭全等譯，《西方現代文學理論概述和比較》，長沙：湖南文藝出版社，1986年。
6. 弗萊，陳慧等譯，《批評的解剖》，天津：百花文藝出版社，2006年。
7. 拉曼・塞爾登編，劉象愚等譯，《文學批評理論》，北京大學出版社，2000年。
8. 馬・佈雷德伯里等編，胡家巒等譯，《現代主義》，上海外語教育出版社，1992年。
9. 茨維坦・托多羅夫選編，蔡鴻濱譯，《俄蘇形式主義文論選》，北京：中國社會科學出版社，1989年。
10. 費爾迪南・德・索緒爾，《普通語言學教程》，北京：商務印書館，1980年。
11. 凱西爾，于曉等譯，《語言與神話》，北京：三聯書店，1988年。

12. 衛姆塞特、布魯克斯，顏元叔譯，《西洋文學批評史》，北京：中國人民大學出版社，1987年。
13. 羅蘭・巴特，李幼蒸譯，《符號學原理》，北京，三聯書店，1988年。
14. 羅蘭・巴特，《批評與真實》，上海人民出版社，1999年。
15. 蘇珊・朗格，《情感與形式 》，北京：中國社會科學出版社，1986年。
16. 中國作家協會，《中國少數民族文學經典文庫—報告文學卷》，中國作家網，2004年。
17. 中國作家協會，《中國少數民族文學經典文庫—理論評論卷》，中國作家網，2004年。
18. 中國作家協會，《民族文學》，2000-2007年。
19. 白春仁等譯，《巴赫金全集》，石家莊：河北教育出版社，1998年。
20. 朱立元，《當代西方文藝理論》，上海：華東師範大學出版社，1997年。
21. 朱立元，《黑格爾美學論稿》，上海：復旦大學出版社 ，1986年。
22. 《全國少數民族文學創作獲獎作品叢書》編輯組，《全國少數民族文學創作獲獎叢書散文報告文學兒童文學集》，北京：人民文學出版社，1984年。
23. 伍蠡甫、胡經之主編，《西方文藝理論名著選編》，北京大學出版社，1987年。
24. 蕭雲儒，《中國西部文學論—多維文化中的西部美》，西寧：青海人民出版社，1989年。
25. 季羨林，《比較文學與民間文學》，北京大學出版社，1991年。
26. 胡經之、張首映主編，《西方二十世紀文論選》，北京：中國社會科學出版社，1989年。
27. 袁可嘉等選編，《現代主義文學研究》，中國社會科學出版社，1989年。
28. 馬學良、梁庭望等主編，《中國少數民族文學史》（修訂本），北京：中央民族大學出版社，2001年。
29. 馬學良，《馬學良民族語言研究文集》，北京：中央民族大學出版社，1999年。
30. 徐曙玉、邊國恩，《20世紀西方現代主義文學》，天津：百花文藝出版社，2001年。

31. 徐俊西，《世紀末的中國文壇》，上海文藝出版社，2002年。
32. 梁庭望、張公謹主編，《中國少數民族文學概論》，中央民族大學出版社，1998年。
33. 程光煒，《中國當代詩歌史》，北京：中國人民大學出版社，2003年。
34. 陳思和，《中國當代文學史教程》，上海：復旦大學出版社，1999年。
35. 陳曉明，《表意的焦慮》，中央編譯出版社，2003年。
36. 葉維廉，《比較詩學》，臺北：東大圖書公司，1983年。
37. 趙毅衡選編，《「新批評」文集》，北京：中國社會科學出版社，1988年。
38. 蔣述卓等著，《文化視野中的文藝存在》，中國社會科學出版社，2003年。
39. 韓子勇，《西部：邊遠省份的文學寫作》，天津：百花文藝出版社，1998年。
40. 伊丹才讓，《雪山集》，蘭州：甘肅人民出版社，1980年。
41. 吉狄馬加，《吉狄馬加詩選譯》，成都，四川民族出版社，1992年。
42. 李力，《彝族文學史》，成都：四川民族出版社，1994年。
43. 汪玉良，《汪玉良詩選》，成都：四川民族出版社，1983年。
44. 阿來著，《大地的階梯》，昆明：雲南人民出版社，1999年。
45. 唯色，《西藏在上》，西寧：青海人民出版社，1999年。
46. 谷陪巴桑，《愛的花瓣》，北京：人民文學出版社，1984年。
47. 谷德明編，《中國少數民族神話》，北京：中國民間文藝出版社，1984年。
48. 《江承棟詩選》，成都：四川民族出版社，1985年。
49. 《金哲詩選》，成都：四川民族出版社，1988年。
50. 《當代少數民族詩人概述》，成都：四川民族出版社，1992年。
51. 《曉雪詩選》，成都：四川民族出版社，1983年。

末完的話

在我學習、工作了多年的這座城市這是一個十分炎熱的季節，終於當一個有風的夜晚，我在電腦的鍵盤上打完了最後一個字，一切都塵埃落定時，我是那麼的輕鬆、愉悅與解脫……我走出書房站在家居高樓的陽臺上放眼望去，城市的燈火一片輝煌，還有天空閃爍的星星。說心裏話，我喜歡這座城市與這個時代，因所有這一切都在痛苦的變動中逐漸成熟與深邃……

我也想念對我幫助極大的我的老師與學生們，我感謝我的老師：四川大學的黎風、曹順慶、劉亞丁、毛迅、張放、易丹、干天全、曾紹義等教授對我的教導，感謝我的研究生：彭秀坤、邱豔、馬文美、金萍、經寬蓉、陶君、張羽華、王丹、趙銳、曾慶芳等同學以及四川大學研究生孫莉等同學對少數章節資料的搜集、初稿的撰寫以及書稿的校閱等，還感謝出版社的編輯們對該書出版的大力支持。

同時我還想起了許多遙遠的往事，懷念撫養我長大的善良、勤勞、寬厚、仁愛、智慧的姑婆張榮仙老太太，如今老人已葬在寂靜的曠野裏，墳前有一條碧水悠悠的河，它恆古如斯地寧靜地流向洞庭湖，流向了長江……張榮仙老太太帶來的不僅是勤勞與智慧，還有憂鬱與浪漫。老人也在我的血液中也注入了那種氣質。

後來我步入了城市，但仍抹去不了那種稟賦。

也許由於某種內在的聯繫，我選擇了在民族高校從事教學、科研工作，同時也因這種緣故我對民族文學一直十分關注，但我並不是特別偏愛。但當我完成這部書的時候，我突然發現自己的收穫已遠遠超過了初衷，我發現了另一個世界——中國當代民族作家作為中國當代文學史上一個特殊的創作群體，他們誕生在中華民族輝煌燦爛的文明中，萌動在祖國廣袤而深厚的土地裏。歷史以先人們行吟歌唱的足印為他們打上了鮮明而深刻的胎記；現實以澎湃深邃的激情為他們洗禮……

他們健壯，因為他們承襲了民族最優秀的文化基因；他們深情，因為那廣袤的大地毫不掩飾地向他們敞開了胸懷；他們憂鬱，因為他們思考得太沉重；他們惶惑，因為他們面對著現實的嬗變，必須勇敢地選擇；他們騷動，因為金色的太陽曾為他們的生命注入過無比的熱情；他們破壞，因為他們感到了歷史的沉重並永遠渴求著創造……

他們是詩的後裔，曾發出過狩獵圍場的歡快吶喊，他們是歌的傳人，曾吟頌過那些感應了萬物的民族魂靈。他們在充滿靈性的個體言說與在心與夢的歷程裏尋求自由的獨特抒寫，為我們展示了另一種審美形態。

當一切又歸於寧靜的時候，我仍忘不了許多事情。

我工作的大學距成都的武侯祠不遠，那裏有不少聞名中外慧智而賢達的先人們，但因門票太貴我很少去那裏，只是在附近一家名「客家人」的酒館常有我與朋友們的身影，在火鍋、交談與爭執中，也誕生了這部書的雛形。當這部書完成時，由於各方面的原因，我也發現有不少疏漏和錯誤之處，敬請同仁賜教指正。

涂鴻於中國成都洗面橋修訂

2012年7月

專家述評涂鴻著作

對於相對邊緣化的中國當代少數民族的文學的研究一直是中國學術界一個較薄弱的環節，中國當代少數民族文學的創作，如今已從相對單一走向多元，從封閉走向開放，因此我們更應對此投入更多的關注，而涂鴻的這部著作使我感到了學術界對中國當代民族文學的一種新關注，我覺得在他哪些富有個性的體驗中，傳達了他對中國當代民族文學的新體認。

——中國社會科學院文學研究所、民族文學研究所原所長　張炯

涂鴻教授的著作帶給我們許多新的感受。藝術，作為人類最久遠、最崇高、最本真的一種表意形式，是人的符號生存，與生命流程、精神意識同一。人對自我的透視，演化成一種對存在的歌唱。在涂鴻教授富於個性的體驗中，對歷史的凝視，進入了象徵化的超越。

——四川大學文學與新聞學院　趙毅衡

近些年我離開了傳統的中國現當代文學而主攻漢語新文學，就是因為意識到在中國現當代文學少數民族文學必不可少；缺少了少數民族文學的研究，則所有關於中國現當代文學的研究都是不完整的，甚至可以說是不嚴肅、不合法的。只談漢語新文學可以從消極意義上避免這樣的質疑，而涂鴻的這部關於中國當代民族文學研究的專著則能從積極的意義上彌補中國現當代文學的這種缺憾。從這一意義上看，該作的學術價值不言而喻。作者善於將世界性的普遍化的詩學理論，運用於地域性的民族化的文學物件的解析，使得論著既具有濃厚的理論色彩和強烈的學術個性。

——澳門大學中文系主任、博士生導師　朱壽桐教授

近年來，我一直關注對中國當代文學的現代性問題的研究，在這部著作中，涂鴻教授就一些具有特色的中國當代少數民族作家的現代意識與現代主義等問題進行了討論，尤其是他對中國當代少數民族作家所反映的民族精神實質等問題的研究，我對此十分關注。

——[韓]梨花女子大學中語中文學科主任　洪昔杓教授

2012年6月30日於韓國首爾

我長期從事中國當代少數民族文學研究，作為日本學者我所接觸到的中國當代少數民族文學研究，一般是傳統的批評方式，而涂鴻教授的這部著作從語義學、文化學、民族學、人類學等現代批評學的角度，對中國當代較有特色的少數民族作家進行了較深入的研

究，開拓了新的領域。其行文充滿了主體體驗的激情，其研究不乏新見解，為中國當代少數民族文學研究進行了新的嘗試。

——[日]名古屋大學文學部教授　西脅隆夫博士

我覺得涂鴻教授的《中國當代民族文學的重新審視與現代性思考》是一部研究中國當代民族文學很重要的著作，我長期在研究中國現代戲劇，對該作中〈中國當代民族戲劇創作中的象徵主義〉一章，很感興趣。在中國大陸，目前對中國當代少數民族戲劇創作的研究十分薄弱，而該作從一個較有特色的角度探討了這一問題。

——[日]攝南大學外國語學部　瀨戶宏教授

2012年3月26日於日本大阪

文學視界15　AG0144

中國當代民族文學的現代性構建

作　　者／涂　鴻
主　　編／蔡登山
責任編輯／王奕文
圖文排版／楊家齊
封面設計／王嵩賀

發 行 人／宋政坤
法律顧問／毛國樑　律師
印製出版／秀威資訊科技股份有限公司
114台北市內湖區瑞光路76巷65號1樓
電話：+886-2-2796-3638　傳真：+886-2-2796-1377
http://www.showwe.com.tw
劃撥帳號／19563868　戶名：秀威資訊科技股份有限公司
讀者服務信箱：service@showwe.com.tw
展售門市／國家書店（松江門市）
104台北市中山區松江路209號1樓
電話：+886-2-2518-0207　傳真：+886-2-2518-0778
網路訂購／秀威網路書店：http://www.bodbooks.com.tw
國家網路書店：http://www.govbooks.com.tw
圖書經銷／紅螞蟻圖書有限公司
114台北市內湖區舊宗路二段121巷28、32號4樓
電話：+886-2-2795-3656　傳真：+886-2-2795-4100

2012年11月BOD一版
定價：350元

國家圖書館出版品預行編目

中國當代民族文學的現代性構建 / 涂鴻著. -- 初版. -- 臺北市 : 秀威資訊科技, 2012.11
面； 公分
ISBN 978-986-326-008-0(平裝)

1. 中國當代文學 2. 民族文學 3. 文藝評論

820.908 101019692

讀者回函卡

感謝您購買本書，為提升服務品質，請填妥以下資料，將讀者回函卡直接寄回或傳真本公司，收到您的寶貴意見後，我們會收藏記錄及檢討，謝謝！

如您需要了解本公司最新出版書目、購書優惠或企劃活動，歡迎您上網查詢或下載相關資料：http:// www.showwe.com.tw

您購買的書名：________________________________

出生日期：________年________月________日

學歷：□高中(含)以下　□大專　□研究所(含)以上

職業：□製造業　□金融業　□資訊業　□軍警　□傳播業　□自由業

□服務業　□公務員　□教職　□學生　□家管　□其它______

購書地點：□網路書店　□實體書店　□書展　□郵購　□贈閱　□其他

您從何得知本書的消息？

□網路書店　□實體書店　□網路搜尋　□電子報　□書訊　□雜誌

□傳播媒體　□親友推薦　□網站推薦　□部落格　□其他__________

您對本書的評價：(請填代號　1.非常滿意　2.滿意　3.尚可　4.再改進)

封面設計____　版面編排____　內容____　文／譯筆____　價格____

讀完書後您覺得：

□很有收穫　□有收穫　□收穫不多　□沒收穫

對我們的建議：________________________________

____

____

____

請貼
郵票

11466
台北市內湖區瑞光路 76 巷 65 號 1 樓
秀威資訊科技股份有限公司 收
BOD 數位出版事業部

（請沿線對折寄回，謝謝！）

姓　名：＿＿＿＿＿＿＿＿ 年齡：＿＿＿＿ 性別：□女　□男

郵遞區號：□□□□□

地　址：＿＿＿＿＿＿＿＿＿＿＿＿＿＿＿＿

聯絡電話：(日)＿＿＿＿＿＿＿＿ (夜)＿＿＿＿＿＿＿＿

E-mail：＿＿＿＿＿＿＿＿＿＿＿＿＿＿＿＿